NENA SIARA

ZWISCHEN UNS DAS MEER

Zion & Lia

ROMAN

Erstausgabe Mai 2019

Made in Stuttgart with ♥

Zwischen uns das Meer

Zion & Lia

ISBN 978-3-96087-775-2
E-Book-ISBN 978-3-96087-628-1

Umschlaggestaltung: Torsten Sohrmann
Unter Verwendung von Abbildungen von
© CARACOLLA/shutterstock.com und
© OLaLa Merkel/shutterstock.com
Lektorat: Marie Weißdorn
Satz: dp DIGITAL PUBLISHERS

Über die Autorin

Nena Siara entwarf schon früh als heimatgebundene Lehrerin Kinderbücher. 2014 gewann sie bei einem Krimiwettbewerb. Seit Ende 2015 ist sie Autorin der Agentur Ashera und pflegt Kontakte zu anderen bekannten Autorinnen. Im Arunya-Verlag veröffentlichte sie 2016 neben anderen Autoren in der Anthologie *Bunte Welt* das Debüt ihrer Traumdetektivin Shirley Holmes. 2018 veröffentlichte sie die Novelle *Tango und Tee* und ihre humorige Romance *Winternacht bei Tiffany*.

Für meine Mutter

Prolog

Das Licht der Schreibtischlampe erhellte jede Zeile ihres Briefes. Sie las ihn noch ein letztes Mal durch. Ja, jede Zeile meinte sie ernst. Jedes Wort war richtig gewählt. Und die Entscheidung getroffen.

Sie hatte keine Wahl. Sie musste es tun, um ihre Tochter zu schützen. Sie sollte ihre Mutter unbeschwert in Erinnerung behalten.

Seit Wochen nahm die Verzweiflung jede ihrer Zellen ein und jetzt, kurz davor, mutierte sie zu tiefster Traurigkeit. Der Herzschmerz beim Gedanken an ihre Tochter erfüllte den gesamten Brustraum. In stillen Minuten, ungesehen, waren ihr Tränen über die Wangen gelaufen, aber jetzt tat es nur noch höllisch weh. Das Leben kann jedem von uns Ohnmacht zeigen. Aber ihr Plan erwartete Vertrauen.

Ihr Blick wanderte zu dem Sofa in der Ecke, auf dem der junge Hund lag. Schweren Herzens stand sie auf und setzte sich zu ihm. Im gleichen Augenblick grollte es draußen. Ein Gewitter zog über die Insel, wie ein Vorbote für das, was ihnen bevorstand. Der Hund blieb von dem Geräusch unerschrocken. Er sah auf, kroch ihr entgegen und legte seinen Kopf auf ihrem Schoß ab.

„Du wirst sehen, der junge Surfer ist der Richtige." Liebevoll streichelte sie ihm über das silberne Fell. Es glänzte wunderschön im sanften Lichte des Wohnzimmers. Wochenlang hatte sie den Surfer beobachtet immer wieder nachgerechnet, wie es sein würde. Der Hund würde es schaffen. Er war eine Kämpfernatur. Vertrauen war angesagt. Wenigstens dieses eine Mal! Auch wenn sie die Möglichkeit in Betracht ziehen musste, dass der Hund mit ihr unterging, es war ihre einzige Chance, den Plan durchzuführen.

Entschlossen faltete sie das Blatt in ihrer Hand, nahm den kostbaren Ring vom Wohnzimmertisch und steckte beides in eine kleine Metalldose, die sie an das Halsband des Tieres hängte. Der Hund blickte zu ihr auf und warf ihr einen traurigen Blick zu. Ahnte er ihr Schicksal? Es musste einfach gut gehen! Auch wenn sie es nicht mitbekommen würde, versuchte sie daran festzuhalten. Morgen war es so weit. Morgen!

Mit diesem Gedanken löschte sie das Licht und legte sich ein letztes Mal unter ihre warme, behütende Bettdecke.

1

Zion

„Hey, Zion! Muss diese Töle immer dabei sein? Du siehst so gut aus, was brauchst du einen verdammten Köter?", rief Rickie quer über den Strand und schüttelte seine nasse, rote Lockenmähne. Die anderen Jungs lachten auf, einer rempelte Zion an, der gerade von seinem Jeep über den Sand Richtung Ufer lief.

„Vorsicht, keine Sprüche gegen Ellie!", gab Zion lässig zurück und streichelte seinen Mischling, der freudig neben ihm herlief. „Die ist mir hundertmal lieber als die dummen Blondchen, die es nur auf einen Surfer abgesehen haben!"

„Ach, die heiße Brünette letzte Woche war doch nicht von der Bettkante zu stoßen." Rickie lachte dreckig und die anderen Surfer stimmten mit ein. Alle außer Luisa, die gab Rickie einen Stoß mit dem Ellbogen.

„Und was hast du davon, du Playboy? Eine weitere Nacht Sex, und dann wieder ein leeres Bett und ein Mädchen mehr, das deine Telefonnummer kennt!", rief sie augenverdrehend.

Zion war Luisa dankbar für diesen Satz. Er drückte genau das aus, was er dachte. Die beiden kannten sich schon aus Kindheitstagen, waren nach der Schule in der Kleinstadt Croyde hängen geblieben und surften oft zusammen. Zion legte das Surfbrett auf das kleine Boot, das hier ankerte und zur Miete seines kleinen Strandhauses gehörte.

„Ach, hört schon auf, ihr Heiligen! Als ob du es nicht nötig hättest, Zion. Am Ende bist du noch schwul, und keiner weiß es."

Wieder lachten alle. Zion schüttelte den Kopf. Die Jungs hatten wieder ihre flotten Sprüche parat. Manchmal nervte es, aber im Kern waren sie in Ordnung und würden ihm immer zur Seite stehen, wenn er sie bräuchte. Der Tag war angenehm warm und dazu noch windig. So einen Saisonbeginn hatten sie schon einige Jahre nicht mehr. Alle Surfer waren draußen und ritten ihre Wellen, aber heute würde Zion nicht mitmachen.

„Fährst du wieder nach Downend?", wollte Rickie wissen. Sein Surfbrett klemmte unter seinem Arm, bereit für die nächste Welle.

Zion nickte. „Dort können wir ungestörter unsere Tricks üben."

Der Mischling war schon ins Boot gesprungen und wedelte fröhlich mit dem Schwanz, während Rickie sich jetzt mitsamt Board ins Wasser warf.

„Dann bis heute Abend in der Brandung. Du kommst doch?", rief er ihm laut durch die Brandung zu.

„Klar komme ich. Die Flut lass ich mir mit euch nicht entgehen."

Abends würden alle die letzten Wellen in der Dämmerung reiten. Das Schauspiel beobachteten immer viele Mädchen. Am Tag stellten die jungen Männer ihre nackten Oberkörper zur Schau, aber vor allem der Abend hatte eine besondere Magie und Anziehungskraft auf das andere Geschlecht und die jungen Surfer waren alles andere als abweisend ihren Fans gegenüber.

Zion zog Ellie die Schwimmweste über, schob das Boot in die Fluten und sprang mit einem Satz hinein. Ellie bellte aufgeregt, blieb aber brav an einer Stelle stehen.

„Ja, ja. Wir beide suchen uns jetzt mehr Ruhe zum Surfen, nicht wahr, Ellie?"

Wieder bellte die Hündin, als wolle sie zustimmen.

Während die Freunde längst ihren ersten Wellenritt genossen, entfernte sich das Boot immer weiter von der idyllischen Kleinstadt Croyde im Südwesten Englands. Hier, wo die schönsten und beliebtesten Surfstrände Großbritanniens vor der Tür lagen, war es nicht außergewöhnlich, dass die Jungs nur das Eine im Kopf hatten. Sie wuchsen mit dem Meer, den Wellen und dem Surfbrett auf wie Großstadtkinder mit der Underground und dem Smog.

Ihr Ziel, Downend, lag am südlichen Rand von Croyde und bot ideale Bedingungen für surfbegeisterte Hunde. Sanfte Wellen und schmale Strandabschnitte, die meisten nur von Spaziergängern besucht. Bis zur felsigen Küste war es nicht weit, aber für beide war das Boot komfortabler als der Weg über die steinigen Klippen. Der Hund liebte das Wasser und das Gefährt und hielt die Nase neugierig in den salzigen Wind.

„Das hast du gern, Ellie, stimmt's?"

Ellie bellte als Antwort, als hätte sie jedes Wort verstanden. Auch heute war wieder optimaler Wind und als Zion sein kleines Boot an Land ruderte und zwischen die Felsen von Downend zog, hechelte Ellie hektischer denn je.

„Warte nur ab, Mädchen. Gleich sind wir so weit." Er überprüfte noch einmal Ellies Schwimmweste. Alles fest. Dann schnappte er sich das Surfruder und hob das Surfbrett aus dem Boot.

„Na, darf Ihr Hund wieder mit?"

Zion sah über die Schulter und erkannte Mac James zwischen den Felsen. Der ältere Mann war Besitzer des beliebten Bed & Breakfast der Stadt. Er saß des Öfteren zwischen den Felsen und amüsierte sich, wenn Ellie auf dem Surfbrett die Wellen ritt.

„Ja! Sie liebt es. Genau wie ich!", antwortete Zion und lächelte ihn an.

Mac James nickte grinsend. „Erst habe ich gedacht, Sie quälen das Tier, aber jetzt bin ich überzeugt, dass sie gerne surft."

„Das denken alle. Die wenigsten schauen zu oder machen sich darüber Gedanken. Meine Kumpels behaupten sogar, dass ich nicht mehr alle Tassen im Schrank habe."

„Das kann ich mir denken. Ihre Kollegen denken wahrscheinlich lieber an die Girls und surfen direkt am Strand von Croyde, nicht wahr?" Mac James lachte. Auch er war in jungen Jahren dem Surfen verfallen und ebenso den Mädchen, die von diesem Sport angezogen wurden wie die Motten von gleißendem Licht. Das Ergebnis war bei beiden ähnlich. Die Motten verbrannten sich an der Hitze, die Mädels an der einseitigen Liebe zu den Wellenreitern.

Zion lachte. „Ja, so sieht's aus. Aber jetzt wollen wir mal. Ellie will nicht mehr warten." Er nickte Mac James freundlich zu und stapfte Richtung Wasser.

„Viel Spaß!", rief der noch, bevor die laut brechenden Wellen jedes weitere Wort verschluckten.

Immer und immer wieder paddelte Zion mit seinem verrückten Hund auf dem Brett ins Meer hinaus und ließ sich dann in die Brandung gleiten. Entweder mit ihr zusammen, oder Ellie verbrachte den Ritt auf seinen Schultern, oder aber er lenkte das Brett in die passende Richtung, sodass Ellie einen nahezu perfekten Hunderitt hinlegen konnte. Abschließend sprang sie übermütig einige Minuten in der Brandung herum, während sich Zion allein in die Wellen stürzte. Mac James hatte sich das Schauspiel einige Male angesehen und dann wieder den Heimweg angetreten.

Stunden später, der Strand leerte sich bereits, zeigte die untergehende Sonne den Abschied vom Wellenreiten an. „Es wird Zeit. Für heute langt's, Ellie!"

Ellie sprang ins Boot und Zion schob es gegen die eintretende Ebbe in die Fluten.

Obwohl die beiden erschöpft waren, ruderte Zion jedes Mal nach einem Wellenritt einige Meter weiter hinaus, als er musste, um zum Strand zurückzufahren. Weiter draußen legte er die Ruder ins Boot und genoss den stillen Abschied vom Tag in Gedanken an die schönen und freudvollen Momente mit Ellie und dem Meer. Dankbar schloss er die Augen und atmete die salzige Seeluft ein.

Lautes Bellen schreckte ihn auf. Ellie war auf ihn gesprungen, stemmte die Vorderpfoten auf seine Brust und sah hechelnd aufs Meer hinaus.

„Was hast du denn?“ Erschrocken sah Zion seine Hündin an, die plötzlich laut bellend zum Bug des Bootes lief und aufgeregt ins Wasser sah. Stirnrunzelnd setzte Zion sich auf, warf ebenfalls einen Blick über den Bootsrand und traute seinen Augen nicht. Ein graues Etwas trieb mit den Wellen dahin und versuchte krampfhaft, sich am Boot festzukrallen. Erst glaubte er, es wäre eine verletzte Robbe, ein Delfin oder ein Seehund, wie sie auf Lundy Island zu sehen waren – aber das hier war kleiner und hatte lange Pfoten. Endlich erkannte Zion, was da verzweifelt um Hilfe bettelte. Ein Hund!

„Um Gottes willen“, murmelte er, beugte sich vor und griff mit einem Ruck nach dem erschöpften Tier. „Was machst du denn für Sachen?“, fragte er, als er es über die Reling gezogen hatte. Auch Ellie beäugte den triefenden Hund, während Zion nach seinem Handtuch griff und ihn abrubbelte.

„Wo kommst du denn her, und wo gehörst du hin?“ Zion sah sich um. Er war mindestens zwei Kilometer vom Strand entfernt, und dass der junge Hund diese Strecke hatte schwimmen können, grenzte an ein Wunder. Am typisch grau-silbrigen Fell und dem verkürzten Schwanz erkannte Zion mit dem geschulten Tierarztauge sofort einen Weimeraner. Er schien noch jung zu sein, denn sein Körper war noch zu klein für das faltige Fell, die Ohren zu groß für den Kopf und der Ausdruck der Augen noch unerfahren, was sich nach diesem Vorfall sicher ändern würde.

Eilig ruderte Zion dem Strand entgegen. Ellie hatte sich zu dem jungen Hund gesellt, der zitternd vor Zion saß. In Ufernähe erkannte er schon seine Surffreunde, die sich wie üblich für ihre Wellenritte feiern ließen.

„Hey Zion, verdoppelt sich dein Hund beim Surfen, oder hab ich schon zu viel getrunken?"

Da waren sie wieder, die hohlen Sprüche seiner mittlerweile betrunkenen Freunde. Tagsüber ließen sie sich von Frauen bewundern und abends waren sie oft zu betrunken, um diese ernst zu nehmen. Dennoch verband sie alle die gemeinsame Liebe zum Meer und den Wellen, wie ein unsichtbares Bündnis.

Er nahm den jungen Weimeraner auf den Arm und trat auf Rickie zu. „Du bist eindeutig vollkommen dicht, Rickie. Das sieht doch ein Blinder, dass das nicht dieselben Hunde sind!" Kopfschüttelnd wandte sich Zion ab.

Doch kaum hatte er einen Schritt vom gut besuchten Lagerfeuer weg gemacht, hielt Rickie ihn am Arm zurück. „Hey Alter, lass gut sein. War dumm von mir, okay?", sagte er, als hätte er gemerkt, dass er es übertrieben hatte. „Komm schon, setz dich zu uns ans Feuer."

„Geht nicht. Ich muss zum Tierarzt. Den Hund hier hab ich in den Fluten gefunden, er ist vollkommen ausgemergelt und braucht medizinische Hilfe. Kümmere du dich lieber um mein Boot."

„Alles klar, mach ich. Viel Glück mit dem Hund. Bei dir ist er ja an der richtigen Adresse, du Tiernarr. Und schau mal in die Dose an seinem Halsband, vielleicht steht da was Wichtiges drin", rief Rickie ihm hinterher und zeigte sich damit wieder von seiner zuverlässigeren Seite.

Zion hastete zu seinem Jeep und lud Ellie auf die Laderampe. Die Metalldose! Wieso war ihm die nicht aufgefallen? Zion löste das Halsband des Hundes, aber dessen Zustand war ihm gerade wichtiger als sein Besitzer. Also nahm er den kleinen Weimeraner zwischen Lenkrad und Oberkörper und lenkte so gut es ging mit einer Hand.

Bis zur Tierarztpraxis waren es nur zehn Minuten Fahrt. Die Straße führte durch Downend an der Küste vorbei und dann ein Stück ins Landesinnere bis Braunton. Zion fuhr diese Strecke mehrmals in der Woche, allerdings nicht in dem Tempo, das er in diesem Augenblick hinlegte. Während die anderen Surfer heiter und angetrunken den Sonnenuntergang mit den Mädels genossen, hoffte er, dass er von seinem Chef nach der Untersuchung keine schlechten Nachrichten erhalten würde.

Die Tierarztpraxis lag etwas außerhalb von Braunton, einem der kleinen Küstenorte, und Zion bremste scharf auf dem Kies in der Einfahrt. Ellie sprang vom Jeep, wie sie es immer tat, wenn ihr Herrchen hier arbeitete. Zion war überglücklich gewesen, als er sich in der Praxis vorgestellt hatte, um neben seinem Tierarztstudium Erfahrung zu sammeln. Das Geld war ihm dabei nicht wichtig. Die Erkenntnisse waren unbezahlbar. Die Praxis war in der Nähe seines Zuhauses und Mr. Gullingham ein angesehener und erfahrener Tierarzt in der Region rund um Devon. Zion war zwar erst einundzwanzig, aber er liebte das Leben in Croyde und war im Gegensatz zu den Surfnomaden heimatgebunden.

Ellie lief neben ihm in den Praxiseingang. Heute war sie achtsamer und bellte nicht zur Begrüßung. Schnell drückte Zion mit dem Fuß gegen die Tür und eilte den kurzen Flur entlang bis ins Sprechzimmer. Sein Chef saß an seinem Schreibtisch und arbeitete am Computer. Sicher studierte er Befunde oder war mit seiner Buchhaltung beschäftigt.

„Mister Gullingham", rief Zion, noch bevor er den Schreibtisch erreichte. „Ich brauche Ihre Hilfe! Ich habe diesen Hund gerade aus dem Meer gefischt, er ist vollkommen unterkühlt."

Mr. Gullingham war die Sorte von Arzt, die ruhig und besonnen an einen Patienten herantrat. Mit seinen vierzig Jahren Berufserfahrung hatte er schon so manche schlimme Verletzung gesehen und versorgte jedes Tier so gut wie möglich. Er stand auf und lief auf den Hund zu, den Zion auf den Untersuchungstisch gesetzt hatte. Zunächst schaltete er die Wärmelampe an und begann, das Tier zu untersuchen.

„Na, wer bist du denn, du Schöner?", fragte er behutsam und hielt den Patienten fest. „Bist du weit geschwommen und von meinem guten Zion gefunden worden? Du hast aber Glück, mein Freund, jetzt bist du in Sicherheit. Wollen wir doch mal schauen, ob du gechipt bist. Dein Herrchen wird sicher traurig sein, wenn er ein solches Prachtexemplar vermisst."

„Vielleicht ist er auch über Bord geworfen worden", wandte Zion ein.

„Nein, nein. Wir wollen ja nicht gleich vom Schlimmsten ausgehen, nicht wahr?"

Zunächst hörte ihn Mr. Gullingham ab, maß die Temperatur und führte einen Ultraschall durch, um innere Verletzungen auszuschließen. Zion ging ihm fleißig und gewissenhaft zur Hand. Es dauerte eine Weile, bis alle notwendigen Untersuchungen abgeschlossen waren und Zion beobachtete jede Handbewegung. Zwischendurch streichelte er den Hund immer wieder und warf Blicke zu Ellie, die am Tischrand saß und den Kleinen beschützend beobachtete.

Nach einer Weile ging es dem jungen Hund besser, das Fell war getrocknet und die Stimmen hatten ihn beruhigt. Jetzt lag er nur ein wenig eingeschüchtert auf dem Untersuchungstisch, abwartend, ob er noch weitere Handlungen über sich ergehen lassen musste.

„Soweit scheint er stabil zu sein. Keine inneren Verletzungen, kein Wasser in der Lunge. Alle Knochen sind heil. Was auch immer passiert ist, er hat es gut überstanden. Prima Kerl!“, sagte Mr. Gullingham gelassen.

Zion fielen Tonnen von Steinen vom Herzen. Seitdem er den Hund aus dem Wasser gezogen hatte, fühlte er sich für ihn verantwortlich. „Das freut mich sehr“, gab der junge Tierarztstudent zum Ausdruck.

„Das sieht man“, erwiderte Mr. Gullingham lachend. „Ich habe Sie selten so erleichtert gesehen. Wenn Sie immer so einfühlsam und fleißig sind, können Sie gerne Ihr praktisches Jahr bei mir absolvieren, wenn Sie in einem Jahr so weit sind.“

„Ist das Ihr Ernst?“, fragte Zion ungläubig.

Mr. Gullingham nickte. „Anfangs hatte ich Zweifel, zugegeben. Ich dachte, Sie wären wie die anderen Surfer. Immer den Wellen hinterher. Aber Sie lernen schnell und haben viel Einfühlungsvermögen. Man merkt, dass Sie es wirklich wollen. Mein Angebot steht. Vielleicht arbeiten wir dann Hand in Hand."

Zion war ergriffen. Er mochte Mr. Gullingham sehr und würde das Angebot sicher annehmen.

„Sie sollten den Kleinen hier allerdings einige Tage bei sich behalten, damit er wieder zu Kräften kommt. Ellie ist ja eine perfekte Freundin. Sie wird ihm sicher ein Plätzchen abgeben, nicht wahr, Ellie?"

Ellie winselte, wedelte mit dem Schwanz und kam vorsichtig an Mr. Gullinghams Beine gelaufen. Liebevoll streichelte er sie an ihrem Köpfchen.

„Ich werde mich mal umhören, wer einen Weimeraner vermisst gemeldet hat, und ein Foto bei meinen Kollegen hinterlassen. Der Besitzer wird sicher überrascht sein, dass der Hund noch lebt."

Zion seufzte leise. Der Gedanke, den Hund wegzugeben, schmerzte bereits jetzt. Aber er musste auch darüber nachdenken, wie er sich fühlen würde, wenn Ellie verloren gehen würde ... Da erinnerte er sich wieder an die Metalldose.

„Einen Moment bitte", sagte Zion und ging hinaus zu seinem Jeep. Vielleicht gab es darin Hinweise über den Hund oder seinen Besitzer. Neugierig zog er einen gerollten Brief und einen Ring aus der Dose. Aufmerksam las er die Zeilen und lief dann irritiert in die Praxis zurück. Auffordernd hielt Zion Mr. Gullingham das Blatt entgegen. „Lesen Sie. Anscheinend gehört der Hund mir."

Neugierig las der Tierarzt die Zeilen.

„Das ist natürlich etwas anderes. Dann viel Glück mit dem Tier“, wünschte er und nickte Zion im stillen Einverständnis zu.

Erleichtert stopfte er den Brief in seine Hosentasche, verabschiedete sich von Mr. Gullingham und kehrte an seinen Jeep zurück. Der Weimeraner lief wie selbstverständlich neben Ellie her und am Fahrzeug angekommen, ließ er sich problemlos auf die Ladefläche heben.

Inzwischen war es dunkel und für die Rückfahrt nahm Zion die ruhigere und längere Strecke Innerlands. Den Weimeraner hatte er mit Ellies Leine angebunden. So viel Vertrauen hatte er noch nicht in den jungen Hund und verlieren wollte er ihn auch nicht, nachdem er ihn gerade erst gefunden hatte.

Eine halbe Stunde später parkte er an dem kleinen Strandhaus, das er seit einem Jahr mietete. Die älteren Besitzer waren vor langer Zeit ins Ausland gezogen und froh, dass sich in ihrer Abwesenheit jemand darum kümmerte, damit es nicht von betrunkenen Jugendlichen für nächtliche Strandpartys missbraucht wurde. Zion hatte ihnen einen guten Eindruck vermittelt und mit seiner handwerklichen Begabung das in die Jahre gekommene Haus wieder in einen guten Zustand gebracht. Seine Freunde hatten ihn immer wieder animiert, in dem Haus zu feiern, aber für ihn war es ein Rückzugsort und keine Plattform für wilde Feste.

„Dann wollen wir mal sehen, wo wir dir ein Plätzchen schaffen. Schade, dass ich deinen Namen nicht weiß. Den hat mir deine alte Besitzerin nicht verraten. Aber mir wird schon etwas einfallen, mein kleiner

Freund", murmelte Zion, schloss die Tür auf und ließ die beiden Hunde hinein. Neugierig schnupperte sich der Junghund durch die beiden kleinen Zimmer, die Küche und das Bad, um dann wieder bei Zion anzukommen und ihn mit großen, fragenden Augen anzusehen. „Du hast aber ganz schön viel Fell für deine Größe. Da musst du erst noch reinwachsen, was meinst du, Ellie?"

Es dauerte eine Weile, bis sich die Hunde beruhigt hatten. Zion setzte sich wie jeden Abend auf die Couch, um sein tägliches Lernpensum zu absolvieren. Er blieb ganz still dabei, denn er wollte dem neuen Hund so viel Ruhe wie möglich signalisieren. Und es schien zu funktionieren. Endlich legte er sich auf eines der Hundekissen direkt neben der Heizung und rollte sich ein.

Nun hatte Zion die notwendige Ruhe, den Brief noch einmal zu lesen. Ungläubig ob der Worte, die dort geschrieben standen, schüttelte er den Kopf und sah zu dem kleinen Hund hinüber, der nun den Schlaf der Gerechten schlief und dabei vor sich hin schnarchte. Dann nahm er den Ring in die Hand, der ebenfalls in der Dose gelegen hatte. Feinste blaue, rechteckige Diamanten und Saphire zierten eine filigrane Fassung, die wie Platin wirkte. Der größte Stein thronte in ihrer Mitte und funkelte wie der Ozean am Abend. Wenn dieser echt war, musste er mehrere Karat schwer sein. Zions Blick fiel auf die Innenseite des Ringes, auf der mit deutlicher Schrift die Herkunft des Ringes angezeigt wurde: *Tiffany & Co.* Ein Schmuckstück in dieser Größe musste ein Vermögen wert sein. Die Steine funkelten in dem von Kerzen erhellten

Zimmer. Mit diesem Ring solle er „die Kosten für das gesamte Leben des Hundes decken", hieß es in dem Abschiedsbrief, aber Zion war überzeugt, der Wert war wesentlich höher.

War es recht, den Ring zu behalten? Machte ihn ein solcher Brief tatsächlich zum Erbe einer Unbekannten?

***

Vier Wochen später hatten sich die drei aneinander gewöhnt. Zion hielt sich täglich mit beiden Hunden am Strand auf, um seinen neuen Begleiter an den Sand, seine Freunde und das Surfen zu gewöhnen. In diesen Wochen surfte er weniger und immer am Hauptstrand bei seinen Freunden, die darüber mehr als froh waren.

„Zion zieht mehr Mädels an als wir alle zusammen. Das ist der Hundebonus", raunte Rickie eines Tages zähneknirschend, dabei wussten alle, dass die Mädchen einfach auf Zions trainierten Körper, seine wasserblauen Augen und das smarte, harmonische Gesicht standen. Er hatte eben das richtige Geschenk mit auf die Welt bekommen.

„Aber der Kleine surft noch nicht mit, oder?" Rickie deutete auf den Weimeraner.

„Nein", gab Zion zurück und grub die nackten Füße in den Sand. „Er hat wohl noch Angst vor dem Wasser. Kein Wunder. Das Letzte, was er damit in Verbindung gebracht hat, war für ihn ein Überlebenskampf. Er muss erst wieder Vertrauen finden."

Die Jungs nickten und stürzten sich kurz darauf wieder in die Fluten. Währenddessen sprach Zion ruhig und sanft auf den Junghund ein, der geduldig auf ihn und Ellie wartete. Anfangs hatte ihn Zion mit Ellie am Strand gelassen und nur einen kurzen Wellenritt genommen. Jetzt konnte er den Rüden schon allein lassen und sicher sein, dass er auf dem Platz blieb, den der junge Surfer mit seiner Alltagskleidung belegt hatte.

Gerade als Zion die letzte Welle genoss und die letzten Meter in die Brandung glitt, sprang der Hund ihm entgegen und eine Welle schwappte über ihn. Lachend ging der junge Mann auf ihn zu, nahm ihn hoch und sagte: „Wave! Das ist ab sofort dein Name. Ich glaube, mit den Wellen wirst du es immer haben."

2

Zwei Jahre später

Wave wuchs zu einem stolzen Rüden heran, den Ellie wie einen Sohn bemutterte. Die letzten beiden Jahre waren ihm gut bekommen und die drei waren als Team in der Stadt und am Strand bekannt. Auch die Surferkollegen hatten sich an die doppelte Portion Hund am Strand gewöhnt.

„Warum bist du eigentlich nicht mehr in Downend?", hatte einer von ihnen einmal gefragt.

„Wave hat jedes Mal gezittert, wenn ich dort war. Und Boot fahren mag er überhaupt nicht. Also bleibt mir nichts anderes übrig, als hier zu surfen", war Zions Antwort. Auch beim Surfen hatte sich nichts verändert. Die jungen Männer waren ein wenig älter geworden, nicht aber weniger schnippisch oder scharf auf sexy Mädels.

„Heute ist wieder Strandparty angesagt", meinte Rickie. Es war Freitag und das Wetter hätte nicht besser sein können.

„Dass euch das auf Dauer nicht langweilig wird." Zion seufzte, während er sein weißes T-Shirt auszog und den braungebrannten Oberkörper entblößte. Die von der Sonne gebleichten, kinnlangen Haare fielen ihm dabei ins Gesicht.

„Was hätten wir sonst zu tun an diesem herrlichen Freitagabend?“, meinte Christian, der wie immer seine knallroten Badeshorts trug und nun lachend mit seinem Surfbrett unter dem Arm ins Wasser lief.

„Na, lernen!“, rief Zion ihm hinterher. „In ein paar Wochen stehen bei uns die Prüfungen an. Da muss man das eine oder andere eben opfern.“

„Opfern werde ich meine Zeit nur für diesen Ritt, und für sonst nichts!“, schrie Christian noch und stürzte sich in die Fluten. Er hielt nicht viel von Fleiß und Arbeit. Er jobbte hier und dort und lebte von der Hand in den Mund. In Croyde würde er nur einige Monate bleiben, bis er zum nächsten Strand weiterzog und von dort aus wieder weiter und weiter. Jedes Jahr drehte er dieselbe Runde.

„Das ist kein Leben für uns, nicht wahr, Ellie und Wave?“

Die Hunde bellten zur Bestätigung und Wave setzte sich wie üblich auf Zions großes Handtuch, von wo aus er ihm und seiner Hundemum zusehen konnte. Zion hatte Ellie ein paar neue Tricks auf dem Board beigebracht und am Strand herrschte deshalb wildes Gejubel, als die beiden das Wasser erreichten und ihr Können zeigten. Einige klatschten sogar Beifall. Ellie sprang anschließend jedes Mal freudig in der Brandung auf und ab, bis Zion sie erneut auf das Brett hob. Nach jedem Trick warf der Surfer einen Blick zu dem wartenden Wave und paddelte dann wieder in die

Fluten. Aber als er gerade über eine Pause nachdachte, war das Handtuch leer.

„Wave?" Besorgt sah Zion am Strand auf und ab. „Du musst wieder runter, Ellie. Wave ist weg. Wir müssen erst nach ihm suchen!"

Ellie verstand sofort und sprang vom Surfbrett zurück ins Wasser. Schnell stapfte Zion mit dem Board und dem Paddel an Land, warf beides kurzerhand in den Sand und pfiff nach Ellie, damit sie neben ihm herlief.

„Such nach Wave, Ellie. Such! Hoffentlich ist ihm nicht schon wieder was passiert. Ich hätte ihn doch anbinden sollen ..." Tausend Gedanken schossen ihm durch den Kopf. War Wave mit Wasser in Berührung gekommen und panisch davongerannt? Oder hatte ihn jemand mitgenommen? Nervös spähte er in alle Richtungen und suchte jedes Handtuch, jeden Menschen nach dem grauen Hund ab.

„Haben Sie einen großen, grauen Hund gesehen?", fragte er immer wieder, bekam jedoch stets nur ein Kopfschütteln oder ein Nein als Antwort. Er lief immer schneller, blickte panisch umher. Fast am Ende des Strandes angekommen, blieb Zion stehen. Es war nur noch ein einziger Mensch auf dem letzten Abschnitt des Sandstrandes zu sehen: Eine junge Frau. Und Wave wirbelte um sie herum.

„Wave, da bist du ja!", rief er erleichtert und rannte zu ihm, doch der Hund beachtete ihn gar nicht. Er schien nicht von der jungen Frau ablassen zu können. Immer und immer wieder stieß er seinen Kopf an ihren Oberschenkel und schwänzelte dabei ohne Unterlass, während die Frau versuchte ihn mit ihrem

Bein wegzuscheuchen und dabei fluchte. Als Wave mit einem lauten Bellen darauf antwortete, ließ sie erschrocken ihr Handtuch fallen, das er sofort als Spielzeug in Beschlag nahm.

„Hat er dich belästigt?“, fragte Zion vorsichtig. Der Blick aus zwei ozeanblauen Augen traf ihn in sein jungmännliches Herz, das einen heftigen Satz nach vorne machte.

Für einen Moment verharrte er vor ihr, gebannt von ihrer Ausstrahlung. Eine ihm unbekannte, wohlige Wärme strömte aus seinem Herzen direkt in jede Zelle seines Körpers. Und als sie ihm ein kurzes, freundliches Lächeln schenkte und dabei das Sonnenlicht ihre hüftlangen, blonden Haare in einen goldenen Umhang verwandelten, war es gänzlich um ihn geschehen.

„Nein, nein. Schon gut“, sagte die junge Frau und hob eine Hand als Entschuldigung. „Ich kann nur nicht so mit Hunden. Kannst du vielleicht dafür sorgen, dass ich mein Handtuch wiederbekomme? Ich wollte gerade gehen.“ Jetzt kräuselte sie ihre Lippen und sah drängend auf Wave, der mit Ellie und dem Handtuch neben ihnen herumtollte.

Die blauen Augen zogen wie ein Magnet an dem jungen Mann, der wie benommen vor ihr stand. „Äh, ja. Natürlich“, stammelte er und drehte sich um. „Ellie, Wave. Hierher!“

Aber die Hunde dachten gar nicht daran, die Beute loszulassen, und spielten ausgelassen weiter.

„Vielleicht solltest du mehr Zeit in die Erziehung deiner Hunde investieren als ins Surfen. Nicht jeder hat Verständnis für freilaufende Hunde“, bemerkte die junge Frau und verschränkte die Arme vor der Brust.

Zion, der irritiert abwechselnd zu seinen Hunden und zu ihr sah, stockte für einen Moment der Atem. Lange, schlanke Beine, die durchaus Muskulatur zeigten, waren das Ende eines durchtrainierten Körpers. Sicher war sie in seinem Alter, aber nicht von hier, sonst hätte er sie gekannt. Normalerweise hatte er kein Auge für diese Art von Schönheiten, aber irgendetwas an ihr zog ihn an und hielt ihn in diesem Moment gefangen.

„Was ist jetzt?“, fragte sie und hob eine Augenbraue. "Bekomme ich mein Handtuch zurück?“

„Ähm, natürlich! Sofort.“ Widerwillig löste er den Blick von der Unbekannten und hastete zu seinen beiden Vierbeinern. „Wave, Ellie, aus! Her mit dem Handtuch. Das gehört sich nicht. Aus!“

Endlich ließen die beiden das große Strandtuch fallen, rannten bellend einige Meter weiter und setzten ihre Rauferei zwischen Mutter und Ziehsohn fort. Der Sand peitschte um sie herum. Zion schüttelte das Strandtuch kräftig aus. Mit großen Buchstaben stand darauf *Lundy Island* über einem Bild von Seehunden und Möwen inmitten einer Landkarte.

Zion wollte gerade das Handtuch zusammenfalten, als eine Hand danach griff und den weiteren Blick darauf unterbrach.

„Danke“, sagte die Unbekannte tonlos und faltete es selbst zusammen.

„Äh, bitte. Lundy? Warst du schon einmal auf der Insel?“, wollte er wissen, nur um das Gespräch fortzuführen und sie noch etwas festzuhalten.

„Ja. Ich wohne dort“, war ihre knappe Antwort.

„Du wohnst auf Lundy? Geht das? Die Insel ist doch nahezu unbewohnt.“

Das unbekannte Mädchen schlug das Handtuch gekonnt in einem Turban um seinen Kopf. Ein langer Handtuchzipfel, aus dem noch längere nasse Haare wie goldene Fäden herauslugten, hingen an ihrem Rücken herab. Hastig griff sie nach dem Rucksack, der neben ihr auf dem Boden stand, und schulterte ihn.

„Ich habe wirklich keine Zeit mehr für junge Surfer mit frechen Hunden. Ich verpasse meine Mitfahrgelegenheit“, murmelte sie noch und stapfte an Zion vorbei, ohne ihn weiter anzusehen.

„So frech sind meine Hunde gar nicht. Vielleicht kannst du sie näher kennenlernen, falls du öfter hier bist. Ich bin übrigens Zion“, rief er ihr hinterher, worauf sie nur mit „Aha“ antwortete.

Er dachte noch darüber nach, ihr zu folgen, da lenkte ihn ein lautes Bellen ab. Ellie sprang an ihm hoch und wollte eine Streicheleinheit.

„Du bist ein feines Mädchen, Ellie, und du bist ein ganz toller Junge! Was hast du da nur für ein besonderes Mädchen aufgespürt, Wave. Dafür bekommst du heute eine Extraportion Hundewurst.“ Liebevoll streichelte Zion Wave über sein glänzendes graues Fell, das in der Abendsonne wie ein Hämatit glänzte. „Jetzt lasst uns nach Hause fahren.“

Gedankenverloren schlenderte Zion zu seinem Surfbrett zurück, sammelte seine Siebensachen ein und verstaute alles in seinem Jeep. Ellie und Wave nahmen wie immer auf der Ladefläche Platz. Seinen Surfanzug ließ er zum ersten Mal in all den Jahren an, obwohl er steif und trocken an seinem Körper rieb. Wie hypnotisiert fuhr er an der Küste entlang, bis endlich der kleine Streifen auftauchte, an dem sein Strandhaus lag.

Immer noch im Surfanzug stieg er aus und gab den beiden Hunden ihre Abendportion. Anschließend reinigte er sein Board auf der Veranda und stellte es zum Trocknen an die Hauswand, dann erst schälte er sich aus dem Anzug und ließ in der Dusche genüsslich kaltes Wasser über seinen Körper rieseln. Wie jeden Tag würden Rickie, Christian und die anderen Jungs ihren Abend am Strand verbringen und sich von ihren Mädels umschmeicheln lassen, aber Zions Gedanken kreisten nur um die langhaarige Unbekannte von Lundy Island. Sie hatte eine Faszination in ihm geweckt, obwohl sie sich nicht gerade für ihn zu interessieren schien. Wo konnte er sie wiedersehen? Was konnte er tun, damit sie Notiz oder vielleicht auch mehr von ihm nahm? Die Hunde waren in ihrem Fall kein Bonus gewesen. Im Gegenteil.

Nach der Dusche braute Zion sich eine Ingwer-Zitronen-Limonade zusammen, die er mit Eiswürfeln in einem großen Sommerglas auf den kleinen Tisch auf der Veranda vor seinem Strandhaus stellte, den er aus Treibholz zusammengezimmert hatte. Das Bauen war eine Begeisterung, die er neben seiner Tätigkeit als Tierarztaushilfe und Surfen noch hegte. Der Tisch wirkte wie ein wildes Durcheinander von Holzfundstücken, die so zusammengeschraubt und zurechtgefeilt waren, dass sie zahlreiche flache Flächen boten, um Getränke und andere Utensilien darauf zu platzieren. Er setzte sich in den Schaukelstuhl, der einen fantastischen Blick auf den Ozean und den Strand von

Croyde freigab. Genüsslich trank er seine Limonade und beobachtete die Paare und einzelnen Spaziergänger, die sich dem Zwielicht am Strand hingaben. Irgendwann verblassten all die Menschen und er sah nur noch das bedruckte Handtuch von Miss No-Name, wie es einem langen Pferdeschwanz ähnlich auf ihrem Rücken hin- und herbaumelte.

***

Mitten in der Nacht erwachte er und bemerkte, dass ihn das Klingeln seines Handys aus den Träumen geholt hatte.

Mr. Gullingham war am Apparat. „Zion, gut, dass ich Sie erreiche. Wir haben einen komplizierten Hüftbruch bei einer Katze. Sie ist angefahren worden. Das ist eine gute Chance für Sie, kommen Sie schnellstmöglich her!“

Zion war augenblicklich hellwach. Er wusste, dass Mr. Gullingham ihm nicht nur eine Chance geben wollte, sondern auch eine zweite Hand brauchte. Als Zion vor einem Jahr tatsächlich das praktische Jahr begonnen hatte, hatte Mr. Gullingham ihm rasch viel Verantwortung übertragen und sie waren übereingekommen, herausragende Fälle gemeinsam zu übernehmen. Zum einen, weil Mr. Gullingham in die Jahre gekommen war und nachts nicht mehr die notwendige Konzentration aufbrachte, zum anderen, weil Zion Erfahrungen am lebenden Objekt sammeln wollte und musste.

„Ja, selbstverständlich. Ich bin sofort bei Ihnen“, versprach er.

„Gut. Ich lege die Katze schon in Narkose. Bis gleich."

„Bis gleich."

Schnell schälte er sich aus dem Bett, beruhigte Ellie und Wave liebevoll und brach mit seinem Jeep in Richtung Praxis auf.

Die kühle Nachtluft blies um seine Ohren. Auch Ende Juli konnten es immer noch um die fünfzehn Grad sein und genauso fühlte es sich an. Leichter Nieselregen fiel auf ihn herab, aber Zion spürte ihn kaum. Er zog die Plane des Fahrzeugs lediglich im Dezember und Januar über. Als Surfer war er Wasser mehr als gewohnt und er liebte das Freiheitsgefühl, das durch das offene Fahren aufkam.

Keine zwanzig Minuten später traf er bei Mr. Gullingham ein und eilte in das einzige noch erleuchtete Behandlungszimmer. Die Katze lag bereits in Narkose, ein Mann saß kreidebleich und sichtlich geschockt auf einem der Wartezimmerstühle.

„Sie war ganz plötzlich da", erklärte er kleinlaut und hob die Schultern zum Zeichen, dies nicht mit Absicht gemacht zu haben.

„Sie haben sie hergebracht. Nur das zählt", antwortete der junge Tierarztstudent und schenkte ihm einen beruhigenden Blick. Dann beeilte er sich, seinen Operationskittel überzuziehen und die üblichen Hygienevorschriften durchzuführen.

„So, mein Freund", begrüßte ihn der Doktor und winkte ihn zum Behandlungstisch. „Das wird heute Ihr Opus. Sie werden die Operation durchführen und eine Meisterleistung vollbringen. Sie bauen ein neues Hüftgelenk ein. Es wird Zeit, bald stehen Sie vor Ihrem Examen."

Das Vertrauen des Doktors gab Zion wie immer die nötige Sicherheit. Entschlossen nickte er, sammelte seine Konzentration und machte sich an die Arbeit.

„Das war famos, junger Kollege!“, verkündete Mr. Gullingham zwei Stunden später. „Glückwunsch. Sie sind so weit!“ Wertschätzendes Schulterklopfen begleitete das Kompliment und Zion atmete erleichtert auf.

„Danke, Mister Gullingham. Ohne Sie hätte ich niemals solche Möglichkeiten gehabt. Ich weiß es sehr zu schätzen.“

„Na, na, junger Mann. Stellen Sie sich selbst nicht hinten an. Sie sind eine Koryphäe und Croyde kann sich glücklich schätzen, bald eine solchen Tierarzt zu bekommen. Ich bin froh, dass Sie vor einem Jahr mein Angebot angenommen haben. Sie machen mir wirklich Konkurrenz mit ihren dreiundzwanzig Jahren.“ Er lachte herzhaft, während Zion ihn erstaunt ansah.

„Das geht gar nicht. Wie könnte ich Sie ausstechen?“

„Nun, irgendwann ist meine Zeit gekommen und ich kann mir keinen Besseren als Ersatz vorstellen. Das steht außer Frage.“ Mr. Gullingham wandte sich ab und ging wie üblich erst zu dem Besitzer des Tieres, um ihm von der Operation und dem Zustand des Patienten zu berichten. Dann schrieb er an seinem Schreibtisch den Bericht. Es waren die Kleinigkeiten, die Zion an ihm schätzte. Solche Dinge erledigte der Tierarzt ganz allein. Keine Sprechstundenhilfe durfte das für ihn übernehmen, auch wenn es durchaus in anderen Betrieben gängige Praxis war. Aber so war es richtig, fand Zion, und genauso würde er es später auch handhaben.

Der Tierarzt sah müde aus. In letzter Zeit war ihm die Last der nächtlichen Einsätze und des Tagespensums deutlich anzumerken. Immer öfter wirkte er erschöpft und nicht ganz bei der Sache. Gelegentlich kam Zion zwischen den Patienten in sein Sprechzimmer und fand Mr. Gullingham dann mit dem Kopf in seiner abgestützten Hand ruhend vor. Allerdings vermied Zion es, seinen Chef auf seine offensichtlichen Ermüdungserscheinungen anzusprechen. Zwar war ihr Verhältnis mehr als nur das eines Assistenzarztes zu seinem Vorgesetzten, aber zwischen ihnen lag eine unsichtbare Wand, die private Einblicke verbot und auch immer noch durch das Sietzen unterstrichen wurde. Deshalb verabschiedete er sich auch heute einfach freundlich von seinem Chef und fuhr in sein Strandhaus zurück.

Ellie und Wave sahen kurz auf, schliefen aber sofort wieder ein. Nur Zion wälzte sich noch eine gute halbe Stunde im Bett hin und her und verdaute die schwierige und dennoch gelungene Operation. Auch das erleichterte Gesicht des Kurzzeitbesitzers der Katze und sein kräftiges Händeschütteln mit dem Tierarzt tauchten wieder vor ihm auf. Das waren die wertvollsten Momente im Tierarztbusiness. Wenn es einem gelang, die Tiere zu retten und dem Besitzer die frohe Botschaft zu verkünden. Nichts war damit zu vergleichen.

Nach und nach verblassten die Bilder der Nacht. Ein Hund bellte in der Nachbarschaft. Zion hatte noch zwei Stunden, bis er wieder aufstehen musste. Also zwang er sich zur Löschung seiner Erinnerungen und bemühte sich, die aufkeimenden blassen Bilder des wippenden Handtuchs im Dunkeln zu ignorieren.

***

Am nächsten Morgen hing die Dämmerung über dem Wasser und tauchte den Strand in ein beeindruckendes Farbspiel. Leichter Nebel verlieh dem Ausblick eine Spur Romantik.

Zion schlüpfte in seine Joggingklamotten, pfiff einmal in Ellies und Waves Richtung und startete seinen morgendlichen Rundlauf. Er liebte es, dann, wenn alles schlief, Sport zu treiben und die frische Seeluft einzuatmen. Ellie und Wave tobten wie immer neben ihm, liefen in die Brandung und genossen ebenso wie ihr Herrchen die Einsamkeit am Strand.

Gedankenverloren lief er immer weiter und fand sich plötzlich genau an der Stelle, an der er am letzten Nachmittag die Schwimmerin getroffen hatte. Das Ende des Strandes war von hohen Steinfelsen eingesäumt, die nur durch Klettern überwunden werden konnten. Außer Atem blieb er stehen und sah sich um. Tatsächlich erkannte er noch den Abdruck ihres Handtuchs. Der Nieselregen der letzten Nacht hatte den Sand gebändigt und wie ein Fossil erhalten. Die ablehnende Haltung von Miss No-Name hatte ihm zugesetzt, für einen Moment fluchte er vor sich hin und stach mit seinem Turnschuh in den Sandabdruck vor ihm.

„Huch, was haben wir denn da?“ Zion bückte sich und hob einen kleinen Gegenstand aus dem Sand. Behutsam pustete er die Körner weg und sah ihn sich genauer an. Es war ein Schmuckstück, aber für ein Armband war es zu groß. Es bestand aus vielen kleinen unterschiedlichen Perlen und in seiner Mitte leuchteten schwarze Buchstaben auf runden weißen Perlen, wie man es bei Neugeborenen oft sieht. LIA stand dort.

Der Verschluss war kaputt. Sicher war es ein Fußkettchen und möglicherweise gehörte es Miss No-Name. *Lia*. Wenn er den Namen aussprach und dabei an *sie* dachte, wurde ihm wieder warm ums Herz und vergessen war sein Stolz. Wenn es ihr gehörte, würde sie es vermissen. Es sah aus, als sei es mit viel Liebe angefertigt worden. Jeder Stein sah anders aus und am Rand war ein winzig kleiner, silberner Buddhakopf angehängt. Sicher eine Modesache, wenngleich sich Zion auch für ethische Grundsätze interessierte. *Eine Gemeinsamkeit*, schoss es ihm durch den Kopf. Das konnte nur von Vorteil sein. Aber erst einmal musste er sie wiederfinden. Von nun an würde er sein Handtuch an diesen Strandabschnitt legen und hoffen, sie baldmöglichst zu treffen.

Er pfiff Ellie und Wave zu sich und joggte heimwärts.

Auf dem Rückweg hielt Zion für gewöhnlich bei *Joyce*, einem kleinen Standcafé, das die herrlichsten Muffins und den Kaffee auch to Go anbot. Allerdings, und das war das besondere an Joyce, nur wenn man seinen eigenen Becher mitbrachte. Der kleine Laden war stets gefüllt, das Gebäck mit Liebe zubereitet, der Service persönlich und die Inhaberin legte Wert auf gute, faire Zutaten. Dafür zahlte Zion gern ein wenig mehr und den anderen Gästen schien es nicht anders zu gehen.

„Guten Morgen, Zion. Das Übliche?“, fragte Joyce, eine dauerkaugummikauende, schlanke Frau, die zwar ihr bester Kunde in Sachen Muffins war, aber nie ein Gramm zunahm.

„Guten Morgen, Joyce. Natürlich. Könntest du einen einzigen Morgen ohne deine Muffins auskommen?“, schmeichelte er ihr und sah in ihre türkisfarbenen Augen. Ihre Haare, die mit einem Haarband im Nacken zusammengebunden waren, waren mit Henna gefärbt und ihrem Outfit nach hätte sie als alter Hippie auf Ibiza leben können.

„Ach, hör auf, wenn ich doch bloß zunehmen würde, dann würde ich aufhören alle naselang selbst zu naschen. Aber es ist, als ob ich nach jedem Muffin wieder weniger wiege“, erwiderte sie lächelnd und winkte ab.

„Dann gehörst du zu der glücklichen Sorte von Frauen. Glaub mir, die meisten wollen schlank sein und quälen sich ein Leben lang. Ich kann diese Hungerhaken nicht leiden. Schlank ist okay, aber der Genuss sollte dabei nicht fehlen“, besänftigte er sie und nahm sein Frühstück entgegen.

„Du alter Charmeur! Wenn ich in deinem Alter wäre ... du könntest dich nicht vor mir retten.“ Joyce hob die Augenbrauen. „Kannst du dich überhaupt von den ganzen Frauen fernhalten?“

„Was redest du da? Für mich gibt nur eine. Die *Richtige*.“ Zion hob seinen Kaffee, als wolle er seiner Aussage damit Nachdruck verleihen, drehte sich dann zu den Sitzgelegenheiten und wählte seinen Lieblingstisch direkt am Strandweg. Ellie und Wave lagen beide bereits unter dem Baum, der dem Tisch Schatten bot. Joyce stellte immer Wasserschalen für Hunde auf und so wie Zion seine beiden Hunde kannte, hatten sie sich bereits bedient.

Der Kaffee tat gut und der Muffin war wie immer erstklassig. Er war aus dunkler Schokolade und von kleinen, weißen Schokostückchen durchzogen. Joyce stellte immer ein winziges Töpfchen Ahornsirup zum Tunken dazu und tatsächlich machte genau das einen weiteren Punkt ihres Geheimrezeptes aus. Genussvoll biss Zion zu, während er mit der anderen Hand noch mal das gefundene Fußkettchen beäugte. Vielleicht konnte er es reparieren und Lia würde ihm dann nicht mehr so feindselig gegenüberstehen, wenn er es ihr zurückgeben konnte. Falls es denn ihres war.

„Na toll! Erst verliere ich wegen deinem Hund meine Fußkette und dann behältst du sie auch noch!"

Überrascht sah Zion auf und blickte in die zwei ozeanblauen Augen vom Vortag. Sein Mund blieb offen. Da stand sie. Am Morgen. Vor ihm. Die Hände in die Hüften gestemmt. Ihre Haare wirkten wie eine lange Hülle, die ihren gesamten Körper umfassten. Ein Tuch hielt die Strähnen aus ihrem Gesicht, ein weißes T-Shirt und khakifarbene Shorts lagen eng an ihrem durchtrainierten Körper.

„Was ist? Habe ich dich in flagranti erwischt?", hakte sie nach, aber Zion war so von ihrem Auftreten geblendet, dass er nur wenige Worte parat hatte.

„In flagranti? Wieso? Ich ..."

„Ich hätte sie gern wieder", unterbrach sie ihn und hielt ihm die Hand entgegen. Geöffnet, um die Fußkette zu bekommen.

„Moment." Endlich funktionierte sein Gehirn wieder. „Du kannst hier nicht auftauchen und solche Sachen behaupten. Woher weiß ich denn, dass es dir gehört?"

„Weil das mein Name ist. Lia. Willst du etwa meinen Ausweis sehen? Reicht es dir nicht, dass dein Hund mir das Teil kaputt gemacht hat?" Die Hände erneut in den Hüften wirkte Lia nun wütender. Auch ihre Stimme klang nicht mehr nur fordernd, sondern zunehmend provokant.

„Woher weißt du denn, dass Wave dafür verantwortlich war? Und wenn schon! Er ist ein guter Hund. Er wollte spielen, mehr nicht", verteidigte Zion seinen Hund vehement. „Und behalten wollte ich es nicht. Im Gegenteil, ich habe es heute Morgen dort gefunden, wo du gestern gelegen hast. Und ehrlich gesagt, wollte ich es reparieren lassen", fügte er hinzu und beobachtete zufrieden, wie Lias Augen ein Stück größer wurden. „Du kannst es sofort wiederhaben. Aber erst setzt du dich zu mir und trinkst mit mir einen Kaffee. Die Muffins sind auch ganz ausgezeichnet."

Damit ließ Zion Lia stehen und ging erneut zu Joyce.

„Das gleiche noch mal, Joyce", bat er am Tresen.

„Gern, aber Lia nimmt immer den Muffin mit Heidelbeeren und Vanille. Soll ich ihn auf den Teller legen?"

Zion sah sie überrascht an. „Kommt sie öfter her?", wollte er wissen. „Ich habe sie noch nie hier gesehen."

Joyce lachte. „Ja, gelegentlich. Früher öfter. Bevor ... hm. Das soll sie dir besser selbst erzählen."

Zion nahm den Muffin entgegen, wandte sich ab und ging zurück zu seinem Platz. Lia hatte sich tatsächlich gesetzt.

„Oh Gott. Joyce kann es einfach nicht lassen! Sie hat dir sicher gesagt, welchen Muffin ich mag“, murmelte sie und sah mit einem Funken Vorwurf in den Augen zur Theke.

Zion kommentierte dies mit einem Grinsen. „Also ist dein Name Lia und das ist deine Fußkette“, stellte er fest und nickte in Richtung des Schmuckstücks, das mittlerweile in Lias Hand lag.

Sie ließ die Perlen einzeln durch ihre Finger gleiten und nickte. „Danke, dass du es aufgehoben hast. Es ist mir sehr wichtig.“ Ihr Blick bekam einen traurigen Schatten, den Zion jedoch nicht hinterfragen wollte. Er wollte nur eins: Dass Lia blieb und mit ihm einige Minuten verbrachte.

„Bist du so früh von Lundy hierhergefahren?“, fragte er deshalb und biss noch einmal in seinen Muffin.

„Nein. Ich bin nicht zurückgefahren, als ich gemerkt habe, dass ich die Fußkette verloren habe. Also habe ich in Ilfracombe übernachtet. Von dort aus fahre ich immer nach Lundy.“ Zion war gerne in der kleinen Hafenstadt. Sie hatte eine gesunde Mischung zwischen Geschäftigkeit und Gemütlichkeit. Zudem gab es dort einige Surfläden, die Zion von Zeit zu Zeit aufsuchte.

„Du hast wegen der Fußkette *hier* übernachtet? Dann scheint sie dir wirklich wichtig zu sein.“ Eigentlich wollte er fragen, was sie an der Kette festhielt, aber er zügelte seine Neugier.

Lia antwortete nicht und sah zur Seite. Zion folgte ihrem Blick zu seinen Hunden. Wave bellte, als ein anderer Hund in der Ferne am Strand vorbeilief und Lia kommentierte dies mit einem Stirnrunzeln. Als

Ellie in das Bellen miteinstimmte, änderte sich Lias Ausdruck und Milde überzog ihr Gesicht.

„Deine Hündin ist brav“, sagte sie leise.

„Ja! Sie ist fantastisch. Und Wave auch. Er ist ein guter und treuer Freund.“ Zion merkte anhand der Art, wie sie sich bemühte *nicht* zu Wave zu sehen, dass Lia ihm entweder noch nicht verziehen oder gänzlich Schwierigkeiten mit ihm oder Rüden hatte.

„Mag sein, aber er scheint zu machen, was er will“, murmelte Lia, wandte sich ihrem Muffin zu und biss hinein.

„Da kommt er stark nach mir. Ich mache auch genau das, was ich möchte und nicht das, was andere von mir erwarten. Wave und ich passen gut zusammen.“ Zion versuchte in Lias Gesicht irgendeine Reaktion zu lesen, aber es war, als ob sie ein Geheimnis vor der Welt verbarg. Und Joyce hatte es ja gesagt: Irgendetwas war in Lias Leben passiert.

„Gehst du heute wieder schwimmen?“, wechselte er das Thema.

„Ja. Ich schwimme jeden Tag.“

„Warum schwimmst du hier und nicht auf Lundy?“

„Ich mag den Strand. Wir waren früher oft hier schwimmen. Ähm, ich meine, ich war früher hier oft schwimmen ...“

Zion nickte, während Lia an ihm vorbei zum Meer sah. Über das Thema wollte sie wohl nicht sprechen und Zion bohrte nicht weiter.

Er warf einen Blick auf die Uhr und registrierte erschrocken, dass er längst auf dem Weg nach Hause sein musste. Er war zwar schon mit den Themen für das Examen vertraut, wiederholte sie jedoch täglich.

Schweren Herzens trank er seinen letzten Schluck Kaffee und stand auf. „Dann sehen wir uns heute Nachmittag. Zur selben Uhrzeit am selben Strandabschnitt?“

Lia sah irritiert aus, nickte aber. Natürlich hätte er ihr sagen können, warum er so hastig aufbrach, aber sie war selbst so verschlossen, dass er sie zunächst nicht mit zu vielen Informationen überhäufen wollte. Das unerwartete Treffen bei Joyce hatte seinen Glückspegel in ungeahnte Sphären katapultiert. Deshalb stand er nun lächelnd vor ihr.

„Ellie, Wave, los geht's!“

Die Hunde setzten sich in Bewegung und wirbelten vor Freude um ihn herum.

„Wir sehen uns später. Und das hier, das nehme ich mit.“ Zion schnappte sich das Fußkettchen aus ihrer Hand und steckte es schneller, als Lia reagieren konnte, in die kleine Tasche seiner Sporthose. „Schließlich müssen Wave und ich etwas wiedergutmachen.“

Lia wollte wohl noch protestieren, denn sie stand auf und stützte die Hände auf dem Tisch ab. Dabei wehten ihr erneut die blonden Haare um den Oberkörper. Mit dieser Mischung aus Vorwurf und Weiblichkeit in den Augen sah sie verführerisch aus. Zion konnte kaum die Augen von ihr lassen und hätte sie gern einfach weiter betrachtet.

Stattdessen schenkte er ihr noch ein gewinnendes Lächeln und wandte sich ab. Sein Herz pochte wild vor sich hin. Wenn er sich noch einmal zu ihr umgedreht hätte, wäre er zu ihr gerannt, um sie augenblicklich zu küssen. Aber dann hätte er den Moment zerstört.

***

Das *Beach Beads* war ein kleiner, aber bekannter Juwelier direkt am immer gut besuchten Woolacombe Beach oberhalb von Croyde. Zion war fast versucht, das Surfbrett aus dem Auto zu holen und die Morgenstunden zum Surfen zu nutzen statt für das Aufzählen der verschiedenen Muskelgruppen. Aber er war seit jeher ein strukturierter Mensch, der immer das tat, was auf seinem Programm stand. Obwohl, heute brach er seine Struktur. Statt seit einer halben Stunde am Schreibtisch die Anatomie von Hunden zu wiederholen, saß er in seinem Jeep und hatte nur die Reparatur des Kettchens auf dem Schirm.

Zion hatte Glück und parkte direkt vor dem Geschäft. Er war froh, dass sie pünktlich öffneten und er als Erster bedient wurde. Die Besonderheit des kleinen Schmuckgeschäfts lag in seiner Vielfalt und der gesunden Mischung aus echtem Schmuck, Edelsteinen und Modeperlen. Er zeigte einer jungen Frau, deren Kopf durch ihre Dreadlocks größer wirkte als ihr gesamter Oberkörper und die von ihrem Hippistyle als Tochter von Joyce hätte durchgehen können, das Kettchen mit dem Schaden.

„Es sind einige Perlen rausgefallen. Soll ich sie ersetzen oder eine Lücke lassen?"

„Eine Lücke?" Zion sah sich das Kettchen nun genauer an. Tatsächlich. Wenn man es am abgefallenen Verschluss zusammenhielt, fehlte etwas. Aber was? Ahnungslos sah er die Verkäuferin an.

„Es ist wohl von deiner Freundin und du weißt nicht, was da dran war, oder?“, fragte sie lachend. Zion nickte instinktiv.

Das Mädchen brachte mehrere durchsichtige Kisten mit unterteilten Fächern voller Perlen. Zielstrebig griff die Verkäuferin in zwei Fächer und fädelte die Perlen auf die Stelle auf, die an Lias Fußkette leer war.

„Hm. Das sieht zwar aus, als sei es niemals kaputt gewesen, aber es gefällt mir nicht“, kommentierte Zion die Perlen.

„Okay.“ Die Verkäuferin schien über die Aussage nicht beleidigt zu sein und fädelte stattdessen andere Perlen auf. Zion schüttelte erneut den Kopf. Auch der dritte und vierte Versuch fand nicht seine Zustimmung.

„Hast du zufällig einen Muffin als Perle?“, fragte er plötzlich.

„Klar. Warum hast du das nicht gleich gesagt? Wir haben auch Tiere, Sternzeichen und viele andere Symbole.“ Sie wandte sich ab und holte aus einem anderen Schrank zwei weitere Kästchen, die sie vor Zion auf den Tresen stellte.

„Hier. Der ist ganz niedlich. Oder der hier.“ Sie hielt ihm mit jeder Hand eine Muffinperle entgegen. Die erste war aus Silber. Die andere war aus Kunststoff und so bunt wie ein Muffin selbst.

„Ist die hier aus echtem Gold?“, wollte er wissen und zeigte auf den dritten Muffin in dem Kästchen vor ihm. Gleichzeitig fragte er sich, ob er nicht gerade überschnappte. Warum wollte er einem völlig unbekannten Mädchen eine echt goldene Perle schenken?

„Ja, und du hast Glück! Das hier ist die letzte.“ Sie griff nach der Perle und fädelte sie an die leere Stelle. „Das sieht gut aus. Zuerst dachte ich, das wäre zu kitschig, aber jetzt verleiht es der Fußkette irgendwie ein Stück Eleganz.“

Sie hatte recht. Es sah gut aus. Zwar wusste Zion nicht, ob es besser aussah als zuvor, aber jetzt sah es gut und sogar elegant aus. Für einen Augenblick schloss er die Augen und sah Lia im Sonnenschein am Strand sitzen. Ihre goldenen, langen Haare um ihren Körper wehend und mit der goldenen Muffinperle an ihrem Knöchel.

Kurz stockte er. War es überhaupt in Ordnung, wenn er einfach ohne ihr Einverständnis etwas hinzufügte? Wenn es nun eine ganz andere Bedeutung für Lia hatte und Zion mit der ausgesuchten Perle etwas von dieser Besonderheit zerstörte? Er dachte darüber nach und lauschte auf sein Herz, aber es befand sich im Chaos und war nicht zurechnungsfähig.

„Worüber denkst du nach? Glaubst du, sie wird sauer sein?“, unterbrach das Mädchen seine Zweifel.

„Kannst du Gedanken lesen?“, fragte Zion und lachte.

„Das kommt häufiger vor, als du denkst. Und es liegt auf der Hand. Aber im Prinzip brauchst du dir keine Gedanken zu machen. Eigentlich freuen wir uns immer über Geschenke jeglicher Art“, versicherte die Verkäuferin.

„Ja, genau. Eigentlich ...“ Zion warf ihr einen skeptischen Blick zu, aber dann gab er sich einen Ruck. „Das passt so. Du kannst sie reparieren. Mit dem Muffin.“

„Gut. Ich brauche nicht lang“, meinte sie und begab sich hinter den Ladentisch.

Als Zion sich auf einen der Stühle setzte und quer durch das Geschäft die Verkäuferin hantieren sah, fiel ihm ein, dass er nicht nach dem Preis der Perle gefragt hatte. Aber irgendwie spielte das auch keine Rolle. Lias Wohlbefinden und ihre Freude waren ihm mehr wert als jedes Geld der Welt, dabei kannte er sie überhaupt nicht. Bislang war sie nur unfreundlich, zurückhaltend, vorwurfsvoll und, okay, das musste Zion zugeben, bei Joyce relativ zugänglich gewesen. Allerdings musste er in Betracht ziehen, dass ihre Freundlichkeit lediglich der Tatsache geschuldet war, dass er die Kette gefunden und ihr ausgehändigt hatte ...

„Fertig", sagte das Mädchen und hielt Lias Fußkette in die Höhe.

Zion sprang auf und lief auf die Theke zu. Das Schmuckstück lag nun auf einer mit schwarzem Samt überzogenen Ablage und sah wunderschön aus. Der goldene Muffin glänzte wie ein Schatz in der Dunkelheit. Begeisterung stieg in ihm auf.

„Danke für alles. Sie sieht wunderschön aus. Besser als vorher", lobte er.

„Na, das hoffe ich doch sehr, dass das Mädchen wunderschön ist." Die Dreadlocks umrahmten ein grinsendes Gesicht. „Ich mache nur Spaß. Soll ich sie dir einpacken?"

Wenige Minuten später verließ Zion das *Beach Beads* mit einer kleinen, roséfarbenen Schachtel in der Hand und strömte über vor Glück. Die bloße Tatsache, Lia eine Freude zu machen und ihr zu zeigen, dass sie ihm wichtig war, versetzte ihn in Hochstimmung, die er auf diese Weise noch niemals für einen Menschen empfunden hatte. Die 79 Pfund spielten keine Rolle.

Überhaupt nichts spielte gerade eine Rolle. Weder die Tatsache, dass er völlig eingeparkt worden war und geschlagene fünfzehn Minuten warten musste, bis er losfahren konnte, noch dass er hinter einer Radfahrerkolonne festhing, noch dass er die nächsten fünf Stunden an seinem Schreibtisch festsaß und lateinische Begriffe auswendig lernte. Lia beflügelte alle Situationen mit ihrer imaginären Erscheinung in Zions Kopf. Sie wirbelte um ihn herum, verlieh allem eine besondere Leichtigkeit und gab ihm gleichzeitig eine gehörige Spritze Energie.

***

Der Tag war zu einem perfekten Surftag mutiert. Es herrschte leichter bis moderater Wind in Richtung der entgegenkommenden Wellen.

Sie würden Barrels formen und Zion, Rickie und den anderen die Möglichkeit geben, sich in der Welle aufzuhalten, bevor sie brach. Traumbedingungen, die sich weder Zion noch die anderen entgehen lassen würden. Fünf Stunden Lernen mussten reichen. Zion kribbelte es in den Fingern und Ellie bellte und sprang wie eine Irre durch das Wohnzimmer. Sie wusste genau, wann ihr Herrchen in die Fluten springen und sie auch zum Zuge kommen würde.

„Du bist unglaublich, Ellie. Riechst du es wieder, ja?“, lobte Zion seine Hündin, die mit einer Drehung um ihre eigene Achse und lautem Bellen antwortete. Zion lachte. Auch Wave freute sich, mehr aber über die Tatsache, gleich mit seinem „Rudel“ unterwegs zu sein, als in die Fluten zu preschen.

Zion packte alles in seinen Jeep und fuhr an den Strandabschnitt, an dem er sich mit Lia sozusagen verabredet hatte. Am Strand angekommen, warf sich Ellie sofort in die Brandung. Für Wave war der Tag nicht optimal, die Wellen waren zu hoch und schlugen laut am Strand auf. Das flößte ihm wie immer Respekt ein und an diesen Tagen blieb er im trockenen Bereich.

Zion aber hatte nur das Handtuch mit der *Lundy Island*-Aufschrift im Visier. Da lag es! Diese Mal viel weiter vorne in der Nähe der Surfer. Ohne Lia. Sie war tatsächlich bei diesen Wellen schwimmen. Erst jetzt wurde ihm bewusst, dass das Wetter zwar Traumbedingungen für Surfer brachte, aber für Schwimmer konnte es gefährlich werden. Weiter draußen peitschten die Wellen jeden Widerstand durch das tobende Nass. Wenn Lia tatsächlich jetzt im Meer war, konnte Zion nur hoffen, dass sie eine verdammt gute Schwimmerin war. Konzentriert spähte er bei jeder brechenden Welle über den Horizont und suchte ihren Kopf.

„Hey, Zion! Willst du nicht mit uns raus? Komm schon, Alter!“, brüllte jemand hinter ihm. Als Zion sich umdrehte, erkannte er Rickie auf sich zulaufen.

„Nein, lass mal, ich warte hier auf jemanden“, antwortete er knapp und spähte weiter auf das offene Meer.

„Was ist denn mit dir? Solches Wetter lässt du dir doch sonst nicht entgehen. Sieh dir die Barrels an, und das direkt zum Saisonbeginn. Der Wahnsinn!“ Rickie stieß Zion auffordernd an, aber Zion winkte vehement ab. Seine Unruhe nahm zu, je größer sich die Wellen vor ihm auftürmten und je länger er Lia nicht entdeckte. Sie hätte längst aus dem Wasser sein müssen. Nicht umsonst hieß es *Die Surfer gehen dann ins Wasser, wenn die Schwimmer rauskommen.* Aber plötzlich, wie aus heiterem Himmel, tauchte sie aus den Wassermassen auf und schritt nicht sonderlich außer Atem auf ihn zu. Wie eine Säule stand er mit dem Surfbrett in der Hand vor ihr.

Ihre Anwesenheit füllte das Loch, das er seit seiner Ankunft am Strand gespürt hatte. Leere, Angst und Sorge hatten einen tiefen Krater in sein Herz gerissen, und auch wenn er sie bisher nur zweimal gesehen hatte, fühlte er sich bereits für sie verantwortlich. Als hätte ihr Wohl Einfluss auf sein Wohlergehen.

Wave war erneut wie von Sinnen, als Lia ihrem Handtuch entgegenlief. Er sprang an ihr hoch und lief wild schwänzelnd um sie herum.

„Lass das!“, murmelte Lia und versuchte, den Hund von sich fortzudrücken. Bittend sah sie zu Zion. „Es tut mir leid, aber ich mag es nicht, wenn Hunde an mir hochspringen.“

Für einen Moment war Zion noch von der Situation gebannt, löste dann aber seinen Blick von ihr und sah zu Wave. „Schon gut. Wave! Aus! Hierher!“, rief er und der Hund folgte widerwillig. „Ich weiß auch nicht, was er mit dir hat. Sonst ist er eher schüchtern. Und Wasser mag er gar nicht.“

„Dann hat er aber das falsche Herrchen“, meinte Lia und griff nach ihrem Handtuch. Heute hatte sie ihre Haare zu einem langen Zopf geflochten und knetete diesen mit dem Frottiertuch. „Das heute Morgen, das war nicht so nett“, beschwerte sie sich bei Zion.

„Was meinst du? Dass ich dich zum Frühstück eingeladen habe?“, fragte er unschuldig.

Sie verdrehte die Augen. „Du bist wohl ein Spaßmacher.“

„Das Leben birgt Herausforderungen. Da kann Freude helfen, meinst du nicht?“, konterte er. „Bleibst du noch eine Weile? Ich würde gerne noch eine Welle mitnehmen. Oder zwei. Und wenn du noch länger Zeit hast, würde ich dir gerne noch etwas zurückgeben. Vielleicht findest du mich ja danach netter.“

Wenn sie jetzt Nein sagte, blieb ihm nichts anderes übrig, als ihr die Schachtel mit ihrem Fußkettchen einfach auszuhändigen. Nervös blickte er sie an. Noch immer knetete Lia ihren langen Zopf und schien nachzudenken. Die schweigsame Minute dehnte sich unerträglich.

„Ich habe noch Zeit“, sagte sie schließlich und Zion fiel eine zentnerschwere Last vom Herzen.

„Gut, dann lasse ich Ellie und Wave bei dir. Ellie surft sonst mit, aber heute sind die Wellen zu hoch. Sie werden sich benehmen. Versprochen.“ Zion versuchte gelassen zu reagieren, aber seine Freude zu bändigen, war harte Arbeit. Dennoch wollte er Lia nicht überrumpeln. Sie war scheu und distanziert.

Ellie saß wenige Meter von Lia entfernt im Sand. Anscheinend ahnte sie bereits, dass sie nicht mitdurfte. Wave hatte sich resigniert neben seine Ziehmama gelegt und schielte weiter zu Lia.

„Wie du meinst. Ich bin zwar kein Surfgirl, aber sie können hierbleiben, wenn sie mich nicht wieder anspringen. Sie scheinen sich ohnehin schon damit abgefunden zu haben.“ Lia sah zu den Hunden, dann zu

Zion und machte eine Handbewegung, die ihn von ihr wegscheuchte. „Geh schon. Hol dir die Welle."

Zion wandte sich ab, aber sein Herz blieb. Es war, als ob sich sein Körper fortbewegte und etwas von ihm zurückblieb, während er in die herabbaumelnden Ärmel seines Surfanzugs schlüpfte und den Reißverschluss über seinem darunterliegenden Shirt schloss. Und auch wenn er ihren Blick nicht sehen konnte, spürte er, wie sie ihm dabei zusah.

Mit wenigen Schritten war er am Ufer und stürzte sich mit seinem Board in die Brandung.

Alle seine Jungs waren am Strand und befanden sich in dem Bereich, wo sie auf die Wellen warteten – dem *Line Up*. Rickie schüttelte sich gerade seine schulterlange rotgelockte Mähne, nachdem er eine Welle bis ins seichte Wasser geritten hatte, nahm sein Surfbrett unter den Arm und steuerte auf ihn zu.

„Alter, das ist pures Adrenalin. Mein Körper bebt." Er atmete schwer und sah dabei so glücklich aus, wie ihn Zion selten gesehen hatte. „Das ist besser als Sex!" Und bevor Zion den Satz kommentieren konnte, hatte sich Rickie schon auf das Board gelegt und paddelte erneut auf das *Line Up* zu.

Auch wenn an diesem Surfspot der Wellenvorrat üppig war, gab es an Tagen wie heute Gerangel um die Startposition. Zion und seine Jungs waren Locals – Stammgäste an diesem Spot, und dennoch hieß es: *Eine Welle – ein Surfer!* Hier in Croyde waren die Surferregeln heilig. In den seltensten Fällen kam es zu einer Missachtung, schließlich wollte sich keiner verletzen. Nur wenn Rickie rippte, also extrem radikal surfte, mussten sich die anderen in Acht nehmen.

Hoffentlich würde er heute nicht ganz so egozentrisch sein.

Kurzerhand band er die Leash, die Verbindungsleine zwischen Surfer und Surfbrett, um seinen Knöchel, warf sich ebenfalls auf sein Brett und paddelte in das *Line Up*, wo sich die anderen Kumpels tummelten und jeder auf seine ganz eigene Welle wartete.

Rickie hatte recht! Als Zion seine erste Welle anstartete und nach einigen Turns durch die Tube – die Wasserröhre – glitt, ließ er das sich brechende Wasser durch seine Finger gleiten. Sein Surfbrett trug ihn weiter, bis sich die Gischt über ihn legte und er mit einem gekonnten Turn über den Wellenkamm die Welle bändigte. Ein Surfer, eine Welle. Seine Welle. Nur die zählte. Auch wenn eine gute Portion Konzentration notwendig war, spürte er tiefstes Vertrauen, während das Wasser wie eine Schraube um ihn herumwirbelte. Ein Moment, der alles bringen konnte, aber auch das Beste offenbarte. Freiheit, Frieden, Leben!

Wie sonst auch verlor sich Zion in der Euphorie des Wellenritts und vergaß alles um ihn herum. Zeit, Raum, Termine, Gegebenheiten. Auch heute war er ganz dem Lesen und Reiten der Wellen verfallen und erst nach der dritten Welle mischte sich ein Unbehagen in seine Emotionen. Lia wartete auf ihn! Hoffentlich. Kaum war sie wieder in seinem Bewusstsein, paddelte er schnurstracks ins seichte Wasser, schnappte sich sein Surfbrett und hechtete zu ihrem Handtuch.

Sie war noch da.

Ellie und Wave jagten ihm entgegen und sprangen an ihm hoch. Er streichelte ihre Köpfe und ging weiter, bis er vor Lia stand.

„Du siehst zufriedener aus“, registrierte sie.

Zion überraschte ihre Aussage. Nicht der Inhalt, sondern vielmehr die Tatsache, wie sehr sie ihn beobachtete oder vielleicht auch schon einschätzen konnte. Sie hatte vollkommen recht, für Zion war das Wellenlesen und -reiten mehr als eine Leidenschaft. Es war ein Lebensstil, wenngleich er sich nicht an allen Ritualen der Lokals beteiligte.

„Danke. Das Surfen stimmt mich tatsächlich glücklich“, erwiderte er ehrlich.

Lia seufzte. „Eigentlich kann ich Surfer nicht ausstehen. Sie sehen gammlig aus und sicher arbeiten sie nicht.“

Zion konnte nicht anders, als fürchterlich zu lachen. „Das gibt's doch nicht. Dieses Klischee hat sich wirklich lange gehalten. Glaubst du ernsthaft, wir liegen unseren Eltern auf der Tasche und waschen uns nicht?“ Er lachte noch einmal, sah sie aber dabei interessiert an. Ihre Ehrlichkeit und Offenheit waren belebend. Lia war keines der Mädchen, die etwas dachten und dann für sich behielten. Lia knallte alles auf den Tisch.

„Du musst schon zugeben, dass die Frisuren nicht gerade gepflegt aussehen“, meinte sie und lehnte sich zurück. Sie saß entspannt auf ihrem Handtuch und hob ihr Kinn in Richtung der Surfer, dann streifte ihr Blick Zions kinnlange, blonde Haare und sie musterte seinen Fünftagebart. „Und was machen die alle, wenn sie nicht am Strand surfen sind? Es ist nicht gerade spät." Ein Blick in Richtung der Sonne sollte wohl andeuten, dass sie anhand des Sonnenstandes die Uhrzeit erriet. Wer am Meer aufwuchs, wusste zu jeder Jahreszeit die Uhrzeit anhand der Sonne, der Schatten und anderer kleiner Merkmale zu lesen.

„Du beurteilst die Menschen nach ihrem Äußeren? Tja, dann steht wohl fest: Wir beide werden niemals zusammenkommen, wenn du keinen Bart und lange Haare magst. Andererseits könnten wir abends vor dem Einschlafen unsere Haare miteinander verflechten. Wie bei *Avatar*, wenndie blauen Wesen sich mit ihren Tieren verbinden und dann eine Einheit bilden." Seine Hand wanderte zu ihrem langen Zopf, den er behutsam aufnahm und an seine Haare hielt. Etwas von ihr zu berühren, ließ ihn erzittern. Ihre Haare zwischen seinen Fingern lösten ein gieriges Bedürfnis nach mehr aus, anders, als Wellen zu reiten. Wärmer, zarter. Und Rickie glaubte er kein Wort. Von wegen, Wellen seien besser als Sex. Mit der richtigen Frau konnte das nur in reiner Ekstase enden und niemals wieder aufhören.

Für einen Moment trafen sich ihre Blicke. Dann senkte sie ihren.

„Das klingt nach einer guten Alternative", meinte Lia, während er ihren Zopf losließ. „Du wolltest mir noch etwas zeigen. Schließlich habe ich fast eine Stunde auf dich gewartet. Und deine Hunde habe ich auch am Weglaufen gehindert."

„Ellie und Wave laufen nie fort. Sie sind treu", berichtigte er Lia ruhig. „Aber du hast recht. Es war unhöflich, dich so lange warten zu lassen. Moment." Er sprang auf und rubbelte sich den mittlerweile trockenen Sand von den Händen. Sein Rucksack lag am Kopfende von Lias Handtuch, ein alter Soldatenrucksack aus armeegrünem, festem Stoff mit zwei braunen Lederschnallen. Beschwingt griff er danach und kniete sich erneut vor Lia. Mittlerweile schlug sein Herz heftiger. Nicht nur ihre Anwesenheit war dafür verantwortlich, sondern auch die Ungewissheit, wie Lia auf die neue Perle reagieren würde.

„Würdest du bitte die Augen schließen?"

Lia wirkte irritiert. „Meine Augen? Äh, ja, okay."

Sanft umfasste er ihre linke Hand. Lia zuckte unter seiner Berührung zusammen, ließ jedoch zu, dass er die Hand in ihren Schoß legte. Nun nahm er ihre rechte und legte sie wie eine Schale in die andere. Gerne hätte er sie den ganzen Nachmittag so sitzen lassen. Lia sah anmutig und graziös aus. Ihre vollen Lippen hatte sie leicht geöffnet, einer Einladung gleich, mit seinen zu verschmelzen. Zion schluckte bei dem Gedanken, griff schnell in den Rucksack, holte die kleine Schachtel hervor und legte sie sachte in ihre Handschale. Dieses Mal zuckte Lia nicht.

„Jetzt darfst du die Augen wieder öffnen."

Lia tat es und sah die Schachtel nur für einen Augenblick an. Dann griff sie mit der linken nach dem Unterteil und hob mit der rechten Hand den Deckel ab. Adrenalin schoss Zion durch alle Blutbahnen. So stark, dass seine Hände davon taub wurden und ihm schwindelte. Die Fußkette wirkte wie ein edles Schmuckstück auf dem schwarzen Untergrund. Lia strich über die Perlen, die ihren Namen zeigten, weiter über die bunten und stoppte schließlich an dem goldenen neuen Muffin.

„Sie ist wunderschön“, hauchte sie und schluckte, was Zion bemerkte, weil er ihre Gesichtszüge ununterbrochen studierte. „Danke, dass du sie repariert hast.“

„Ich hoffe, dass keine dir wichtigen Perlen verloren gegangen sind.“ Keinesfalls wollte er direkt auf die Muffinperle anspielen, vielmehr respektierte er die Wichtigkeit des Schmuckstücks.

„Nein. Das ist in Ordnung. Mit dem Verlust kann ich leben, es ist nur ...“ Für einen Moment sah sie auf das offene Meer hinaus und seufzte. „Die Kette ist von meiner Mum. Sie hat sie mir geschenkt, bevor sie ... bevor sie ertrank.“ Lias Stimme erstickte. Ihr Ausdruck verzerrte sich vor Schmerz.

„Du musst nichts erklären“, sagte Zion sanft und nahm die Fußkette vorsichtig aus der Schachtel. Lia hielt still, als er sie um ihren Knöchel legte. „Der Verschluss ist ein wenig anders. Aber ich hoffe, er hält.“

„Ich weiß wirklich nicht, was ich sagen soll. Danke.“

„Das genügt.“

Lia stand auf und packte wortlos ihre Sachen zusammen. Zion sah ihr dabei zu. Dann sah sie zu ihm auf. Eine Millisekunde. Lagen Tränen in ihren Augen? Schnell wandte sie sich ab, nuschelte ein „Mach’s gut“ und lief davon. Zion blieb stehen und sah ihr nach, ohne enttäuscht zu sein. Vielmehr glaubte er, sie berührt zu haben.

Irgendetwas brachte ihm Gewissheit, dass er sie bald wiedersehen würde. Dennoch hatte ihn die Situation und das Treffen mit ihr aufgewühlt und so beschloss er, sich an diesem Abend nicht allein in sein Strandhaus zurückzuziehen, sondern den herrlichen Surftag mit seinen Jungs zu feiern.

***

Andrew Billings kam aus einer wohlhabenden Familie in Croyde. Seine Eltern waren oft nicht zu Hause, wie auch an diesem Abend. Als Zion eintraf, stand die Tür offen und laute Musik drang bis auf die Straße. Gut gelaunt durchschritt er das hochmoderne, verglaste Eingangsportal, das direkt in einen weiträumigen und mit Holzpaneelen versehenen Wohnraum führte. Das Billingshaus befand sich auf einer entfernten Anhöhe, stand einzeln und bot einen guten Blick über die Häuser und den Strand von Croyde. Für laute Partys war der Standort perfekt geeignet, weniger aber der reduzierte klare Stil in weiß, Holz und Glas. Allerdings kümmerte das Andrew weniger, da er das Glück hatte, ganztägig auf Bedienstete zurückgreifen zu können, die regelmäßig für das Eliminieren seiner Eskapaden zuständig waren.

Der gesamte Wohnraum war zum Hang hinaus ebenso verglast und durch eine große Terrassentür verbanden sich die beiden Flächen. Zion mixte sich einen Gin Tonic an der Theke und setzte sich direkt zu Andrew auf eines der weißen Sofas.

„Wie es aussieht, hast du schon einen gedampft“, stellte er fest.

„Hm“, war die Antwort. „Und wie es bei dir aussieht, konntest du dich von der blonden Schwimmerin losreißen.“ Andrews Stimme war leicht rau und er dehnte die Wörter, dennoch schien er der Entspannteste von allen zu sein. Nicht, dass Zion Drogen billigte. Als angehender Tierarzt wusste er um die Wirkung und besonders auch um die Suchtgefahr, aber Andrew war am Tage fleißig und zeigte auch sonst keinerlei Suchtanzeichen. Daher verzieh Zion ihm seine gelegentlichen Fehltritte.

„Von mir aus hätte ich noch den ganzen Abend mit Lia verbringen können", gestand er seinem Freund.

„Lia Castle?", fragte der stirnrunzelnd. „Sie soll nicht zu knacken sein. Die Leute sagen, man sieht sie nie und sie hat auch keine Freunde. Sie lebt wie eine Einsiedlerin und hat nur Kontakt zu den Fischern, die sie von Lundy rüberbringen. Es ist ein Wunder, dass sie sich überhaupt blicken lässt. Ich dachte schon, sie existiert überhaupt nicht." Entspannt griff er in seine Tasche und begann, sich einen Joint zu drehen.

Überrascht, dass Andrew sie kannte, drehte Zion sich zu ihm und trank einen kräftigen Schluck. „Woher weißt du das alles? Und wieso weißt du überhaupt etwas über sie?"

„Mann, Zion, das kommt davon, wenn man alle Frauen von der Bettkante stößt und sich nicht für das andere Geschlecht interessiert. Außerdem sitze ich an der Quelle zum Klatsch und Tratsch."

Mit der „Quelle" meinte Andrew seine Mutter, die tatsächlich, wie alle seine Freunde wussten, bestens über alle Aktivitäten innerhalb und außerhalb des Landbezirks Devon Bescheid wusste. Anders als Zions Eltern, die sittsam in ihrem Anwesen residierten und ständig versuchten, Zion über das richtige Leben aufzuklären und weniger den Tratsch, aber die Weisheit mit Löffeln gefressen hatten. Aber welche Mutter war schon perfekt?

„Ihre Mutter ist tot. Ist ertrunken, vor zwei Jahren." Ein weiterer Zug am Joint und Andrew schloss die Augen. Nun würde er für eine geraume Weile nichts mehr sagen. Die letzten Sätze hatte er nur noch leise gekrächzt und Zion wusste, was dann folgte.

Aber immerhin kannte er nun ihren Namen: Lia Castle. Castle. Hatte er nicht irgendetwas von einer berühmten Musikerin namens Castle gehört? Er überlegte und überlegte, trank einen weiteren Schluck Gin Tonic und sah hinaus zu Rickie und den Mädels, die sich um ihn rangelten. Vom Sofa aus konnte er direkt zum Pool blicken, der in die Terrasse eingelassen war und den Abschluss des Hauses darstellte.

Castle ... Ja! Irina Castle! Jetzt fiel es ihm wieder ein. Eine berühmte Solistin war vor Croyde ertrunken. Keiner konnte sich den Grund erklären. Und sie hatte ein großes Vermögen hinterlassen. So stand es damals in der Ausgabe des *Devon 24*, der Zeitung der Region. Wenn Lia tatsächlich ihre Tochter war, konnte er ihre Zurückhaltung nachvollziehen. Zwei Jahre waren keine Zeit für einen solchen Verlust. Besonders nicht, wenn man so jung war und die Eltern einem noch Halt und Zuversicht geben sollten. Nicht dass dies vielleicht jemals aufhören würde, aber vielleicht war man, wenn die Zeit gekommen war, eher bereit, sich mit dem letzten Gang der Eltern abzufinden.

„Hey, Zion. Du bist auch hier?"

Eine piepsige Stimme holte ihn in den sterilen Raum zurück. Luisa hatte sich neben ihn gesetzt. Sie und ihn verband eine lange Freundschaft. Schon als Kinder hatten sie sich am Strand von Croyde in die Wellen geworfen, wobei Luisa immer die mutigere von ihnen war und sein Zögern oft belächelte. Bis jetzt ritt sie die Wellen mutig und unerschrocken ab. Zion kannte kaum eine Surferin, die so gut die Wellen las wie sie, und er bewunderte sie dafür. Aber seitdem ihre Mutter vor einem Jahr gestorben war, suchte Luisa ständig Nähe bei ihm. Sie schien etwas für ihn zu empfinden, das er nicht erwidern wollte, und so sehr er sie mochte ... manchmal war sie einfach zu aufdringlich. Zudem ertränkte sie ihren Schmerz zunehmend in Alkohol, was ihm und den Jungs Sorgen bereitete. Augenscheinlich hatte sie auch jetzt schon einen sitzen, denn das Hinsetzen klappte nicht richtig und sie schwankte selbst auf dem Sofa noch.

„Luisa. Du bist gut geritten heute“, gab Zion zurück.

„Danke. Aber ewig die Wellen reiten, ist auf Dauer auch langweilig.“ Luisas Stimme wurde leiser und anzüglicher. Der Kommentar war eine eindeutige Einladung und ihr durchdringender Blick unterstrich diese.

„Luisa, ich hab dir doch schon oft genug gesagt, dass wir ... nur Freunde sind. Geh zu Rickie, wenn du irgendwas anderes willst.“ Schnell wandte Zion sich von ihr ab und sah zu Rickie, nicht ohne Luisa mit einem Nicken in Richtung des Pools wegzulenken. Aber da hatte er sich zu früh gefreut. Bislang hatte sie ihn körperlich noch nie bedrängt, aber jetzt legte sie ihre Hand auf sein rechtes Bein und strich an seinem Oberschenkel entlang.

Irritiert blickte er sie an. „Was soll das, Luisa?“ Keine Frage, sie war ein reizvolles Mädchen. Groß gewachsen, lange, dunkelbraune Haare und ein perfektes Gesicht mit blauen Augen. Die meisten Jungs waren scharf auf sie, aber sie hatte nur Zion auf dem Schirm. Auf jeder Party war es dasselbe. Alle liefen ihr hinterher und sie Zion.

„Ich möchte eine Chance", raunte Luisa. „Du kennst mich doch. Wir haben viel gemeinsam." Ihre Augen schimmerten feucht. Anscheinend hatte sie schon mehr getrunken als angenommen.

Behutsam nahm er ihre Hand von seinem Schenkel, rückte ein wenig näher an sie heran und blickte ihr in die strahlend blauen Augen, die dem Ozean, in dem sie so oft versank, Konkurrenz machten. Doch bevor er auf ihre Frage antworten konnte, löste sie ihre Hand von der seinen, griff um seinen Hals herum, zog ihn an sich und küsste ihn mit einer Leidenschaft, dass Zion sie nicht zurückwies. Ihre Lippen waren weich und fordernd zugleich. Ihre Zunge schmeckte ebenfalls nach Gin Tonic, nach dem guten Illusionisten, den auch Zion mochte, und ganz objektiv betrachtet wusste sie genau, was sie tat. Küssen konnte sie offensichtlich genauso gut wie Wellenreiten.

Warum er Luisas Kuss erwiderte, konnte Zion in diesem Augenblick nicht sagen. Vielleicht waren es die Hormone, die Sehnsucht nach einem Kuss von Lia oder Mitleid. Von seiner Bereitschaft angelockt, umfasste sie nunmehr seinen Kopf auch mit ihrer linken Hand und stöhnte dabei leise auf. Der leichte Geruch von Marihuana, der Geschmack von Wacholder, der sanfte, rhythmische Beat und die zahlreichen Fackeln, die mittlerweile in der Dunkelheit für romantische Stimmung sorgten, hüllten Zion ein. Zudem fühlte er sich nach allem, was er an diesem Tag erlebt und erfahren hatte, aufgewühlt. Das zufällige Treffen bei Joyce, seine Entscheidung, die fehlenden Perlen am Schmuckstück mit einem Teil von ihm zu ersetzen, die Verabredung am Nachmittag und der wortkarge Abschied von Lia. Alles beschäftigte ihn und das leidenschaftliche Küssen mit Luisa war wie Balsam auf seine irritierte Seele. Für einen Augenblick überkam ihn der Gedanke, doch eine Nacht mit Luisa zu verbringen. Sein Verlangen nach Körperlichkeit stieg, aber zum einen wollte er sie nicht verletzen, wenn es nur bei dieser einen Nacht bleiben würde, und zum anderen würde er sich kaum richtig hingeben können. Er war zwar ein Mann, aber seine Gedanken kreisten nur um Lia ...

Lia!

Langsam löste Luisa die Lippen von seinen, und sie blickte ihn milde und glücklich an. „Was ist? Wollen wir woanders hingehen, oder warum hörst du auf?"

Auch wenn es ihr wehtun würde, musste er ihr reinen Wein einschenken. „Nein, Luisa. Es tut mir leid, aber daraus wird nichts", erklärte er so sanft wie möglich. Leider reichte das nicht. Im Gegenteil. Luisa sprang auf und funkelte ihn an.

„Verdammt, Zion! Warum küsst du mich dann?", keifte sie. „Du weißt doch genau, dass ich mehr von dir will! Verfluchter Scheißkerl!" Und *wham*, traf ihre Hand seine Wange.

Die Szene hatte alle aufschauen lassen. Zion blinzelte, sah fassungslos zu ihr hoch und schämte sich. Für alles, was er in den letzten Minuten getan hatte. „Luisa, es tut mir wirklich leid. Ich weiß auch nicht. Was soll ich dir sagen?", stammelte er beschämt von seinem Kontrollverlust.

Zurecht wütend und mit den Händen in den Hüften stand sie vor ihm. Dann taumelte sie etwas, sodass Zion aufsprang und sie stützte.

„Lass mich. Ich komm schon allein klar. Wie immer!", schnaubte sie und wandte sich ab.

Pflichtbewusst eilte er ihr nach. In diesem Zustand wollte er sie nicht sich selbst überlassen. „Warte, Luisa, so kannst du nicht allein nach Hause!"

Torkelnd griff sie nach ihren High Heels und zog sie aus, während Zion sie an ihrem Arm festhielt. Sie fluchte leise, aber er verstand von ihrem Gelalle kein einziges Wort, als sie sich auch schon in Bewegung setzte und die Straße hinunterlief.

Voller Schuldgefühle folgte Zion ihr.

3

Lia

Wie die Wellen vor Croyde brach auch die Vergangenheit über Lia ein, während sie die roséfarbene Schachtel betrachtete. Genau so eine Schachtel hatte ihre Mutter ihr damals in die Hände gedrückt. Mit dem gleichen Inhalt. Ein Déjà-vu.

Tief atmete Lia ein und hielt die Tränen zurück. Sie kannte das *Beach Beads* nur zu gut. Oft genug war sie mit ihrer Mutter dort gewesen, hatte in den Perlen gestöbert und sich im Laufe ihrer Jugend zahlreiche Kettchen zusammengestellt. Bis ihre Mutter ihr vor zwei Jahren diese Fußkette hatte machen lassen. Natürlich konnte Zion nicht wissen, warum Lia ihm vorhin am Strand nicht mehr hatte offenbaren können. Doch der Schmerz über den tragischen Verlust saß noch immer zu tief. Das Vermögen, das ihre Mutter ihr hinterlassen hatte, erleichterte zwar den Alltag, aber es schien, als wollte jeder Cent das Loch stopfen. Ein utopischer Gedanke, der sich in Lias Hirn eingenistet hatte und den sie nicht wieder loswurde.

Niemand wusste, wie oft sie ihrer Mutter in ihren Träumen erfolglos nachschwamm, verzweifelt nach ihr tauchte und sie dann im Dunkel der Tiefe verlor. Sie sah sie genau vor sich, die Augen weit aufgerissen. Die Luftblasen quollen nur so aus ihrem Mund, während sie ins atlantikblaue Wasser hinabsank ...

Entschlossen verbannte sie diese Gedanken und sah auf den wunderschönen goldenen Muffin hinab. Inständig hoffte Lia, dass Zion ihr den kargen Abschied nicht übelnahm. Sie hatte sich geschworen, dieser Clique niemals nahe zu kommen, aber Zion war anders. Äußerlich war er ein typischer Surfer, aber seine Stimme klang beruhigend, seine Wortwahl war eloquent und mit einer Mischung aus Heiterkeit und Wissen gespeist. Er surfte mit seinem Hund zusammen besser als die anderen. Und er hatte etwas an sich, das sie kaum in Worte fassen konnte. Eine Art, die Vertrauen brachte, aber auch geheimnisumspült war. Umso mehr tat ihr leid, wie sie sich ihm gegenüber verhalten hatte. Möglicherweise fand er sie nun unhöflich oder gar eingebildet, dabei war sie ihm dankbar. So, wie das Fußkettchen in der schönen Schachtel gelegen hatte, wirkte es, als sei es erst jetzt wirklich perfekt. Der goldene Muffin glänzte leicht in der Abendsonne. Ihre Mutter hätte die neue Perle auch geliebt.

Gedankenverloren sah sie auf und lauschte auf das Rauschen der Wellen. Dies war ihr Lieblingsplatz auf Lundy Island. Hinter ihr erstreckten sich weite Wiesen und hohe Felsen schirmten diese ruhige Stelle vom Wasser ab. Die Touristen konnten mit diesem Platz wenig anfangen und hielten sich hier nicht weiter auf. Aber wenn man Geduld aufbrachte, wovon Lia jede Menge besaß, entdeckte man von hier aus gelegentlich Seehunde, die wie Korken aus dem Wasser ragten und wirkten, als würden sie ihr einen Guten Tag wünschen. Manchmal dösten sogar einige auf den niedrigen Felsen am Wasserrand.

Lia kam oft hierher, um den Tag Revue passieren zu lassen. Der Sonnenuntergang war an dieser Stelle besonders schön. Der Ozean schien alle Farben von Lundy Island zu spiegeln und diese mit einem feinen Film aus purem Gold zu überziehen. Auch jetzt tauchte die untergehende Sonne ihre Umgebung in ihr einzigartiges Licht, aber heute machte die goldene Perle an ihrem Fußgelenk dem Farbspiel Konkurrenz. Ein zartes Gefühl der Sehnsucht stieg in ihr auf. Ein Sehnen nach Wärme und Geborgenheit. Nach einem Menschen, mit dem sie wieder Mut bekam und Freude erleben konnte. Der an ihrem tiefsten Inneren interessiert war, an ihrer Seele. Und der nicht aufhören wollte, sie zu erforschen und zu lieben.

Mit einem Mal stieg Zions Bild vor ihr auf, als würde er in den wilden Farben des Ozeans hängen. Konnte er vielleicht diese tiefe Sehnsucht stillen und all das erfüllen? War Zion derjenige, der das Loch wieder füllen konnte?

***

In dieser Nacht plagten Lia undurchsichtige Träume, die all ihre Sehnsüchte, Ängste und Hoffnungen miteinander vermischten, und als sie am nächsten Morgen in den Spiegel sah, zeigte er genau das. Erschöpft stieg sie unter die Dusche und setzte sich anschließend im Bademantel mit einer heißen Tasse Ingwertee auf die kleine Veranda ihres Cottages.

In der frischen Luft dieses Julimorgens roch sie den aufkeimenden Sommer und ein feiner Nebel lag auf den Wiesen und den kargen Felsen. Genau das hatte Lia in all den Jahren an Lundy Island schätzen und lieben gelernt. Als ihre Mutter beschlossen hatte, sich aus dem Musikgeschäft zurückzuziehen und auf dieser Insel niederzulassen, um sich dem Naturschutz zu widmen, war Lia anfänglich sprachlos gewesen und hatte sich mit allen Kräften dagegen gewehrt. Sie hatte sogar damit gedroht, ihren Vater ausfindig zu machen und zu ihm zu ziehen. Er war ein Pianist, mit dem ihre Mutter damals eine leidenschaftliche Affäre eingegangen war, die jedoch schnell wieder zerbrach, als es darum ging, ob man Karriere und Kind miteinander verbinden konnte. Sie konnte es. Er nicht. So hatte ihre Mum sie allein großgezogen und ihre Entscheidung niemals bereut. Genauso wenig wie die, nach Lundy Island zu ziehen, um ihrer kleinen Familie Zeit und Raum zu geben. Die ewigen Konzertreisen und der Ruhm hatten an ihrer Mutter gezehrt. Erst hier hatten sie wieder zueinandergefunden und zugleich eine neue, verlorene Nähe und Bindung zur Natur. Lia war ihrer Mutter dafür zutiefst dankbar.

Das Cottage war solide und gemütlich. Groß genug, um sich zurückziehen zu können, und klein genug, um es zu zweit instand zu halten. Ein kleiner Garten mit wenigen Blumen, die auf der rauen Insel gediehen, umsäumte das Haus. Zu ihrer Freude auch eine Vielzahl von Rosen, die im Spätsommer ihren betörenden

Duft verströmten. Jetzt, im Sommer, roch die Luft nach Salz und Erde.

„Guten Morgen, schöne Lia."

Beim Klang der tiefen und beruhigende Stimme sah Lia auf und lächelte.

„Old John", begrüßte sie ihren Gast erfreut. Auch wenn sie jedes Mal, wenn sie seinen Namen aussprach, das Gefühl hatte, in die Südstaatenzeit zurückzukehren, liebte sie alles, was mit ihm verbunden war. Old Johns dunkelbraune Cordhose, die immer in wollenen Socken steckte und von der Lia glaubte, er gehe damit sogar schlafen. Seine karierten Hemden, die unter einer feinen Weste aus Flanell hervorlugten. Die grüne Wachsjacke von Barbour, die ihm den typischen englischen Stil verlieh, und nicht zuletzt die braun-grün karierte Kappe, die dem Ganzen den letzten Schliff verpasste. Sogar die Tatsache, dass Old John sein Leben lang gesurft hatte, stieß Lia nicht ab. Es schien, als mindere er ihre Abneigung gegen diesen Sport allein durch seine angenehme und fürsorgliche Art. Als ihre Mutter mit Lia nach Lundy gekommen war, hatte er sie in alles eingeführt. Er war auf der Insel geboren und kannte jeden Grashalm. Schnell war daraus eine tiefe Freundschaft entstanden und seit ihrem Tod war es, als ob er stets ein wachsames Auge auf sie richtete. „Machst du dir wieder Sorgen um mich?", neckte sie ihn.

„Sorgen nicht gerade, aber solange du dich nicht willenlos in einen wunderbaren, brauchbaren und ehrenhaften jungen Mann verliebst, wache ich über dich."

Natürlich machte er nur Spaß, was die Hoffnung anbelangte, aber den Rest meinte er ernst. Das wusste Lia.

„Du alter Schwerenöter", konterte sie mit einem Lächeln. „Möchtest du auch einen Tee?"

„Sehr gerne. Es riecht nach Ingwer."

„Ja, genau. Du hast eine feine Nase für dein Alter."

„Das liegt an der sauberen Luft hier auf Lundy. Hier kannst du die Kräuter auf hundert Meter riechen", meinte Old John und setzte sich.

„Du bestimmt." Grinsend verschwand Lia im Haus und holte eine zweite Tasse Ingwertee aus der Küche. Auch wenn Old John es nie äußerte, wusste sie genau, welche Tasse er bevorzugte. Eine große, bauchige mit vielen Uhren darauf. Große und kleine, Taschenuhren und Wanduhren. Sobald er die Tasse in der Hand hielt, drehte er sie regelmäßig und beäugte die einzelnen Zeitanzeiger. Genau wie heute.

„Wie läuft dein Schwimmtraining?"

„Ich werde besser. Mein Professor gibt mir genügend Freiraum für das Training. Ich werde dieses Semester durchschwimmen", erklärte sie.

„Na, du kannst es dir ja leisten, Lia. Aber gib auf dich Acht. Verbissenheit tut niemandem gut. Und so wirst du dein Ziel vielleicht nicht erreichen. Du bist noch jung. Hab Spaß! Triff dich mit Freunden."

„Das sagst du jedes Mal, Old John. Aber es nicht das, was ich will." Lia senkte den Kopf, trank einen Schluck und legte seufzend die Beine auf die Bank gegenüber.

„Was ist das denn? Ein neuer Anhänger?“ Mit hochgezogenen Augenbrauen starrte er auf ihr Fußkettchen.

„Dir entgeht aber auch nichts“, bemerkte Lia lächelnd.

„Wer hat es denn geschafft, einen Platz auf Irinas Kette zu ergattern?“ Jetzt lachte Old John herzhaft und Lia lief rot an. Er hatte eine Art siebten Sinn. Bevor sie selbst sich über etwas im Klaren war, hatte er bereits den Durchblick.

„Du bist gruselig, Old John.“

Kurz überlegte Lia, wie und was sie von Zion erzählen sollte. Aber dann beschloss sie, einfach loszuplappern. Sie erzählte von den Hunden am Strand, von dem zufälligen Frühstück bei Joyce und von dem Nachmittag mit der Überraschung am Schluss. Old John hörte aufmerksam zu und unterbrach sie kein einziges Mal. Genüsslich trank er Schluck um Schluck seinen heißen Tee, dessen Dampf sich in der kühlen Morgenluft abzeichnete. Und als sie von ihrem kargen Abschiedsgruß erzählte und damit die Berichterstattung beendete, sah sie ihn fragend an.

Old John nahm einen weiteren Schluck aus der Tasse mit den Uhren, die wie ein Zeichen wirkte, für einen Moment abzuwarten. „Möchtest du ihn wiedersehen?“, fragte er dann so ruhig und gelassen, dass Lia irritiert zu ihm blickte. Ihr wäre es lieber gewesen, wenn er sie für ihren Abgang kritisiert oder ihr Vorwürfe gemacht hätte, dass sie zu unfreundlich gewesen war.

„Nun, schöne Lia, was sagt dein Herz?“

Seine zweite Frage war noch deutlicher. Was sagte ihr Herz denn? Konnte und wollte sie überhaupt auf ihr Herz hören? Zion war einfach so in ihr Leben eingedrungen. Ein Surfer! Mit einem Hund! Genau das, was sie sich für immer geschworen hatte, niemals in ihr Leben zu lassen. Aber nun war er da ... und es fühlte sich nicht falsch an. Im Gegenteil.

„Ich glaube schon, ja", sagte sie langsam. „Ich möchte ihn wiedersehen." Jetzt hatte sie es ausgesprochen. Zum ersten Mal.

„Dann muss er ein wirklich interessanter junger Mann sein."

Lia sah ihn forschend an, aber Old John blieb so gelassen wir zuvor.

„Wo?", wollte er wissen.

„Wie, wo?"

„Na, wo willst du ihn wiedersehen? Hast du einen Plan? Oder willst du alles dem Zufall überlassen?"

„Vielleicht sehe ich ihn wieder, wenn ich später schwimmen gehe." Bilder flackerten vor ihr auf. Zion, wie er mit einem schelmischen Grinsen bei Joyce nach dem Fußkettchen geschnappt hatte. Wie er sich den Surfanzug über die Arme gezogen hatte, der seine männlichen Konturen perfekt abzeichnete. Der Blick, den er ihr in dem Augenblick schenkte, als sie ihre Sachen zusammenpackte und sich mit einem kurzen, schwachen Gruß verabschiedete, damit er ihre Tränen nicht sah. Sie hatte sie kaum zurückhalten können. Lia war ein wenig durcheinander. Die Vorstellung, dass sie ihn eventuell am Nachmittag treffen würde, war zwar schon seitdem sie wach geworden war präsent, aber einen Plan hatte sie nicht.

„Ein Plan wäre nicht schlecht, Lia. Wenn dieser Zion wirklich das ist, was er dir gezeigt hat, dann solltest du Kommissar Zufall aus dem Spiel lassen. Und nur mal so am Rande, ein wenig freundlicher könntest du ihm gegenüber auch sein. Unterkühlte Zimtzicken brauchen wir Surfer nicht zum Glücklichsein." Grinsend schob Old John den Stuhl zurück und stand auf. „Es wird Zeit für mich. Hab einen schönen Tag, schöne Lia, und halte mich auf dem Laufenden."

Lia sprang auf. Old John blieb nie wirklich lang bei ihr, aber heute hätte sie sich genau das gewünscht. Mit wem sollte sie auch sonst über ihre Gefühle und Erlebnisse sprechen? In diesem Augenblick fehlte ihr ihre Mutter wieder unglaublich. „Ist gut, Old John. Ich wünsche dir auch einen schönen Tag", erwiderte sie und sah ihm nach, als er die Veranda verließ. Dabei hob er seinen Zeigefinger an den Rand seiner Kappe und fuhr dann daran entlang, während er sich abwandte. Eine lustige Geste, die sie nur von Old John kannte.

An kaum einem Tag war sie für seinen Besuch so dankbar gewesen wie heute. Old Johns Rat wirkte nach, als sich Lia anzog und im Haus umsah, ob es noch etwas zu tun gab. Normalerweise empfand sie niemals Langeweile oder Unruhe, sie konnte sich leicht beschäftigen. Heute aber blickte sie immer wieder zu ihrem Fußkettchen und streichelte den goldenen Muffin, während sie in die Gedanken an Zion versank. Sein Körper war wie ein Magnet, der sie anzog. Sie dachte daran, wie er sich neben sie in den Sand gesetzt hatte, vom Wellenritt glücklich gestimmt. Seine Haare hingen nass und dunkelblond in alle Richtungen, sein Surfanzug ließ seinen durchtrainierten Körper erahnen und Lia schluckte bei dem Gedanken an seine nackte Haut darunter. Obwohl er rein äußerlich den anderen Surfern glich, trennten ihn doch Welten von den egoistischen Rowdies und Aufreißern. Oder war Lia wirklich unfair und schrieb allen Surfern die negativen Erfahrungen zu, die sie mit wenigen von ihnen verband?

Lia schüttelte sich und damit auch ihre Gedanken beiseite. Sie wollte Zion wiedersehen, und dazu musste sie schwimmen gehen. Wo sonst könnte sie ihm heute noch über den Weg laufen?

Plötzlich überkam sie noch mehr Unruhe. Wenn sie ihn wiedersehen wollte, sollte sie den ganzen Tag am Strand von Croyde verbringen. Eine Extraportion Schwimmen würde ihr auch guttun. Hektisch sah sie auf die Uhr, mittlerweile war es schon kurz nach halb zwölf. Nach Croyde brauchte sie zwei Stunden, wenn Benji, der Naturschützer, der jeden Tag früh morgens hier ankam und gegen Mittag wieder zurückfuhr, sie mitnahm. Schnell sprang sie auf, packte ihre Sachen und dazu noch Übernachtungsutensilien und Wäsche – nur für den Fall, dass sie auf dem Festland bleiben würde. Kurz hielt sie inne, denn der Gedanke überraschte sie. Wollte sie wirklich wegen Zion in einer Pension übernachten? Was war nur los mit ihr?

Trotzdem! Zion entfachte etwas in Lia und sie wollte herausfinden, was es war.

Kurz darauf war sie schon wieder auf dem Festland. Die Überfahrt nach Croyde war heute unruhiger gewesen als sonst, die See rauer und dunkler. Schwimmen würde heute nicht einfach werden, aber Lia war gut trainiert und erfahren. Wenn sie heute länger als üblich trainieren wollte, brauchte sie allerdings noch eine gute Grundlage. Also machte sie einen Abstecher zu Joyce und genoss einen Gemüseburger mit Salat. Natürlich nicht ohne die Hoffnung zu hegen, hier Zion zu begegnen.

„Ihr kommt wohl jetzt fast zur selben Uhrzeit her, du und Zion, was? Und ihr benutzt auch denselben Sitzplatz?", fragte Joyce, als Lia zahlen wollte.

Lia erstarrte. Da waren sie, die Schmetterlinge in ihrem Bauch, die ihr Gewissheit gaben, dass sie sich mehr wünschte, als ihn nur wiederzusehen. Sie versuchte jedoch, sich dies nicht anmerken zu lassen. „Ach, Zion war eben da?"

„Ja, Liebes, du hast ihn knapp verpasst." Joyce kaute genüsslich Kaugummi und wirkte gelassen wie immer. Manchmal glaubte Lia, sie würde bereits zum Frühstück einen Joint rauchen.

Lia nickte bemüht desinteressiert und verließ das Café Richtung Strand. Zion war hier gewesen. Auf demselben Platz hatte er gesessen! Lia schloss die Augen und dachte an seinen Körper auf dem Stuhl, den auch sie benutzt hatte. Es war, als ob seine Haut die ihre berührte. Leidenschaftlich und kraftvoll. Warum war sie ihm gegenüber nur am Vortag so ablehnend aufgetreten? Wütend über sich selbst stapfte sie durch den Sand bis zu ihrem Platz, zog ihre Kleidung aus und watete in die Brandung. Einige Surfer waren schon da, aber heute würde das Meer ihnen Grenzen zeigen. Genau wie ihr. Aber das war ihr egal. Hauptsache, Zion würde heute den Weg zum Strand finden. Und den Weg zu ihr.

Zwei Stunden später absolvierte Lia bereits die zweite Schwimmeinheit. Das Training war anstrengender denn je und die Tatsache, dass sie Zion immer noch nicht gesichtet hatte, trübte den gesamten Tag und Lias Stimmung.

Wenn er nun nicht auftauchte? Oder nach dem gestrigen Treffen sogar bewusst ihre Nähe mied? Sie könnte es ihm nicht verdenken, so unhöflich, wie sie auf ihn gewirkt haben musste. Immer wieder verfluchte sie sich dafür, während sie weiter hinausschwamm. *Du dumme Nuss!*, schimpfte sie sich selbst und legte als Bestrafung für ihre Dummheit noch eine Meile Training drauf.

Immer weiter versank Lia in ihren Gedanken und Gefühlen und bemerkte dabei gar nicht, dass sie sich immer weiter vom Strand entfernte. Bis ihre Arme und Beine allmählich müde wurden – und der Seegang zunahm.

Sie sah Richtung Strand, konnte aber das Ufer von Cryde nicht mehr erkennen. Sie war wohl von der Strömung in den Süden abgetrieben worden, zumindest erblickte sie jetzt vor sich die Felsen von Downend, wo sie mit ihrer Mutter das letzte Mal am Strand gesessen hatte, bevor sie ertrank. Die Perspektive, von der Lia nun auf die Felsküste blickte, war exakt dieselbe wie an jenem Tag. Das musste das Gebiet sein, in dem ihre Mutter ertrank ...

Plötzlich brach alles über sie herein. Beißende Panik stieg in ihr auf und mit ihr die Erinnerung an jenen Tag, als sie verzweifelt losgeschwommen war, als sie bemerkt hatte, dass ihre Mutter nicht zum Strand zurückkehrte. Ihre eigenen Schreie klangen in ihren

Ohren nach, sie schrie nach ihrer Mutter, immer wieder, hysterisch tauchte sie unter und suchte und suchte. Auch an diesem Tag waren genügend Surfer unterwegs gewesen und hatten sie sogar wild winken sehen, aber dann kam eine Welle, die ihnen wichtiger war. Sie hatten Lias Hilferufe nicht mehr beachtet und waren dem Schäumen der Welle gefolgt. Anstatt ihr zu helfen. Anstatt ihre Mutter zu retten.

Wut, Verzweiflung und tiefe Traurigkeit verbündeten sich mit der körperlichen Erschöpfung in Lias Gliedern. Sie weinte und japste und war nicht mehr in der Lage zurückzuschwimmen. Zu stark brachen die Gefühle über sie ein und zu viel Kraft hatte sie die doppelten Trainingseinheiten gekostet. War das der Preis ihrer Verbitterung, den sie nun zu zahlen hatte? Die Wellen peitschten ihren Körper umher und spülten sie immer wieder hinunter. Das salzige Nass kroch in ihre Kehle, ließ sie husten und würgen. Sie keuchte, schnappte nach Luft, doch konnte dem Sog nicht entkommen. Ihre Gedanken wurden langsam, die Glieder schwer. Krämpfe in den Beinen hinderten sie am Weiterschwimmen. Ihr Körper versagte den Dienst. Lediglich ihre Arme ruderten mit letzter Kraft und kämpften mit dem Wasser, das sie mehr und mehr unter sich begrub. Das Meer holte sie zu sich wie einst ihre Mutter ... und vielleicht war es recht so. Dann wären sie wieder vereint und Lia musste nicht mehr den einsamen Kampf durchs Leben ertragen ...

Im Strudel der Benommenheit spürte sie viel zu spät, dass ein scharfer Schmerz durch ihren Arm schoss. Etwas zerrte an ihr, dann durchbrach sie die Wasseroberfläche und schlug auf einen harten Untergrund.

„Lia!", schrie irgendjemand. Sie kannte die Stimme, sie wollte antworten, doch kein Wort kam über ihre Lippen. Kraftlos sackte sie zusammen und glitt in die Bewusstlosigkeit.

***

Angenehme Wärme weckte sie aus ihrer Ohnmacht und als sie vorsichtig die Augen öffnete, blickte sie direkt in zwei atlantikblaue Augen. Zion lag neben ihr am Strand. Nah und beruhigend. Beide unter vielen Decken ineinander verschlungen. Die Schmetterlinge flogen um die Wette, während sie ihm einen dankbaren, sehnsüchtigen Blick zuwarf. Nur wenige Zentimeter trennten sein Gesicht von ihrem. Die Luft zwischen ihnen roch salzig und süß zugleich und sie spürte seinen Atem schneller werden, während er sie fest umarmte, wahrscheinlich, um ihr nach der Unterkühlung Wärme zu spenden. Was um sie herum geschah, interessierte sie nicht. Lia sah nur die hypnotisierenden blauen Augen und spürte ihre beiden Herzen, wie sie ein Wettrennen vollzogen. Und dann wollte sie nur noch eins: Seine Lippen auf ihren spüren. Doch bevor sie ihren Wunsch erfüllen konnte, legte Zion bereits seine Hand an ihrer Wange, umfasste sie und zog sie leidenschaftlich an ihn heran. Der Moment, als sich ihre Haut berührte und das Salz ihrer Lippen sich vermischte, war wie die Antwort auf all ihre Fragen. War das Stillen ihrer tiefen Sehnsucht. War die Medizin für ihre tiefen Wunden und sie gab sich mit jeder Faser ihres Körpers und mit jedem Funken ihrer Seele genussvoll diesem Augenblick hin.

„Du hast mich gerettet“, hauchte sie, als sie sich voneinander lösten und sie die Sprache wiederfand. In Zions Umarmung fühlte sich Lia geborgen und sie wünschte sich, die Zeit anhalten zu können.

„Ja. Ich habe dein Handtuch gesehen und hatte ein seltsames Gefühl. Mein Instinkt hat mich in deine Richtung geführt und dann habe ich deinen Kopf in den Wellen gesehen. Als Surfer ist das vielleicht ein Vorteil“, erklärte er und fragte besorgt: „Du warst weit draußen. Was wolltest du dort?“

„Ich weiß auch nicht. Ich war wütend auf mich und habe zu viel trainiert. Ich glaube, ich habe mich überschätzt“, erklärte sie kleinlaut.

„Oder das Meer unterschätzt“, ergänzte er. „Das war unvernünftig. Bitte achte in Zukunft mehr auf dich!“ Wieder küsste er sie und wieder raubte ihr der Geschmack von Salz und Leidenschaft den Atem. „Es wäre schade, wenn es bei diesen beiden Küssen bleiben würde.“ Jetzt lächelte Zion verschmitzt und streichelte ihr zärtlich von der Wange bis über die feuchten Lippen.

„Ja, das wäre schade“, raunte sie und zog ihn näher an sich heran. Lia hatte schon ein paar Küsse hinter sich, aber sie alle waren nichts im Vergleich zu dem, was sie nun mit Zion erlebte.

Die Weichheit seiner Lippen, der Geschmack seiner Zunge, die sie weder bedrängte, noch sich in ihr ausruhte. Seine Finger, mit denen er ihr Gesicht sanft umfasste und gleichzeitig Zug aufbaute und nicht zuletzt sein warmer, strammer Körper, der sie umschlang, als wären sie eins. Dass Zion ein Surfer war, interessierte Lia nicht mehr. Da war nur noch der Wunsch nach seiner Nähe.

„Du scheinst dich wieder aufgewärmt zu haben“, raunte Zion schließlich. „Du bist ganz heiß.“

„Das kannst du laut sagen“, keuchte sie und atmete tief seinen Duft ein, während er sie fest an sich drückte.

„Bist du diesen Abend auf Lundy oder bleibst du in Croyde?“

„Ich ... ich habe mich noch nicht festgelegt.“ Sehnsüchtig, von ihm ein *Bitte bleib!* zu hören, suchte sie seinen Blick. Was war, wenn er doch einer der typischen Surfer und nur auf eine Nacht mit ihr aus war? Was, wenn sie ihr Herz an den Falschen verloren hatte?

„Bitte bleib“, flehte er und ergriff ihre Hand. „Wenn du möchtest, kannst du dich in einer Pension frisch machen und wir gehen heute Abend zusammen etwas essen.“

„Wohnst du etwa noch zu Hause?“, wollte sie wissen. Eigentlich war sie etwas beleidigt, weil er sie in eine Pension abschieben wollte, andererseits empfand sie auch Dankbarkeit dafür, dass er etwas Distanz wahrte. Zion war nicht fordernd oder bedrängend, vielmehr hatte er ein besonderes Gespür für den Augenblick und die Dosierung seiner Nähe.

„Nein.“ Er lachte. „Wie kommst du darauf? Ich habe ein kleines Strandhaus ganz in der Nähe.“

„Ich dachte nur ... Ja, Essen wäre prima. Und mit dem Rest bin ich auch einverstanden“, behauptete sie. Keinesfalls wollte sie ihn auch heute wieder mit einer unachtsamen Bemerkung vor den Kopf stoßen.

„Gut. Ich bringe dich zu Mac James, wenn es dir recht ist. Bei ihm sind die Zimmer günstig, sauber und gemütlich."

Lia nickte nur, während Zion sich aufsetzte. Mit einem Mal spürte sie die Erschöpfung in ihrem gesamten Körper und als sie dennoch aufstand, taumelte sie leicht.

„Huch", machte Zion und stützte sie. „Wird es gehen?"

Sie nickte benommen. „Ja, ich glaube, ich brauche etwas Ruhe und eine Dusche. Und langsam werde ich auch hungrig." Am liebsten hätte sie noch *nach dir* gesagt.

„Das trifft sich ja gut. Soll ich dich in einer Stunde abholen?"

„Sehr gerne", antwortete Lia und half ihm, die Decken zusammenzuräumen. Erst als sie ihm dann Richtung Promenade folgte, fiel ihr auf, dass etwas fehlte.

„Wo sind eigentlich deine Hunde?", wollte sie wissen.

„Sie sind zu Hause. Zuerst wollte ich sie mitnehmen, aber dann hat mich etwas davon abgehalten. Außerdem ist das Meer heute besonders unruhig gewesen. Das mag sogar Ellie nicht, obwohl sie eine absolute Wasserratte ist", erklärte er lächelnd. Es berührte Lia, wie liebevoll und fröhlich Zion von seinen Hunden sprach.

„Und der Weimeraner?" Ein ungutes Gefühl stieg in ihr auf, als sie an den grausilbernen Hund dachte.

„Wave kann das Wasser nicht leiden. Ein schlimmes Erlebnis ist daran schuld", antwortete Zion, schwieg kurz und schüttelte dann den Kopf. „Kennst du Mac James gut?"

„Wer kennt ihn nicht? Ich glaube, alle, die hier in der Nähe wohnen, haben schon einmal bei ihm übernachtet oder einen Bekannten dort untergebracht. Er ist nicht wegzudenken." Sie lachte und blieb vor dem Eingang der Pension stehen. „Also dann bis später."

„Bis später."

Und bevor sie sich Gedanken über einen Abschiedskuss machen konnte, war Zion bereits an sie herangetreten und gab ihr einen winzigen, aber alles aussagenden Kuss auf die Lippen. Die sachte Berührung hinterließ einen Zauber von Verliebtheit in ihrem Herzen.

4

Zion

Zion war wie von Sinnen gewesen, als er Lia nach der Arbeit in der Tierarztpraxis weder am Strand noch im Wasser entdeckt hatte. Obwohl all seine Kumpels bereits in den Fluten ihre Wellen abritten, war er unruhig auf und abgelaufen, bis ihm das ungute Gefühl gekommen war, dass sie seine Hilfe brauchte. Von seinen Freunden hatte er sich nicht abhalten lassen, weiter raus zu paddeln, als es üblich und zum Surfen notwendig war. Und als er sie endlich in der rauen See erblickt hatte, hatte er endgültig gewusst, dass ihn etwas Besonderes mit ihr verband.

In der Brandung war sie zusammengesackt und er hatte sie behutsam von seinem Surfbrett auf ihr Handtuch getragen. Als seine Freunde ihn entdeckt hatten, hatten sie sofort Decken aus ihren Autos geholt und ihm anerkennend auf die Schulter geklopft. Schnell hatte er sich umgezogen und zu ihr gelegt, um sie zu wärmen. Nur mit eiserner Disziplin hatte Zion die Weichheit ihrer Haut und die Zartheit, die unter den Muskeln ihres trainierten Körpers versteckt war, ignorieren können, während er sie behutsam an sich zog und fest umschlang. Bis sie endlich die Augen öffnete und ... er sich einfach nicht mehr beherrschen wollte. Als ihre Lippen verschmolzen, wusste Zion, warum er auf die Richtige gewartet hatte. Mit Lia fühlte sich alles anders an. Neu. Intensiv. Unvergleichbar. Und definitiv süchtig machend.

Erst als er jetzt in seinem Zuhause ankam, ernüchterte er leicht. Nur so weit, dass er wieder klarer denken konnte. Kaum zu glauben: Lia hatte ihm erlaubt, sie zu küssen, sie würde gleich mit ihm essen gehen und blieb eine Nacht in Croyde. Seinetwegen. So hoffte er.

In Hochstimmung pfiff er durch sein Wohnzimmer, spielte mit Ellie und Wave und tanzte zu der Reggaeton-Musik, die er immer dann auflegte, wenn er höchste Glückseligkeit erfuhr. Das war bisher nur beim Surfen und in Mr. Gullingshams Praxis der Fall, wenn er Tieren Gutes tun konnte und im Anschluss ihre Besitzer fröhlich waren.

Plötzlich klingelte sein Handy. Als hätte er vom Teufel gesprochen, war Mr. Gullingham am Apparat.

„Zion, ich störe Sie nur ungerne, aber ich habe wahrscheinlich eine Magen-Darm-Infektion“, verkündete sein Chef. „Es fing an, kurz nachdem Sie weggefahren sind. Ich kann nicht mehr weiterarbeiten. Könnten Sie bitte bis um zwanzig Uhr und für Notfälle die Bereitschaft übernehmen? Normalerweise schlägt eine Grippe bei mir nicht so zu, aber ich kann mich kaum auf den Beinen halten. Wahrscheinlich werde ich langsam alt.“

Zion unterdrückte ein Stöhnen. Ausgerechnet heute! Das konnte doch nicht wahr sein. Keinesfalls wollte er den Tierarzt enttäuschen, Lia aber auch nicht. Er konnte sie doch nicht einfach versetzen! Da gab es nur die eine Lösung: Sie kam mit in die Tierarztpraxis.

Also sagte Zion seinem Chef zu und machte sich kurz darauf wieder auf den Weg zur Pension. Als er das Bed and Breakfast betrat, lächelte Mac James sofort.

„Da ist ja unser angehender Tierarzt. Du warst lange nicht mehr in Downend. Wie geht's? Hast du mittlerweile eine hübsche Freundin?", fragte er und trank genüsslich seine Tasse Tee, die wahrscheinlich das ganze Jahr über auf dem kleinen orientalischen Tisch stand und nur über Nacht zum Spülen entfernt wurde. Egal, wann man sein Haus betrat, niemals fand man ihn an der langen, weißgelackten Anmeldung zur Linken. Stattdessen saß er wie ein Gast auf einer der zusammengestückelten Sitzgelegenheiten, die sich durch einen Perserteppich getrennt auf der rechten Seite befanden und als *Tearoom* ausgeschildert waren. Auch wenn ein großer Sessel ozeanblau, ein anderer mit altrosafarbenem Brokat überzogen und eine Dreiercouch hellblau-weiß gestreift war, wirkte alles harmonisch und gemütlich. Eine braune brusthohe Vertäfelung, die durch einen Kamin unterbrochen wurde, umsäumte den Raum und verstärkte die Gemütlichkeit. War der Kamin an, roch es betörend nach Rosen. Mac James war stolz darauf, seine Vertäfelung aus dem feinsten Rosenholz geschnitzt zu wissen, das durch Wärme seinen lieblichen Duft entfaltete. Mac James war ein Eremit, der sein Haus nur für den täglichen Spaziergang zwischen den Felsen von Downend verließ, dennoch alles über jeden wusste und Croyde wie seine Westentasche kannte. Nicht nur für seinen Tee war er bekannt, auch seine Gastfreundschaft war unschlagbar. Auch wenn man nicht über Nacht blieb, konnte man bei ihm einkehren und ein Schwätzchen halten.

„Tierarzt bin ich noch nicht, aber das Examen beginnt bald. Ich lerne viel und in Downend bin ich nur noch selten. Mein zweiter Hund ist wasserscheu und ich möchte ihm die Bootsfahrt nicht zumuten", erwiderte Zion. „*Und* ich hoffe, dass ich die Richtige gefunden habe."

„Lia, hm?"

Überrascht sah Zion ihn an. Entweder hatte ihm Lia etwas von ihrem Treffen gesagt, oder er zählte eins und eins zusammen. Die Art, wie Mac James seinen Blick erwiderte, stimmte Zion nachdenklich, denn er sagte mehr als tausend Worte. *Da hast du aber etwas vor dir. Das wird nicht einfach.* Aber da war noch etwas, das er in seinem Blick las. *Wenn du es schaffst, wirst du die Richtige haben.* Warum ihm ausgerechnet Mac James' nonverbale Einschätzung etwas bedeutete, konnte Zion nicht sagen. Er hoffte, der alte Mann hatte recht. Auf seine Erklärung über Downend ging er nicht ein.

„Könntest du sie bitte holen?", bat Zion den Pensionsbesitzer. „Ich habe eben einen Anruf von Gullingham bekommen, er ist krank und ich muss ihn vertreten."

„Gullingham und krank? Das gab es in den letzten Jahrzehnten nicht." Mac James unterbrach seine Teestunde und stand auf.

Zion hob ahnungslos die Schultern. „Das wunderte mich auch."

„Warte, ich hole sie.“ Die alten Stufen knarrten unter seinen Füßen und er verschwand aus Zions Blickfeld. Wenige Minuten später kam er wieder, gefolgt von Lia, die nicht besonders glücklich aussah. Hatte Mac James ihr bereits gesagt, was vorgefallen war?

Zion spürte, wie ihm die Röte ins Gesicht schoss. Er hatte nicht erwartet, dass sie aufgedonnert zu ihrem Treffen kommen würde, das wäre nicht ihr Stil gewesen. Eigentlich hatte er mit einer Hose und einer Bluse gerechnet, stattdessen umspielte ein rosafarbenes Top ihren kräftigen Oberkörper, das durch ein breites weißes Bündchen mit einem locker fallenden hellgrauen Rock zu einem hauchdünnen Kleid verbunden war. In ihrer rechten Hand hielt sie eine hellgraue Strickjacke und eine Tasche hing über ihrer Schulter. Ein weißes Stirnband bändigte ihre Haare, bis sie aalglatt am Rücken hinunterfielen. Auch ihr zartes Make-Up wirkte nicht übertrieben, was Zion sehr erleichterte. Er mochte es nicht, wenn Mädchen sich so unnatürlich vollschmierten.

Gerne hätte er sich weiter dem Genuss ihres Anblicks hingegeben, aber der kranke Mr. Gullingham ernüchterte den Augenblick. Er lief ihr ein Stück entgegen und wartete am Treppenabsatz, bis sie die letzte Stufe hinabstieg. Jetzt stand sie ihm gegenüber. Zion zögerte kurz, dann trat er an sie heran und küsste sie sanft auf den Mund. Lia erwiderte den Kuss. Ein leichter Duft von Rosen wehte ihm entgegen. Zion räusperte sich, um sich erneut zu sammeln und dann den Zeitaufschub zu verkünden.

„Hallo.“ Seine Stimme brach beinahe. „Ich habe schlechte Nachrichten. Der Tierarzt, bei dem ich arbeite, ist krank. Ich muss in die Praxis und später auch den Notdienst übernehmen."

„Das macht nichts", beruhigte sie ihn und schenkte ihm ein verständnisvolles Lächeln. „Wenn du nichts dagegen hast, würde ich dich gerne begleiten. Auch wenn ich etwas unpassend angezogen bin ..."

„Du würdest mitkommen?", erkundigte er sich noch einmal, weil er kaum glauben konnte, dass sie selbst auf diese Idee gekommen war.

„Ja, natürlich. Es sei denn, du hast etwas dagegen?"

In ihren ozeanblauen Augen hätte sich Zion augenblicklich verlieren können.

Er schüttelte den Kopf. „Nein, nein! Im Gegenteil. Das Gleiche wollte ich dich auch fragen. Mister Gullingham war noch nie krank, deshalb möchte ich ihn keinesfalls enttäuschen."

„Gut. Dann wäre das geritzt", sagte sie derart schlagfertig, dass Zion direkt schmunzeln musste. Und zu seiner Überraschung griff sie nach seiner Hand und gab damit das Signal, an seiner Seite das Bed and Breakfast zu verlassen.

„Vielleicht könnt ihr später essen gehen", schlug Mac James vor, sank wieder in seinen hellblauen Sessel und gab sich erneut seiner Tasse Tee hin, als wäre er nie unterbrochen worden. Nicht ohne einen kurzen Blick auf Lias Hand zu werfen, wie Zion beobachtete.

„Das können wir später entscheiden. Ich habe auch Hunger, aber jetzt möchte ich erstmal Mister Gullingham nach Hause schicken." Mit der freien Hand nahm Zion ihr die Tasche und die hellgraue Strickjacke ab.

„Ich wünsche euch einen aufregenden Abend." Die Tasse zum Gruß erhoben, verabschiedete sich Mac James von den beiden, die bereits Richtung Ausgang liefen.

„Dir auch, Mac James", erwiderten beide wie aus einem Mund.

***

Die Situation war anders, als er sie sich vorgestellt hatte, aber das Kribbeln in seinem Bauch wurde dadurch nicht beeinflusst. Allein ihre Nähe, ob vollkommen durchnässt auf dem Surfbrett oder in diesem schönen Kleid, löste bei ihm schlagartig das Bedürfnis aus, sie zu beschützen. Sie zu berühren. Mit ihr zu sprechen und zu lachen. Als hätte sie ihn in ihrer ganz persönlichen Aura eingefangen und dort in Ketten gelegt. Nur, dass die Ketten aus dem feinsten Material geschmiedet waren und die Gefangenschaft frei gewählt war.

Zion lief mit ihr zu seinem Jeep und öffnete ihr die Tür. Er genoss jede ihrer Bewegungen beim Einsteigen und Lia schenkte ihm ein strahlendes Lächeln durch das Fenster, als er ihre Tür schloss. Nachdem auch er eingestiegen war, steckte er den Schlüssel ins Schloss und blickte zu ihr hinüber. „Danke fürs Mitkommen", sagte er ehrlich.

„Gerne. Ich wusste nicht, dass du Tierarzt werden willst. Wie weit bist du?"

Zion startete den Motor und fuhr los. „Im fünften Lehrjahr. Jetzt ist praktisches Jahr und das Examen steht vor der Tür."

„Dann bist du aber schnell", äußerte sie anerkennend.

„Ja. Warum auch Zeit verlieren? Ich wollte immer Tierarzt werden. Am Anfang habe ich bei Mister Gullingham gejobbt, um Erfahrungen zu sammeln und ich hatte Glück, dass er mir angeboten hat, mein praktisches Jahr bei ihm zu absolvieren. Er ist ein sehr guter Tierarzt und ein noch viel besserer Lehrer. Er überträgt mir Verantwortung, korrigiert sachlich und zeigt Vertrauen. Ich mag ihn sehr", berichtete Zion und steuerte in die aufkommende Dunkelheit hinein.

„Meine Mutter ist auch immer zu ihm gegangen, als sie noch gelebt hat", erwiderte Lia leise. „Mit ihrem Hund." Sie senkte den Kopf und schwieg. Eigentlich wollte Zion sie fragen, welche Art von Vierbeiner sie gehabt hatte, aber Lias Reaktion auf ihren Satz hinderte ihn daran.

„Ich studiere an der Universität von Bristol. Was machst du?", lenkte er das Gespräch in eine andere Richtung.

„Ich studiere Sportwissenschaften. Habe aber gerade erst begonnen."

Zion konnte sich das Lachen nicht verkneifen. „Hätte ich mir denken können, bei deiner verbissenen Art zu trainieren."

„Du findest, ich trainiere *verbissen*?"

Zion hob vielsagend die Augenbrauen. „Wer außer uns Surfern wagt sich so weit hinaus?"

Lia seufzte. „Du hast recht, in letzter Zeit bin ich vielleicht zu streng zu mir."

Erneutes Schweigen überfiel den Innenraum des Jeeps und Zion war froh, als sie endlich die Praxis erreichten. Anscheinend waren das alles die falschen Themen. Lia wirkte jedes Mal verschlossen, wenn es um ihre Mutter, das Schwimmen oder Hunde ging. Auch die Abneigung Wave gegenüber war allgegenwärtig und ihn fröstelte bei dem Gedanken an eine neue Begegnung von Ellie, Wave und Lia.

Kaum hatte er auf dem Parkplatz vor der Praxis den Motor ausgeschaltet, sprang Lia aus dem Wagen. Rasch betraten sie das Gebäude und liefen direkt einem Mann in die Arme, der beim Wettbewerb einer Leichenschau den ersten Preis gewonnen hatte.

„Mister Gullingham!", entfuhr es Zion. „Sie gehen sofort nach Hause. Nein, am besten gehen Sie direkt zum Notarzt und dann nach Hause!" Fassungslos musterte er seinen Chef. Beim Anruf hatte er nicht mit einem derart desolaten Zustand des Tierarztes gerechnet. Irritiert blickte er zu Lia, die seine Sorge zu teilen schien. Ihre Stirn war in tiefe Falten gelegt und ihr Blick verriet Entsetzen.

„Ja, ja ... Ich muss nur noch ..."

„Sie müssen gar nichts. Außer ins Bett", unterbrach Zion ihn. „Machen Sie, dass Sie hier rauskommen. Das ist ein Befehl. Sonst bleibe ich nicht." Schmunzelnd, um den Tierarzt von seinem Zustand abzulenken, sah er ihm tief in die Augen und fasste ihn dabei am Arm.

„Ist gut. Ich geh ja schon", faselte er vor sich hin, zog seinen weißen Kittel aus und überreichte ihn Zion.

„Rufen Sie mich an, sobald Sie zu Hause sind. Ich möchte wissen, ob es Ihnen gutgeht", forderte er noch.

„Dann muss ich schlimm aussehen", kommentierte der Tierarzt Zions Bitte mit einem Versuch zu lächeln, der ihm gründlich misslang. „Aber Sie machen das hier schon, Zion."

Erst als zwanzig Minuten später der Anruf von Mr. Gullingham einging, beruhigte Zion sich etwas und konnte sich wieder ganz auf seine Arbeit konzentrieren. Lia hielt sich die gesamte Zeit über im Untersuchungszimmer auf. Nur zu gern spürte er ihre Anwesenheit und natürlich war es ihm auch ein Bedürfnis, ihr seine Kenntnisse über die praktische Arbeit am Tier zu demonstrieren. Schließlich warf sie alle Surfer in einen Topf und auch wenn sie ihn geküsst hatte, war dies noch lange keine Garantie für mehr.

Lia wohnte der Impfung von drei Pekinesen-Welpen teil, dem Verbandswechsel einer Katzenpfote, der nicht gerade glimpflich verlief, weil die Katze ein *Biest* war, wie Zion im Anschluss bemerkte. Außerdem diagnostizierte er die Mauser bei einem besonders hübschen blauen Ara und sie begleitete ihn dabei, einem alten Jagdhund eine Schmerzspritze zu geben, der seine letzten Wochen oder Tage noch ohne Schmerzen verbringen sollte, bis ihn sein ebenso altes Herrchen erlöste.

„Das war ein schrecklicher Anblick!", schluchzte Lia beinahe, als der Hundebesitzer als Letzter die Praxis verließ. „Er hängt so an seinem Tier."

„Du hast recht. Die Hündin hat wahrscheinlich einen Tumor in den Nebenhöhlen sitzen, aber sie ist für eine Operation oder eine weitere Untersuchung zu alt. Ich bin sicher, er braucht noch ein paar gemeinsame Tage mit ihr. Und sie mit ihm." Zion säuberte den Untersuchungstisch und räumte seine Materialien sorgfältig auf. Dann tippte er noch die letzten Worte in den Computer und fuhr ihn herunter. Als er Lia ansah, hatte er den Eindruck, als wäre ihr eine Träne über die Wange gelaufen. *Dann steckt vielleicht doch ein weicher Kern hinter ihrer kühlen Art*, dachte er.

„So, ich wäre dann so weit. Wir müssten nur noch einmal herkommen, wenn ein Notfall eingeht." Zion stand auf, zog seinen Kittel aus, hängte ihn an einen Haken an der Tür und bat Lia zum Ausgang. Er wollte die Tür gerade öffnen, da drückte Lia auf den Lichtschalter. Das Untersuchungszimmer lag nun im Dunkeln, wie das Meer bei Nacht, und die einzige Lampe im Flur beleuchtete die beiden zwischen Tür und Angel wie der Mond die Wellen, wenn er sich dem magischen Moment des Nachtsurfens hingab. Ihr Blick wanderte vom Lichtschalter zu ihm. Sie rückte näher an ihn heran. So dicht, dass Zions Puls schlagartig auf dreihundert beschleunigte und er zu zittern begann. Wieder wehte ihm der sanfte Duft von Rosen entgegen und benebelte seine Sinne. Der Mund war trocken und sehnte sich nach der Feuchtigkeit ihrer Lippen. Nach dem Geschmack ihrer Zunge. Seine Wangen glühten, die Beine spürte er kaum. Das Adrenalin feierte eine wilde Party in seinem Körper. Der anschließende sekundenlange warme Kuss war das Feuerwerk des Festes. Ihre Lippen ruhten auf seinen, als wollten sie ihn niemals loslassen.

„Es ist so schön, wie liebevoll du mit den Tieren und ihren Besitzern umgehst. Du wirst sicher ein guter Tierarzt", hauchte sie ihm mit brüchiger Stimme entgegen, als hätte der Kuss auch ihr die Sinne geraubt.

Zion schluckte schwer, sog ihren Anblick in sich auf und zwang sich zur Konzentration. „Wollen wir im

Pub etwas essen? Ich habe unendlichen Hunger", stammelte er.

Lia zögerte kurz, dann schüttelte sie den Kopf. „Ich würde lieber alles to go nehmen und sehen, wie du wohnst. Wir können zu *Kings Arms*."

Die Idee überraschte Zion. Sie war wohl schneller als er selbst. Dennoch nickte er, ergriff ihre Hand und zog sie nach draußen.

Schnell schloss er die Praxis ab, öffnete die Tür zu seinem Wagen und fuhr los. Zehn Minuten später parkte er im Hinterhof von *Kings Arms* und dieses Mal gelang es ihm, rechtzeitig um den Jeep zu laufen und Lia die Tür aufzuhalten.

„Danke", sagte sie knapp und lief mit ihm gemeinsam zur Tür des Restaurants. *Kings Arms* Einrichtungsstil glich dem von Mac James, doch die Wände waren nicht weiß, sondern englischrot und die Sitzgelegenheiten nicht aus Stoff, sondern aus braunen Leder. Zwei Chesterfield-Sofas standen an einem flackernden Backsteinkamin, der zu einer gemütlichen Runde einlud. Über dem Sims stand eine golden eingerahmte schwarze Tafel mit dem Schriftzug *Kings Arms*, als wolle das Restaurant eine Lobeshymne auf sich selbst singen. Zu Recht, denn das Restaurant genoss einen ausgezeichneten Ruf, sowohl was das Essen und Trinken anbelangte, als auch aufgrund seiner ausgewählten Live-Bands. Zion jauchzte innerlich über den Geschmack, den Lia mit der Auswahl des Restaurants bewiesen hatte.

Die beiden liefen durch den in gedämpftes Licht getauchten Raum und setzten sich an die lange, mit moosgrünen Holzpaneelen umsäumte Bar. Die runden

Barhocker mit ihrem gusseisernen Drehfuß luden zum ständigen Drehen und Überblicken der Umgebung ein.

„Möchtest du etwas trinken?“ Zion blickte sie unsicher an. Ihm war noch immer nicht wohl bei dem Gedanken, sie gleich mit nach Hause zu nehmen, und er war sich immer noch nicht sicher, ob sie ihre Entscheidung bereute.

„Natürlich. Ich nehme ein Tribute“, antwortete sie und zeigte auf den Zapfhahn mit dem violetten Emblem. „Das brauche ich jetzt. Diese Strecken mit den engen Straßen machen mich immer nervös. Tut mir leid, wenn ich während der Fahrt vielleicht zu ruhig war, aber im Hellen bin ich schon eine Nervensäge als Beifahrerin.“

Eine Tonne Steine fiel Zion vom Herzen. Das war es also! Jetzt konnte er auch wieder entspannt neben ihr sein.

„Ein Tribute und ein Alkoholfreies“, rief er dem Barkeeper über den Tresen zu, dann wandte er sich zu Lia. „Was möchtest du essen?“

„Fleisch! Am liebsten einen von Kings Burgern“, antwortete Lia mit einem genussvollen Blick auf ihrem Gesicht. Und wieder überraschte sie ihn mit ihrer Wahl.

„Du isst Fleisch.“

„Aber klar! Ich liebe es. Fleisch, Fisch, Muscheln. Ich esse fast alles, was mir Kraft gibt, und nichts, was mich ermüdet. Mit Nudelgerichten kannst du mich vergraulen.“

„Geht mir genauso“, stimmte er zu und half ihr aus der Strickjacke, die sie gerade auszog, weil der gesamte Raum vom Kaminfeuer erhitzt war. Zion auch. Von ihrem Anblick und ihrer koketten, direkten Art. Und von ihren nackten, durchtrainierten und doch zarten Armen und Schultern, die nun zum Vorschein kamen.

Lia legte die Strickjacke zusammen und warf sie auf die Holztheke. Dabei flogen ihre langen Haare umher und streiften Zion mit den Spitzen. Auch wenn er sie durch seine Hose natürlich nicht spüren konnte, war es, als ob sie einen geheimen Weg durch den Stoff gefunden hätten, um dem Material eine Ansage zu machen. In seiner Vorstellung spürte Zion, wie sie auf seinem Bein kitzelten und ihn überkam eine Gänsehaut.

„Bitte schön, ihr zwei", holte ihn der Barkeeper zurück aus seinen Gedanken und stellte die beiden Biere vor ihn und Lia.

„Danke sehr", sagte er schnell. „Wir möchten bitte zwei Burger mitnehmen. Ich zahle dann gleich."

„Das kommt überhaupt nicht infrage!" Ein dicker Mann mit Halbglatze und einem schmalen Bart kam hinter der Theke hervor und lächelte Zion freundlich entgegen. Es war Tony, der Besitzer. „Zion bekommt von mir alles, was er haben möchte. Er ist ein Held! Vor einem halben Jahr hat er meinem Bo das Leben gerettet. Magendrehung. Knappe Sache. Ein Rassehund. War verflucht teuer, der Kerl. So einen guten Wachhund gibt's nicht noch mal!"

Beschämt, so gelobt zu werden, blickte Zion auf sein Getränk und blinzelte kurz zu Lia hinüber, die Tony aufmerksam zuhörte.

„Dann trinken wir auf deine Fähigkeit, andere zu retten, Zion. Auf dich." Das Glas erhoben, die Augen strahlend, prostete sie ihm entgegen. Zion wäre am liebsten im Boden versunken. Solche Lobeshymnen waren nicht sein Fall. Dennoch spielte er mit, weil er Lias Begeisterung nicht enttäuschen wollte. Die Gläser klirrten und Zion und auch Lia nahmen einen kräftigen Schluck.

„Also, ihr Turteltäubchen, wollt ihr wirklich Burger oder doch etwas anderes?“ Tony stützte seinen rechten Ellbogen auf den Holztresen und musterte sie neugierig.

„Die Bestellung bleibt. Aber danke. Gut zu wissen, mit wem ich in Zukunft kommen muss, wenn ich mal Muscheln to go möchte.“ Lia lachte und nahm einen weiteren Schluck.

„In Ordnung! Kommt sofort.“ Tony erhob sich, klopfte kurz mit den Knöcheln auf das Holz und verschwand in der Küche. Tony wusste immer, wann er sich einmischen und wann er besser wieder verschwinden sollte.

„So, so. Dann sitze ich also hier mit einem Helden.“

Zion winkte ab. „Tony übertreibt. Ja, ich habe dem Hund das Leben gerettet, aber deshalb bin ich noch lange kein Held. Ich habe nur das angewendet, was mich Mister Gullingham gelehrt hat. Und es hat funktioniert.“

„Du bist zu bescheiden“, widersprach Lia ernst. „Tony ist glücklich und sein Hund lebt. Deinetwegen! Helden sind real. Und mit jeder kleinen guten Handlung können wir ein Held sein.“

Ihre Einstellung zum Leben faszinierte ihn, auch wenn ihn das Gefühl nicht losließ, dass sie mit ihren

Sätzen immer versuchte, etwas *nicht* auszusprechen. Über etwas *nicht* zu reden.

Das Bier war noch nicht ganz ausgetrunken, als Tony höchstpersönlich die Wärmebox vor die beiden stellte. „Kann ich sonst noch etwas für euch tun?“, fragte er freundlich. Zion wollte schon verneinen, da sprach Lia an seiner Stelle.

„Wir würden gerne eine Flasche Hendricks Gin mitnehmen und ein paar Flaschen Fever Tree Tonic“, stellte sie fest und grinste ihn an. „Du zahlst das Essen, ich die Getränke.“

Ihre Schlagfertigkeit erschreckte und begeisterte Zion zu gleichen Teilen. Natürlich hatte er alles zahlen wollen, aber ihr Blick zeigte ihm, dass sie das nicht zugelassen hätte. Also nickte er nur lächelnd.

Tony packte zwei Papiertüten mit Gin und Tonic und überreichte sie den beiden, die alles entgegennahmen und das *Kings Arms* vollbepackt verließen. Kurz darauf trafen sie in dem kleinen Strandhaus an der idyllischen Landspitze von Croyde ein und Zion führte sie über die Veranda in sein Zuhause. Ellie und Wave schwänzelten um die beiden herum. Zion schüttelte grinsend den Kopf darüber, dass Wave ihr anscheinend am liebsten unter den Rock gekrochen wäre, aber Lia schien ihn vollkommen zu ignorieren. Ellie hingegen streichelte sie liebevoll. Zion ließ ihr Zeit, sich im Wohnraum umzusehen und trug währenddessen die Wärmebox und die Papiertüten in die offene Küche, die an den Wohnraum grenzte.

„Magst du Jazz?“, fragte er dann und lief zu seinem alten Plattenspieler.

„Den meisten schon. Nur nicht, wenn es zu willkürlich und unruhig wird. Die sanften Lieder gefallen mir", antwortete Lia und streifte mit ihren Fingern die Bilder an der Wand. Die meisten waren von Surfern. Aufnahmen, wie man sie nur auf Instagram finden konnte. Oder natürlich in Profimagazinen.

„Bist *du* das alles?", fragte sie, während Zion die Plattennadel in Position brachte und dann laufen ließ. Sanfte Klänge erfüllten den Raum.

„Nein", erwiderte er lachend. „Das sind alles Surfer, die ich bewundere. Die den Wellen nachreisen."

„Ist kein Bild von dir dabei?"

„Nur eins", verriet er und zeigte verhalten auf ein Bild, das ihn beim Sprung über eine Welle bei Sonnenuntergang zeigte. Sein Körper zeichnete sich dunkel oberhalb der Wellenlippe ab, das Surfbrett hing schwarz unter seinen gebeugten Füßen und eine Hand lag an dem Brett. Nasse, kinnlange Haare wirbelten wie Schatten um ihn herum, ebenso wie tausend Wassertropfen.

„Was möchtest du zuerst? Ein Glas Gin Tonic oder den Burger?", fragte Zion in der Hoffnung, sie von dem Bild ablenken zu können. Tatsächlich funktionierte es. Sie wandte sich ab und kam auf ihn zu. Sein Herz schlug immer schneller, je näher sie kam. Er rechnete damit, dass sie irgendetwas sagen würde, doch stattdessen umfasste sie seine Taille, schob ihren Körper nah an seinen heran und schenkte seinen Lippen die Wärme ihres Mundes. Bevor er seine Überraschung überwinden und den Kuss erwidern konnte, lehnte sie sich schon wieder zurück.

„Du bist zu bescheiden, Zion“, hauchte sie, löste die Hand von seiner Taille und führte ihre Finger an sein Kinn. Leicht zog sie daran, öffnete seine Lippen und wiederholte den Kuss. Dieses Mal erwiderte Zion ihre leidenschaftliche Begegnung. Ein Necken begleitete ihre Zunge und keck biss sie sanft in seine Unterlippe, die vor Aufregung und Lust zu pochen begann.

Zion hatte keine Ahnung, wie sie plötzlich zum Küchentisch gekommen waren, nur Lias Wildheit bestimmte ihn. Mit einem satten Keuchen verließen ihre Lippen seinen Mund, sie sank rücklings auf den Tisch nieder und zog ihn fordernd zu sich herab.

„Was tust du da?“, stöhnte er ihr entgegen.

„Dich spüren.“

Im nächsten Moment griff sie nach seinem Pullover und zog ihn mit einem gekonnten Griff über den Kopf. Auch das darunterliegende T-Shirt war vor ihrer Lust nicht sicher und sie entledigte ihn schneller der Kleidung, als er reagieren konnte. Lia befeuchtete ihre Lippen und drückte beide Hände gegen seine angespannte Brust. Ihre Berührungen elektrisierten ihn. Seine Erektion drückte gegen die Jeans, die Schmetterlinge in seiner Brust mutierten zu Fledermäusen, die gierig und wild flatternd auf blutige Beute aus waren. Voller Verlangen verschlang Lia seinen durchtrainierten Oberkörper mit ihrem Blick und Zion war zum ersten Mal dankbar für seine Surferfigur.

Lia beugte sich vor, ließ ihre Zunge über seine Brust gleiten und küsste sie mehrfach, bevor sie ihn von sich wegschob, aufstand und ihre Positionen umkehrte. Bestimmt drückte sie Zion auf den Tisch und rieb durch den Stoff sanft über sein geschwollenes Glied, küsste ihn unterhalb des Bauchnabels und ließ ihre Zunge am Rande der Jeans entlanggleiten.

Ihm entfuhr ein tiefes Stöhnen, doch er konnte sich noch immer nicht gänzlich der Situation hingeben. „Bist du dir sicher mit dem, was du da tust?“, hinterfragte er ihre Berührungen.

„Du nicht?“, konterte sie mit einem Grinsen im Gesicht. Ihre Haare kitzelten ihn am gesamten Oberkörper und machten ihn wahnsinnig vor Lust.

„Doch, doch“, stammelte er, was ihr ein lauteres Lachen entlockte. „Es ist nur, dass ... ich nicht so schnell bin.“

Lia runzelte die Stirn und glitt mit der Hand tiefer, bis sie seinen Steifen erreichte und erneut darüber rieb. „Das sieht mir nicht so aus, als würdest du noch eine Weile brauchen.“

„Ganz schön frech!“ Er stimmte in ihr Lachen ein, keuchte allerdings direkt im Anschluss erneut, weil sie den Druck ihrer Hand erhöhte.

„Wenn ich dich bei allem fragen soll, was ich nun tun möchte, musst du es nur sagen. Wenn du erlaubst, würde ich jetzt gern deine Hose öffnen.“

Ihre Stimme klang hypnotisierend, auch wenn ein Hauch Sarkasmus darin lag. Zion konnte nur den Kopf schütteln, weil er nicht gefragt werden wollte, und dann nicken, weil er sich so sehnlich wünschte, dass sie ihn seiner Jeans entledigte.

Zion wollte sie. Jetzt!

Endlich zog Lia die Hose von seinen Beinen. Wie gelähmt blieb er liegen und genoss den sanften Zug über seine Beine. In stillem Einvernehmen zog er sich weiter zurück, bis er vollständig auf dem Tisch lag. Dann sah er erwartend Lia entgegen, die sich gerade die Ginflasche aus der Papiertüte schnappte und dann auf den Tisch stieg, bis sie breitbeinig auf ihm saß. Zion stöhnte auf, als sie ihre Scham gegen sein Glied drückte, das immer noch von seinen Boxershorts gefangen gehalten wurde, und dabei den Deckel der Flasche aufschraubte. Sein Körper antwortete auf alles, was sie in diesem Moment tat, mit purer Lust. Seine Hände wanderten ihre Oberschenkel hoch, bis sie tief Luft holte. Er ließ seine Hand höher gleiten und erkannte, dass sie unter dem Kleid keinerlei Unterwäsche trug. Lia zuckte leicht unter seinen Berührungen. Zion genoss ihre Empfindsamkeit und lächelte sanft. Aber er wollte ihr den nächsten Schritt überlassen und zog seine Hand vorsichtig zurück.

„Du darfst ja nichts trinken, weil du im Notdienst bist. Aber ich schon!“, sagte sie mit einem minimal gehässigen Unterton und nahm einen Schluck direkt aus der Flasche.

„Einen solchen Notdienst würde ich jedem Abend übernehmen“, konterte er – bevor plötzlich ein heftiger Schwall Gin über seine nackte Haut floss.

„Lia! Du bist wahnsinnig!“, entfuhr es ihm, aber sie ließ ihm keine Pause. Gierig leckte sie den herunterlaufenden Gin von seinem mit Gänsehaut überzogenen Körper, der unter ihrer Zunge vibrierte. Dann stellte sie die Flasche kurz ab und zog sich das Kleid über den Kopf. Zion war benebelt von ihrem Anblick, berauscht von ihren Berührungen und verwirrt durch ihre Taten. Wieder hob sie die Flasche und goss die Flüssigkeit über nackte Haut. Dieses Mal über ihre. Ihre Brustwarzen richteten sich unter dem kalten

Nass auf und Lia zog seinen Kopf mit einer Hand an sie heran.

„Nur einen winzigen Schluck“, krächzte sie ihm entgegen, während Zion bereits eine Warze mit den Lippen umschloss und begann, sie mit aller Kunst und Leidenschaft zu bespielen. Immer heftiger begann sie sich auf ihm zu bewegen und rieb sich an seinem Glied. Ihre Haarspitzen kitzelten Zions Beine und Innenschenkel. Am liebsten hätte er sie daran gezogen und ihr ein lautes Keuchen entlockt, aber er wagte es nicht, die Kontrolle zu übernehmen.

Das sanfte Licht der Stehlampe ließ ihre Haut wie puren Honig erscheinen und die sanften Töne der Jazzmusik begleiteten seine Lust, doch die Musik wurde mit jedem Moment leiser. Er hatte nur Augen für Lia. Er konnte nur sie sehen. Nur sie spüren. Nur sie riechen. Nur sie schmecken. Zion war benommen von ihrem Spiel und ihrer Spontanität, von ihrer unvergleichbaren Leidenschaft und Hingabe.

Alles um ihn herum verschwamm für einen Augenblick, während sie unter heftigem Stöhnen begann, sich rhythmisch auf ihm zu bewegen. Zion spürte ihre Hitze und Feuchtigkeit durch den Hauch von Stoff, der noch zwischen ihnen lag. Auch er keuchte auf, jetzt war ihm seine Zurückhaltung genug. Mit bebendem Atem griff er nach ihren Haaren, schlang sie wie einen Knoten um seine Hand und baute einen Zug auf, den Lia sofort mit einem satten, genussvollen Aufheulen beantwortete.

Sie räkelte sich unter seinem festen Griff und drückte ihm ihre Brüste entgegen, die er bereitwillig mit seiner rauen Zunge leckte. Lia so von Lust getrieben auf sich zu spüren, ließ seinen Körper beben wie nie zuvor. Sachte hob sie ihr Gesäß und ihr rechtes Bein von seinem Körper ab und führte ihre Hand in seine Boxershorts. Einige Lusttropfen waren ihm bereits entglitten und Lia nutzte sie, um ihn geschmeidig zu verwöhnen, während sie das letzte Stück Stoff, das sie noch trennte, seine Schenkel hinabschob. Ihre Berührungen waren liebevoll und fokussiert und brachten ihn fast um den Verstand.

„Was machst du nur mit mir?“, knurrte er ihr entgegen und flehte sie mit gierigen Augen an.

„Ist es nicht das, was Männer mögen?“, entgegnete sie schelmisch grinsend. Jetzt war kein Halten mehr. Zion bäumte sich mit einem Ruck auf, griff mit beiden Händen ihre Taille, hob sie an, richtete sich auf und setzte sie auf die Tischkante.

„Warte“, sagte er rasselnd und lief zu einer kleinen braunen Holzdose neben dem Sofa. Er öffnete den Deckel, entnahm ein Kondom und schritt ihr entgegen. Lia hätte sich nicht wehren können, mit einem Griff hatte er sie auf seinen Arm gehoben. Lia schrie lachend auf, zappelte mit den Füßen und legte einen Arm um seinen Hals.

„Was hast du vor?“

„Ist das nicht das, was Frauen wollen?“, konterte er grinsend mit ihrer eigenen Frage, und auch wenn er keine Antwort erwartet hatte, gab sie ihm eine. Sie zog sich mit ihrem Arm zu seinem linken Ohr, biss hinein und flüsterte ein „Stimmt“ in seine Ohrmuschel.

Schnell lief er Richtung Schlafzimmer. Mit einem kräftigen Tritt stieß er die Tür auf und legte sie in die

Mitte der Tagesdecke, die wie Geschenkpapier unter ihr lag.

Sie räkelte sich augenblicklich, hob ein Knie, warf die Arme einladend nach oben und breitete ihre Haare auf dem gesamten Bett aus. Der Anblick glich der Venus von Botticelli und Zions Lust beherrschte ihn nun vollständig. Er riss die kleine Verpackung auf und zog noch im Stehen das Kondom über. Lia fixierte ihn lustvoll und griff sich selbst zwischen die Schenkel. Zion schob sich über sie. Nun war nichts mehr zwischen ihnen. Nur noch nackte Haut, die von ihrer Leidenschaft feucht und heiß war. Auch wenn er sich kaum noch kontrollieren konnte, führte er seine Spitze sanft in sie ein, um sie nicht zu erschrecken und ihre Hitze langsam genießen zu können.

Die Wärme, die er spürte, als Lia ihn empfing, erreichte jede Zelle seines Körpers und sie stöhnten gemeinsam laut auf. Dann zog er sich aus ihr zurück, vibrierend, sein Atem stockte und er sah ihr fest in die Augen, bevor er weiter in sie vordrang und sie sich unter ihm aufbäumte. Ihre Brust ragte ihm entgegen. Schamlos und wunderschön. Wieder zog er sich aus hier heraus, gerade so viel, dass sie sich noch berührten, und dieses Mal knurrte Lia drohend. Sie wollte mehr. Mehr von ihm. Alles an ihrem Körper lud ihn ein, sich in ihr auszubreiten. Und dann tat er es. Ebenso, wie sie ihn zuvor auf dem Tisch in den Wahnsinn getrieben hatte, tat er es nun mit ihr. Bei jedem Stoß drängte sie sich ihm entgegen und zeigte ihm ihre Hingabe und Lust, während ihre Hände über seinen gesamten Körper wanderten und jede ihrer Berührungen ihn weiter antrieb und dem inneren Feuer Zündstoff gab.

Ob es der Rhythmus oder ein Zittern war, konnte Zion nicht mehr unterscheiden. Ihre Leiber waren vollkommen ineinander verschlungen, als Lia bei seinem nächsten Stoß plötzlich ein Wimmern entfuhr, bis ihr schließlich Tränen über die Wangen liefen.

Erschrocken hielt Zion inne, auch wenn sein Körper wie von Sinnen zitterte. „Lia! Verzeih, habe ich dir wehgetan?“, fragte er heiser, aber sie schüttelte den Kopf.

„Nein. Im Gegenteil. Du tust mit so gut, dass es mir Angst macht.“

Zion wollte nur eins. Ihr Vertrauen. „Was soll ich tun?“, fragte er vorsichtig und erleichtert zugleich.

„Mach weiter. Ich will dich! Ich will dich spüren und mit dir gemeinsam die Lust erleben.“ Mit diesem Satz drückte sie ihm ihre Hitze wieder vollständig entgegen, sodass sie ihn gänzlich umhüllte. Tief in ihr legte er sich sachte auf ihren gesamten Körper, umfasste ihren Kopf mit beiden Händen und küsste sie innig. Dann nahm er das rhythmische Spiel wieder auf, das ihre Tränen in ein Meer verwandelte, von einem tief erfüllten Lächeln begleitet. Plötzlich erzitterte sie unter ihm, schloss genussvoll die Augen und schrie laut auf. Im selben Augenblick fühlte auch er seinen explosiven Höhepunkt und gab sich ihm ebenso lautstark und ungehemmt hin. Krampfhaft hielten sie ihre von Lust und Schweiß durchnässten Körper umfasst, während er sich in sie ergoss.

5

Lia

„Vielleicht hätte ich doch schon vorher mal mit einem Surfer eine Nacht verbringen sollen“, murmelte Lia in Richtung Decke. Zion lag seitlich neben ihr und fuhr mit den Fingern zwischen ihren Brüsten hinab bis zu ihrem Bauchnabel. Sie vibrierte immer noch leicht. Ihre Nerven hatten sich zwar beruhigt, aber ihr Körper nicht.

Zion zwickte sie unterhalb des Bauchnabels. „Ach. Du willst das mit einem anderen machen?“ Sanft drückte er gegen ihre immer noch feuchte Hitze und Lia bäumte sich mit einem Stöhnen auf.

„Nein!“, keuchte sie ihm entgegen. Sie konnte sich kaum kontrollieren. Jede seiner Berührungen elektrisierte sie aufs Neue. „Ich will nur dich.“

„Und ich will nur dich, Lia“, hauchte er in ihr Ohr. Lia wollte sich erneut auf ihn wälzen, aber ihre Beine versagten. Also drehte sie sich ebenfalls auf die Seite und sah in seine ozeanblauen Augen, die genauso dunkel vor ihr lagen wie das Meer bei Nacht. Er küsste sie zärtlich und strich über ihre Wangen. Ein Zucken berührte sie an ihrer Leistengegend. Anscheinend war er wieder bereit.

„Ich möchte dich noch einmal“, flehte sie und er ließ sich glücklicherweise kein zweites Mal von ihr bitten. Dieses Mal blieben die Wangen trocken, aber die leidenschaftlichen Berührungen waren synchron und wie für diesen Augenblick gemacht. Lia gab sich ihm hin mit allem, was sie hatte, liebte ihn mit jeder Faser ihres Körpers und beide verwöhnten einander lustvoll und ideenreich.

„Das könnte ich die ganze Nacht machen“, gab sie voller Zufriedenheit von sich, als sie anschließend in seinen Armen lag und den Kopf auf seine Brust bettete.

„Das war fast die ganze Nacht, Lia“, bemerkte er lächelnd und zeigte auf die Digitalanzeige der Uhr auf seinem Nachttisch.

„Ups! Auf jeden Fall würde ich gerne was trinken. Vielleicht jetzt doch mal einen Gin Tonic im Glas“, scherzte Lia und stand auf. Sie spürte seinen Blick über ihren nackten Körper wandern, obwohl sie ihm den Rücken zuwandte. Die beiden Hunde lagen in der Wohnküche still in ihren Körben. Lia war heilfroh, sich jetzt nicht mit ihnen konfrontieren zu müssen, das würde ohnehin noch ein Thema werden, das sich nicht vermeiden ließe. Ellie sah kurz zu Lia hinüber, als sie auf der Suche nach einem Glas die Schränke öffnete. Sie fühlte sich noch immer erschöpft von den letzten Stunden. Ihr Geist war aufgewühlt und erfüllt zugleich. Wie hatte sie nur so schnell in sein Bett gefunden? Sie konnte es sich nicht erklären. Aber die Liebe war eben die Liebe und Lia war vom Glück beseelt, endlich auch dieses Glück erleben zu dürfen. Also warum sollte sie sich über ihre einstigen Prinzipien Gedanken machen? Dort im Nebenzimmer lag der Junge, in den sie verliebt war, und auch er empfand für sie etwas Besonderes. Das hatte er ihr auf bezaubernde Art und Weise gezeigt.

Lia holte eine Packung mit Eiswürfeln für ihren Gin aus dem Eisfach und schloss dieses gerade wieder, als eine zarte Berührung am Schulterblatt sie erschaudern ließ.

„So in Gedanken?“, erklang die rauchige Stimme, die sie in den letzten Stunden immer wieder erregt hatte.

„Ein wenig“, antwortete sie und drehte sich langsam um. Ihre Körper streiften sich dabei und Lia schmunzelte vor Wonne. Zion hatte einen fast schon unverschämt heißen Körper. Sie strich ihm über die Brust und kniff in seine Brustwarze.

„Au! Hast du noch nicht genug?“, fragte er grinsend.

„Glaubst du wirklich, dass man *davon* je genug haben kann?“ Sie erwiderte sein schelmisches Lächeln und wanderte mit ihrer Hand in Richtung seines Schambereichs. Dann tiefer. Unter ihrer Hand spürte sie gleich, dass nur wenige Bewegungen und Liebkosungen notwendig wären, um direkt wieder von vorne zu beginnen. Stattdessen nahm sie die Eiswürfelpackung, fesselte ihn dabei mit ihrem Blick, damit er keinen Verdacht schöpfte, und hielt sie an seine sich langsam aufbäumende Manneskraft.

„Hey!“, schimpfte er und zog sein Becken zurück.

„Ich glaube, du brauchst mal eine Abkühlung, du eingebildeter Kerl!“, schäkerte sie und hob drohend die Eiswürfel in die Höhe.

„Na warte, komm du mir nur wieder ins Bett, Madame Nimmersatt.“ Damit schnappte er sich die Eispackung aus ihrer Hand.

Lia stemmte bemüht vorwurfsvoll die Hände in die Hüfte, konnte ein Grinsen aber nicht unterdrücken. „Das werde ich! Aber erst, wenn ich meinen Gin Tonic getrunken habe“, verkündete sie dann drohend und holte sich die Eiswürfel mit einem schnellen Griff zurück. „Zeig mir lieber, wo die Gläser sind.“

Zion lief an ihr vorbei, öffnete mit einer Hand die Schranktür und strich mit der anderen über ihren Rücken. Er ließ seine Fingernägel an ihrem Gesäß hinabgleiten, bis er seine Finger zwischen ihre Beine schob.

Lia stöhnte kurz auf, wollte sich aber der Lust jetzt nicht hingeben. Stattdessen bemühte sie sich unter seinen frechen Berührungen, die Eiswürfel in das Glas zu bekommen. Ihr ganzer Körper vibrierte. Wie schaffte Zion es nur, dass sie auf alles, was er tat, derart heftig reagierte?

„Am besten, ich beeile mich mit dem Gin. Ich weiß nicht, wie lange ich dir noch widerstehen kann“, keuchte sie, entfernte sich von seinen Fingern, um die Gin-Flasche und das Tonic zu holen, und schenkte sich zitternd das Getränk ein.

Der erste kräftige Schluck betäubte, beruhigte und belebte sie gleichzeitig. Sie trank einen weiteren Schluck. Zion beobachtete sie dabei, dann lief er vor ihr her ins Schlafzimmer. Sie hätte ihn direkt von hinten anspringen können, so scharf machte er sie. Aber sie beherrschte sich und trank ihren dritten Schluck. Die Hunde hatten sich durch ihre Anwesenheit nicht aus der Ruhe bringen lassen. Immer noch schliefen sie tief und fest auf ihren Hundeplätzen.

Zion lag nackt auf dem Bett und fixierte sie, als wolle er sie mit seinen Blicken hineinlocken. Es funktionierte. Lia konnte ihm einfach nicht widerstehen. Tänzelnd steuerte sie auf das Bett zu, blieb davor stehen, hob ihr Glas und trank mit einem einladenden Augenzwinkern.

„An diesen Anblick könnte ich mich gewöhnen", raunte sie.

„Tu das", forderte er lächelnd. Langsam krabbelte sie auf das Bett, stellte das Glas ab, langte nach einem der Kondome, die er auf den Nachttisch gelegte hatte, und schob sich dann halb auf seinen Körper. Sobald seine Haut ihre berührte, war das elektrisierende Gefühl allgegenwärtig und bestimmte ihr Handeln. Sie glitt mit ihrer Brust über seine und näherte sich seinen Lippen. Sanft biss sie hinein und fuhr dann mit ihrer Zungenspitze daran entlang. Sofort waren beide ein drittes Mal bereit. Zion legte den Schutz an und beide begannen genüsslich, sich einem rhythmischen Tanz hinzugeben. Dieses Mal wollte Lia auf ihm sein, ihn zwischen ihren Schenkeln beherrschen. Erneut griff er ihre langen Haare und baute einen satten Zug auf. Lia schrie auf und ergoss sich so schnell und so laut auf ihm, dass sie selbst überrascht war.

„Tut mir leid, aber das habe ich jetzt noch gebraucht", entschuldigte sie sich mit zittriger Stimme und stemmte die Hände gegen seinen Bauch.

„Anscheinend! Ich sag's ja: Madame Nimmersatt", neckte er sie erneut und erntete einen weiteren Kniff in seine Brustwarze.

Müde und schwer atmend sank sie neben ihn, drehte sich aber dann auf die Seite, mit dem Rücken zu ihm. Er verstand die Einladung sofort. Vorsichtig drang er seitlich in ihre schmale Öffnung und küsste sie dabei zärtlich auf das Schulterblatt. Lia öffnete leicht die Schenkel, um ihm guten Einlass zu gewähren, und Zion glitt bis zur Wurzel in sie. Seine soften Bewegungen glichen mehr einer inneren Massage und Lia genoss diese liebevolle Verschmelzung. Die Langsamkeit fühlte sich wunderschön an.

Immer wieder kreiste Zion in ihr, schob sich tiefer und führte diesen gleichmäßigen Rhythmus aus, der Lia in ein ekstatisches Traumland entführte.

„Willst du mehr?“, hauchte er in ihr Ohr.

„Ja“, flüsterte sie. „Und ich möchte dich glücklich machen.“

Jetzt wurden seine Stöße fester, das Tempo blieb. Lia schob sich ihm entgegen, um ihn zu unterstützen. Sein Atem beschleunigte und sein Körper begann zu vibrieren, bis er sich plötzlich nicht mehr zurückzog, sondern tief in ihr blieb und bebend seinen Höhepunkt in ihr auslebte.

Zitternd küsste er sie mehrmals auf den Rücken und keuchte dabei, bis er sich vorsichtig aus ihr zurückzog und mit einem satten Seufzen auf den Rücken rollte. Lia drehte sich zu ihm.

„Wer behauptet, surfen sei besser als Sex, der hat noch niemals das hier erlebt“, murmelte er.

Lia kicherte los. „Wer behauptet denn so was?“

„Ach, so manch Ungläubiger.“ Zion küsste sie auf die Nasenspitze. „Und? Willst du noch mehr?“

„Hm ..." Sie schmunzelte, um ihn zu ärgern. „Ich denke, für heute haben wir genug."

Er lachte laut und zog sie an sich. „Komm her! Du schläfst jetzt. Das ist ein Befehl."

„Ist gut, Sir!", entgegnete sie blechern und kuschelte sich mit wonnigen Lauten an ihn.

Sie hatte schon die Augen geschlossen, als sie noch einen zarten Kuss auf ihrer Nasenspitze spürte, aber sie konnte ihn nicht mehr erwidern. Einer Welle gleich brach die Erschöpfung über sie herein und schickte sie ins Traumland.

***

Lautes Bellen schreckte sie aus ihrem Schlaf und katapultierte sie gnadenlos in die Realität. Müde räkelte sie sich, dieses Bett war unverschämt gemütlich. Die Seite neben ihr war leer. Sie strich über das Kissen und die zerknäulte Decke und ein sanfter Geruch von Zion und ihrer Verschmelzung wehte zu ihr hinüber. *Was für eine berauschende Nacht*!, dachte sie.

Erneutes Bellen ertönte und Zion erschien im Türrahmen. Er hatte Joggingkleidung an und war außer Atem.

„Guten Morgen, meine Schöne", begrüßte er sie und kam ihr entgegen.

„Guten Morgen, *du* Schöner", antwortete sie.

„Ich habe Frühstück mitgebracht. Muffins von Joyce. Ich springe schnell unter die Dusche."

„Tu das. Deinen Schweiß riecht man bis hierhin."

„Heute Nacht warst du nicht so kritisch, was meinen Schweiß anging", konterte er, lachte und zog sein T-

Shirt aus. Sein Oberkörper glänzte verführerisch und Lia überlegte kurz, ob sie nicht mit unter die Dusche gehen sollte. Alles an Zion lockte sie an und sofort begann wieder das Kribbeln in ihren Zellen.

Das T-Shirt traf sie ins Gesicht.

„Hey, du unverschämter Surfer!“, motzte sie und lachte direkt im Anschluss.

„Wer ist hier unverschämt? Komm her, du ...“ Mit einem Satz sprang er auf das Bett und krabbelte über sie. Lia wehrte sich lustvoll, aber er packte sie an den Armen und drückte sie fest über ihren Kopf auf die Matratze. Lia entfuhr ein lautes Keuchen. Das Kribbeln verwandelte sich in ein Zittern, ihre Lippen bebten. Sein Gesicht war nur wenige Zentimeter über ihr und seine ozeanblauen Augen sahen sie hypnotisch an. Würde sie sich jemals von ihm lossagen können? Seine Brust drückte sie nach unten, aber es fühlte sich nicht bedrohlich an. Im Gegenteil. Einladend und nah. Dann lockerte er seinen Handgriff und wanderte mit einer Hand von ihrem Handgelenk zu ihrer Wange. Sanft streichelte er sie, was ihr Verlangen steigerte. Sein Finger berührte ihre Lippen, öffnete sie leicht. Lia wagte es nicht, ihm entgegenzukommen, auch wenn es das Einzige war, was sie wollte. Sehnsüchtig blickte sie ihm entgegen und unterstrich dieses Verlangen, indem sie seinen schweißbedeckten Rücken entlangstrich und ihn dabei sanft drückte.

„Ich liebe deine Reaktionen auf meinen Körper“, flüsterte er in ihr Ohr.

„Und ich liebe deinen Schweiß auf meiner Haut“, flüsterte sie zurück und vergrub ihre Hand in seinen ebenso feuchten Haaren.

„Das höre ich gern. Aber ich gehe jetzt trotzdem duschen. Auch wenn ich leider deinen Geruch damit abwaschen werde." Er riss sich von ihr los, als würde es auch ihm schwerfallen, nicht direkt wieder mit ihr zu verschmelzen. Lia hoffte, dass es wirklich so war. Die letzte Nacht war derart unfassbar, es fühlte sich immer noch wie ein Traum an, der nicht zu Ende gehen sollte.

Sie schälte sich aus dem Bett, lief in die Küche, schnappte sich schnell ihr Kleid und zog es über. Wave kam sofort zu ihr gelaufen, aber sie ignorierte seine Begrüßung. Schnell lief sie wieder zurück zum Bett und setzte sich im Schneidersitz darauf. Ihre Haare steckte sie mit einem Gummi aus ihrer Tasche zu einem riesigen Dutt zusammen. Kurz darauf kam Zion mit einem Handtuch um die Hüften und gekämmten Haaren aus dem Bad.

„Ich habe auch *zwei* Handtücher", sagte er lachend mit einer Geste auf ihre Bekleidung und sah dabei so unverschämt gut aus, dass Lia schwer schluckte.

„Wirklich?"

„Wirklich! Und wenn es hart auf hart kommt, sogar drei oder vier."

Lia verstand seine Einladung. Doch sie fühlte sich bei dem Gedanken unbehaglich, wie selbstverständlich bei ihm duschen zu gehen.

„Ich würde gerne bei Mac James duschen. Oder hast du auch alles für Mädchen hier, die eine Nacht bleiben?" Lia wusste nicht, warum sie das gefragt hatte und sie hoffte, schnell ein Nein zu hören, um ihre peinliche Frage beiseite zu schieben.

„Nein, aber das werde ich umgehend ändern, wenn du mir sagst, was du außer mir gern an deine Haut lässt."

Lia antwortete mit einem Lächeln, aber ihr Herz schrie vor Freude. Zion ging zu ihrer Erleichterung nicht weiter auf das Thema ein, drehte sich zum Schrank und öffnete ihn. Lia staunte über die darin herrschende Ordnung. Alles lag nach Farben und Kleidungsstücken sortiert, gebügelt und akkurat gestapelt in den Regalen. Zion zog eine Schublade auf und holte Boxershorts heraus. Selbst diese war gebügelt. Er öffnete das Handtuch, das zu Boden fiel und den perfekten Po offenbarte, der leider viel zu schnell wieder unter den Boxershorts verschwand. Socken folgten, dann eine dunkle Jeans und ein weißes T-Shirt. Lia wusste nicht, ob er mit oder ohne Kleidung verführerischer aussah.

„Wollen wir?", fragte er und schloss die Schranktür.

Lia nickte und erhob sich vom Bett. „Aber vielleicht solltest du mir doch etwas Kleidung ausleihen. Das Kleid riecht verboten nach Gin und der passt kaum an den Frühstückstisch."

Er schritt auf sie zu und roch an dem Kleid. „Stimmt. Entweder das Kleid oder du", sagte er, öffnete den Schrank wieder und nahm ein T-Shirt und eine Sporthose mit Gummizug heraus.

„Oder beides", konterte sie, lachte und zog dankbar beides an.

Die Hunde warteten an der Schwelle der Schlafzimmertür. Anscheinend durften sie nicht hinein und hielten sich strickt daran. Umso beunruhigender war die Situation jetzt, da Lia zwischen den wartenden

Hunden hindurchgehen musste. Ein flaues Gefühl setzte in ihrem Magen ein, das zunahm, während sie sich dem Durchgang näherte. Wie sollte sie die Hunde behandeln, ohne dass Zion ihre Abneigung sofort auffiel?

Langsam lief sie an den beiden Hunden vorbei. Ihre Arme baumelten bleiern an ihr herunter. Zuerst schnupperte Wave an ihr, überschwänglich schwänzelnd. Als er dann bellte, zuckte sie zusammen. Ellie war weiter hinten und schwänzelte ebenso, drängte sich jedoch nicht nach vorne. Der graue Weimeraner schob ihr den Kopf entgegen und bellte noch einmal. Forderte sie auf, ihn zu begrüßen, zu streicheln, genau wie am Strand. Aber Lias Gedanken setzten vollkommen aus. Wut und Verzweiflung krochen aus der Tiefe hervor und überfielen sie wie eine Horde hungriger Wölfe.

„Hör auf!“, herrschte sie ihn an und zuckte bei ihrer unerwarteten Reaktion selbst zusammen, bevor sie seufzte und die Augen schloss. Jetzt war wohl doch der Gaul mit ihr durchgegangen. Zion liebte seine Hunde ... aber sie war noch nicht bereit, ihm zu erklären, warum sie das nicht tat.

6

Zion

Lias plötzlicher Ausruf ließ ihn zusammenfahren. Was hatte sie nur mit Hunden erlebt? Schon bei ihrer ersten Begegnung am Strand hatte er eine Abneigung gespürt, auch wenn sie bereit gewesen war, sich um die Hunde zu kümmern. Dabei war Wave so vernarrt in sie wie in keinen anderen Menschen. Irgendetwas musste vorgefallen sein und Zion wünschte sich, dass sie sich ihm öffnen würde.

Noch niemals hatte er solche Gefühle für ein Mädchen empfunden. Ihre Nähe, ihr Körper, ihre Bewegungen. Alles war so vertraut und nah. Selbst die kleinste Berührung elektrisierte ihn und auch jetzt fühlte er keinerlei Groll, weil sie Wave angefahren hatte, sondern den innigen Wunsch, ihr zu helfen.

„Wave, Ellie, auf eure Plätze“, sagte er sanft und Ellie verzog sich sofort. „Wave, auf deinen Platz!“, wiederholte er etwas schärfer, aber immer noch liebevoll, weil sich Wave immer noch um Lias Zuneigung bemühte. Schließlich gehorchte er.

„Es tut mit leid, ich ...“, stammelte sie und drehte sich zu ihm um. Aufregung und Ratlosigkeit sprachen aus ihren Augen. Entschuldigend hob sie die Schultern. „Ich weiß auch nicht, was in mich gefahren ist."

Zion antwortete nicht, stattdessen wies er ihr den Weg zum bereits gedeckten Frühstückstisch. Lia lief mit gesenktem Kopf darauf zu.

„Tee?", fragte er und hob die heiße Kanne hoch, sobald sie sich gesetzt hatten. Lia nickte, ohne ihn anzusehen. Langsam goss er ihr und sich selbst ein und beobachtete dabei ihre Gesichtszüge. Die Scham war ihr deutlich anzusehen.

„Mach dir keine Gedanken. Wave verkraftet auch mal eine Abfuhr. Er ist eben ein richtiger Draufgänger und hat schon Schlimmeres erlebt. Du brauchst dir deshalb keinen Kopf zu machen. Ehrlich nicht." Zion berührte sanft ihre Hand, die die Tasse umfasste. Lias Blick wurde weicher und das liebevolle Lächeln kehrte zurück.

„Danke", sagte sie aufrichtig. Dennoch spürte Zion, dass etwas in ihrer Vergangenheit geschehen sein musste. Lia zeigte eindeutig Anzeichen für ein Erlebnis – vielleicht auch ein Trauma. An der Uni hatte er mal ein Seminar zu diesem Thema belegt.

„Mmh. Der schmeckt wunderbar. Es tut gut, etwas zu essen. Die armen Burger. Wir hätten sie doch essen sollen."

„Und auf die Gin-Nummer verzichten? Keine Chance! Von mir aus können wir bei jedem Burger diese Alternative einsetzen." Zion grinste sie an. „Aber ich habe eine Idee. Lass uns doch zusammen zu Mac James fahren, du holst deine Schwimmsachen und wir gehen gemeinsam zum Strand. Ich nehme bei deinem Training deine Zeit und wenn du fertig bist, machen wir uns die Burger warm. Ich habe sie kalt gestellt. Es sei denn, du hast auch vormittags eine Vorliebe für Gin-Nummern?“

„Hey“, rief sie und schnickte einen Muffinkrümel in seine Richtung. Zion lachte, Lia auch.

„Das klingt nach einem guten Plan“, sagte sie dann entschlossen und schob das letzte Stück des Muffins in ihren Mund.

Die Wärme des letzten Tages hatte über Nacht angehalten und versprach sonnige, windstille Stunden. Zion nahm Lias Tasche entgegen und trug sie zum Jeep. Seine umsorgende Art schien ihr zu gefallen, denn sie strahlte ihm entgegen. Ellie und Wave liefen nebenher und sprangen auf die Laderampe und als Lia davor stehen blieb, streckte sie ihre Hand aus und streichelte Ellie kurz über ihr Fell. Ellie freute sich, drückte ihren Kopf in Lias Hand, entfernte sich aber anschließend sofort wieder. Das war eben Ellie. Sie war der feinfühligste Hund, den Zion je getroffen hatte. Sicher spürte sie genau, was in Lia vorging.

„Ich hole schnell meine Schwimmsachen“, sagte Lia und hüpfte aus dem Jeep, kaum dass er vor der Pension gehalten hatte. Ihre Augen leuchteten. Anscheinend freute sie sich auf ihr Training. Vielleicht auch darüber, es mit Zion gemeinsam zu absolvieren.

Leichtfüßig hüpfte sie die Stufen hinauf. Zion sah ihr hinterher, bis sie durch die Tür verschwand. Wenige Minuten später öffnete sich diese wieder und eine junge Sportskanone kam ihm entgegen. Lia zog die Wagentür auf und setzte sich völlig außer Atem mit ihrer schwarzen Leggins und einer türkisfarbenen Softshell-Jacke auf den Beifahrersitz.

„Wollen wir?“, fragte sie und warf ihre Sporttasche in den Fußraum.

„Hm, vielleicht sollte ich vorher den Fahrpreis aushandeln. Pro hundert Meter einen Kuss von der Blondine im sexy Sportoutfit“, bot er an.

„Du kannst auch zwei pro fünfzig Meter bekommen. Diesen Fahrpreis zahle ich gerne“, gab sie provokant von sich, beugte sich zu ihm und legte ihre Lippen auf seine. Zion lief ein warmer Schauer über den Rücken. Für ihn war Lia wie ein glühendes Feuer, das bei jeder kleinsten Berührung Funken auf ihn sprühte.

„Du musst nicht in Vorkasse treten“, krächzte er.

„Oh doch. Ich möchte ja auch wirklich ankommen. Außerdem stehst du dann in meiner Schuld und vielleicht habe ich dann noch ein Guthaben, das ich anderweitig aufbrauche. In Naturalien?“, gab sie schmunzelnd von sich, als sie sich von ihm gelöst hatte.

„Du bist wirklich eine Madame Nimmersatt. Du brauchst unbedingt eine Abkühlung. Ich hoffe, das Meer macht dir Beine.“ Mit einem lauten Aufheulen des Motors setzte Zion den Wagen in Bewegung. Immer dem Strandende entgegen.

***

Was für ein Segen, dass er in der letzten Nacht zu keinem Notfall gerufen worden war, dachte Zion, als er am Strand saß und die Stoppuhr in den Händen hielt. Die Sonne warf ein sanftes Licht auf die ruhige See, die allerdings kein Garant dafür war, heute nicht doch noch irgendwann das Surfbrett nutzen zu können. Schließlich kannte Zion den Spot. Letztendlich hatten die entscheidenden Faktoren für gute Wellen nichts mit dem Meer zu tun. Was für heute früh galt, konnte heute Nachmittag ganz anders aussehen. Für Lia waren es ideale Bedingungen. Er konnte sie sogar genau erkennen, so glatt war das Meer. Sicher hatte das Wasser mittlerweile alle Spuren ihrer gemeinsamen Nacht von ihrem Körper gespült.

Immer noch war er von ihrem emotionsgeladenen Ausbruch gerührt. In seinen Armen hatte noch kein Mädchen geweint, zumindest nicht vor Glück. Eher, weil er ihnen eine Abfuhr erteilt hatte, wie Luisa, die schon einige Male Annäherungsversuche gestartet hatte. Aber Lia war so losgelöst, so hemmungslos und dabei herzzerreißend und verlockend. Ellie und Wave tobten am Strand, der glücklicherweise noch relativ leer war. Nur hier und dort waren ein paar Sportler zu sehen oder Spaziergänger, die die laue Seeluft genossen.

Lias Kopf tauchte gerade aus der Brandung auf, da hob sie auch schon die Hand und er drückte die Stoppuhr. Kaum hatte sie sich aus den Fluten erhoben, lief Wave ihr entgegen. Sogar *ins* Wasser! Zion traute seinen Augen nicht. Das war das erste Mal, dass der Hund seit seiner Rettung freiwillig eine Pfote in das kalte Nass setzte. Wild hechelnd begrüßte er sie, und Lia schien seine Gegenwart diesmal zu tolerieren. Zion fiel ein Stein vom Herzen und er genoss den Anblick ihrer nassen Haut im Sonnenlicht gepaart mit Waves überschäumender Freude.

„Was machst du nur mit uns Männern?“, fragte er und lief ihr mit dem Handtuch entgegen. „Wave war noch nie im Wasser. Du scheinst eine besondere Wirkung auf das männliche Geschlecht zu haben." Er schenkte ihr ein strahlendes Lächeln.

„Wie schnell war ich?", fragte sie nicht sonderlich außer Atem, ohne auf seine Bemerkung einzugehen.

„32 Minuten 28 Sekunden", antwortete er.

„Ja!", jubelte sie und reckte die Faust in die Höhe. „3 Minuten 20 schneller."

„Du hattest aber auch spitzen Bedingungen. Ruhiges Wetter und eine energiegeladene Nacht."

Ein herzhaftes Lachen folgte. „Du meinst also, ich bin schneller, wenn wir Sex miteinander hatten? Dann sollten wir das jede Nacht tun." Sie schenkte ihm ein verschmitztes Lächeln, während sie das Meerwasser aus ihrem langen Zopf presste. Eine Strähne hatte sich gelöst und in Zion brannte der Wunsch, sie ihr hinter das Ohr zu klemmen. Aber das Wasser hatte sie wohl ein wenig abgekühlt und die kühlere Seite von ihr, die er bereits bei ihren ersten beiden Treffen kennengelernt hatte, kam wieder zum Vorschein. Er erkannte, dass gerade das ihn ebenfalls reizte. In einem Moment goss sie Gin über seinen Körper und zeigte sich wie ein Vamp, im nächsten war sie sanft und liebreizend und im übernächsten kühlte sie derart ab, dass man erschauderte. Diese Mischung war geheimnisvoll und zog ihn gnadenlos in ihren Bann.

Er musste wohl lange darüber nachgedacht haben, denn plötzlich stand sie fertig angezogen vor ihm. „Was ist? Gehen wir? Ich könnte jetzt eine heiße Dusche gebrauchen und dann einen Burger essen."

„Gebongt." Zion sah auf das Wasser hinaus. Immer noch lag die See ruhig vor ihm, aber sein Bauchgefühl sagte ihm, dass der heutige Tag zu einem sensationellen Surftag mutieren würde. Leider lag eines seiner Boards, das für dieses Wetter optimal war, noch mit einem kleinen Riss an der rechten Finne im Anbau. Gut, dass heute Samstag war, der einzige Tag, an dem er sich selbst das Lernen verbot und die Tierarztpraxis geschlossen war. Mr. Gullingham konnte sich also ausruhen und wahrscheinlich auch die Kraft aufbringen, einen eventuellen Notfall zu versorgen.

„Ich komme zu dir, wenn ich fertig bin", riss ihn Lia erneut aus den Gedanken und beantwortete damit die Frage, ob er auf sie warten sollte.

„Bist du sicher? Du läufst sicher eine halbe Stunde bis zu meinem Haus." Die beiden waren am Jeep angekommen und Zion hatte gerade die Lade geöffnet, um Ellie und Wave hochspringen zu lassen.

„Sicher. Ich laufe gern durch Croyde. Außerdem möchte ich dich nicht so lange warten lassen." Sie zeigte auf ihren langen Zopf, der sicher eine ganze Weile zum Trocknen brauchte.

Zion nickte, kam um das Fahrzeug herum und trat an die offene Beifahrertür heran. An diesen Anblick und an viele andere wollte er sich gerne gewöhnen. Sie saß so selbstverständlich in seinem Auto, als hätte sie noch nie an einer anderen Stelle gesessen. Der Zopf hing über ihre rechte Schulter und hatte bereits einen großen feuchten Fleck auf ihrer Softshelljacke verbreitet. An die letzte Nacht denkend griff er danach und drehte ihn wie eine Schraube um seine linke

Handfläche, bis er ihn fest ihm Griff hatte. Dann trat er nah an sie heran.

„Lass mich nicht zu lange warten, hörst du?“, raunte er mit tiefer Stimme. Fordernd und lockend.

„Da kannst du Gift drauf nehmen“, antwortete sie knapp und als hätte sie einen genauen Plan. Für einen Moment spürte er ein leichtes Zucken in seiner Leistengegend. Lia brachte ihn noch um den Verstand. Mit einem tiefen Atemzug riss er sich von ihr los, nicht ohne ihr einen wilden Blick zuzuwerfen, schloss die Tür und stieg selbst in das Fahrzeug ein.

„Wo soll das nur mit uns hinführen?“, murmelte er vor sich hin und startete den Motor.

„Erst mal zu Mac James“, sagte sie heiter und lachte.

„Richtig“, gab er zurück, aber seine Gedanken entführten ihn in die Zukunft. In eine geheimnisvolle, die noch manche Überraschung bereithielt. Da war er sich mehr als sicher.

***

Zion parkte den Wagen in der Einfahrt, ließ Ellie und Wave hinunterspringen und schloss den Anbau seines Hauses auf. Für die Hunde öffnete er den Durchgang zum Wohngebäude. Er wusste, dass sie keine fünf Minuten später in ihren Körben liegen würden, um sich vom Spaziergang auszuruhen. Er selbst wollte die Zeit nutzen, um die Finne seines Surfboards zu reparieren.

Das Klingeln der Türglocke ertönte. Der Kurierdienst stand vor dem Strandhaus, offensichtlich mit dem neuen Board, für das er Werbung machen sollte.

Was für eine Freude! Zion unterschrieb die Lieferung, wünschte einen schönen Tag und nahm das neue Brett mit in den Anbau. Obwohl er neugierig auf die Beschaffenheit des Surfbretts war, wollte er die Zeit für die Reparatur nutzen. Schon so manche Bretter hatten Großes versprochen und dann Enttäuschung gebracht.

Der Anbau glich einem Surfboard-Museum. Insgesamt standen elf unterschiedliche Surfbretter an der Wand. Drei von ihnen waren im Grundton weiß und trugen im vorderen Bereich ein Yin und Yang-Zeichen in einem roten Kreis, die Bretter selbst waren mit schwarzen Tribals versehen. Einige Longboards, die Zion für Ellie selbst gebaut hatte, waren einfarbig. Eines hellblau, eines türkis und eines lindgrün. Er bildete sich ein, dass Ellie keine Farbirritationen im Meer mochte. Neben weiteren Brettern, die reine Farbexplosionen über sich hatten ergehen lassen müssen, stand sein Liebhaberbrett. Er hatte es am Strand von Hawaii gesehen und es hatte ihn nicht mehr in Ruhe gelassen, bis er sich eine Kopie angefertigt hatte. Die Komplementärfarben Rot und Grün hatte er mit einem Spachtel übereinander geschoben, sodass es aussah wie eine wilde Übermalung von Arnulf Rainer. Die Rails hatte er mit schwarzem Hochglanzlack kurvig übersprüht, sodass das Farbengemisch der Mitte in seine Schranken gewiesen wurde. Für Zion war das Board wie das Meer und der Surfsport. Man konnte es für seine wilden Spiele nutzen, aber es zeigte auch Grenzen.

Dass lediglich eine Finne repariert werden musste, beruhigte Zion. Zur Not würde er sie einfach austauschen, aber so schnell gaben Surfer nicht auf. Seine Eltern hatten ihn früher immer bei seinem Sport unterstützt und sich ihre Urlaubsziele auch seinen Wellenritten entsprechend ausgesucht. Dabei spielte Geld keine Rolle. Als Ärzte verdienten sie gut und genossen ihre gemeinsamen Ferien mit der Familie. Zion war schon früh zu einem guten und anerkannten Surfer geworden, der auch seine Freizeit dazu nutzte, auf Instagram Werbung für unterschiedliche Artikel und Veranstaltungen zu machen. So konnte er sich früh von seinen Eltern unabhängig machen.

Eine Reparatur wie diese wurde ebenso finanziert. Er musste sie nur filmen und online stellen, da er das Material gesponsert bekommen hatte. Also fixierte er sein Handy an eine dafür vorgesehene Stelle und filmte. Das Brett legte er auf zwei schwarze Holzböcke, deren Auflagen er wattiert hatte, um Kratzer zu vermeiden. Nun erklärte er haarklein in die Kamera, was er zu tun hatte. Zunächst schob er die Finne aus der Finnbox, damit sie waagrecht gelegt werden konnte. Schleifpapier, Sekundenkleber und Füllpulver hielt er in die Kamera und legte sie dann beiseite. Er schliff die kleine, herausgebrochene Stelle rundherum ab, entfernte ein loses Bruchstück, träufelte den Sekundenkleber auf die Stelle und ließ das Pulver darüber rieseln. Die Trockenzeit belief sich auf unter einer Minute, sodass er sofort weitere Schichten auftrug, die er zum Abschluss fein abschliff. Zion wies noch darauf hin, auch Löcher im Board auf diese Art und Weise flicken zu können. Allerdings müsse man sich dabei sicher sein, nicht den Schaumkern zu beschädigen und das Loch dürfe nicht zu tief sein. Der Kleber könne auch beschädigen, wenn er ins Innere des Boards gelange.

Zion liebte diese Tutorials. Wenn er an seinem Brett schraubte, schliff oder baute, vergaß er Zeit und Raum. So wie jetzt. Das Video war gut. Er schnitt es passend zusammen und unterlegte es mit einer sanften, entspannenden Musik. Eine letzte Gegenkontrolle und er jagte es über Instagram ins Netz. Natürlich mit dem Hinweis der Werbung.

Die Uhrzeit zu beachten, kam Zion in diesem Raum selten in den Sinn. Nachdem er die Reparatur und das Video beendet hatte, schaltete er die Musik an, nahm sich das Wachs und begann, sein Lieblingsboard für den heutigen Tag einzureiben. Er war derart in seinem Element versunken, dass er heftig zusammenfuhr, als ihn plötzlich jemand an der Schulter berührte.

„Entschuldige. Vielleicht hätte ich doch die Eingangstür nehmen sollen", sagte Lia schnell und bückte sich nach dem Stück Wachs, das er fallen gelassen hatte.

„Nein, nein. Das ist schon in Ordnung. Ich muss mich entschuldigen, anscheinend habe ich mal wieder die Zeit vergessen. Das passiert mir immer, wenn ich hier bin", sagte er schnell und schenkte ihr ein Lächeln.

„Was ist das hier?" Lia sah sich um. Im Gegensatz zu der Sportskanone von heute Morgen wirkte sie nun wieder sanfter. Ihre offenen Haare fielen über eine dunkelblaue Bluse bis zu ihrer weißen Jeans herab, die mithilfe eines cognacfarbenen Gürtels aufgepeppt wurde. Zion fiel sofort eine geflochtene Strähne auf, die über die Seite das glänzende Haar unterbrach. *Süß!*, dachte er liebevoll.

„Hier baue ich meine Boards“, gab er zur Antwort.

Lia strich über den Lack der Bretter und Zion war, als berühre sie seine eigene Oberfläche, nicht die seiner Surfbretter.

„Du baust sie selbst?“ Ein überraschter Blick traf ihn und er nickte. Nachdem sie an allen Brettern vorbeigelaufen war, blieb sie vor dem Brett ohne Finne stehen. „Und warum liegt das hier?“

Zion zeigte auf die leere Finnbox. „Die Finne hatte eine Kerbe. Ich habe sie repariert.“

„Aha.“ Wieder lief sie eine Runde. „Warum sehen die Bretter alle unterschiedlich aus?“

„Sie sind für unterschiedliche Spots, unterschiedliche Wellen, unterschiedliche Surfmomente.“ Zion hoffte, ihr als Laien so viele Informationen zu geben, dass sie damit etwas anfangen konnte, aber nicht zu viele, um abgeschreckt zu werden. Schließlich wollte er sie mit seinem Hobby nicht vergraulen. Wenn er ihr von *shapen* oder *glassing* erzählt hätte, wäre sie sicher restlos überfordert gewesen oder hätte ihn als Angeber abgestempelt.

„Kannst du weitermachen? Ich würde dir gerne zusehen“, forderte sie ihn auf.

Ein kurzer Blick auf das Wachs in der Hand, dann nickte er und führte seine rotierenden Bewegungen auf dem *Bottom*, der Unterseite des Brettes, aus.

Ihre Anwesenheit machte Zion nervös. Sie stand nicht einfach nur neben dem Brett und beobachtete ihn. Nein. Sie fixierte ihn, ihr Blick durchdrang seine Bewegungen und immer wieder ließ sie ihre Hand sanft über den *shape* des Boardes gleiten, als wäre er ein Teil seines Körpers.

„Du machst mich wahnsinnig", beichtete er wenige Minuten später, vermied es aber, sie dabei anzusehen. Ohnehin ließ allein ihre Anwesenheit eine unfassbare Hitze in ihm aufkommen.

„Das wollte ich *dir* gerade sagen", widersprach sie und tänzelte langsam um das *Tail*, das Brettende, herum auf seine Seite. Jetzt stand sie genau hinter ihm. Ihre Nähe verursachte zunehmendes Kribbeln und Unruhe, bis sie von der Oberfläche des Surfbretts über seinen Arm strich. Augenblicklich zuckte Zion zusammen.

„Ich weiß wirklich nicht, wie lange ich dir widerstehen kann, wenn du weitermachst."

„Wer sagt, dass du musst?", flüsterte Lia in sein Ohr. Sie hatte den Abstand zwischen ihnen verringert, ihre Brust drückte nun sanft gegen seine Schulterblätter. Dieser Ort war sein heiliger Raum, in dem kein anderer etwas zu suchen hatte. Doch Lia schien einen Freifahrtsschein für jeden Winkel seines Hauses und für jeden Quadratzentimeter seines Körpers zu besitzen.

Langsam drehte er sich zu ihr um. Ihre Brust streifte an seinem Oberarm entlang. Sie machte ihn wirklich wahnsinnig. Ihre Blicke forderten ihn förmlich auf, sie jetzt und hier zu nehmen. „So! Ich soll dir also gar nicht widerstehen, was?" Ruckartig griff er nach ihrer Taille und setzte sie auf das Board, was sie sich zwar gefallen ließ, aber mit einem „Hey" kommentierte. Sein Zeigefinger wanderte zu ihrem Mund. Sie sollte still sein. Jetzt schob er ihre Beine auseinander und trat einen Schritt zurück. Der Anblick hätte für Zion nicht perfekter sein können. Die Haare fielen bis über das Board hinweg und wirkten wie goldene Flügel.

„Bleib so", bat er, nahm sein Handy von der Ablagefläche und fotografierte sie. Sie ließ es sich gefallen. Wieder trat er neben sie, schob ihr linkes Bein über den Rand, sodass sie zwar auf der falschen Seite saß, aber dennoch so aussah, als würde sie im Wasser auf dem Brett sitzen. Als ob sie wüsste, was er als nächstes tun würde, bog sich Lia nach hinten und streckte beide Arme aus, bis sie gänzlich auflag. Zion nahm ihre Haare und drapierte sie fallend über die Rails.

Auch jetzt musste er schwer schlucken. Sein Atem beschleunigte sich, während er langsam, aber entschlossen ihre Bluse öffnete und ihre Haut zum Vorschein kommen ließ. Auch heute trug sie keinen BH. Entweder war das die pure Absicht einer Frau, oder sie hatte eine Vorliebe für Natürlichkeit. Ihre Brustwarzen reckten sich in die Höhe und ohne dass er sie berührt hätte, drückte Lia den Rücken durch. Ein tiefes Stöhnen kam über ihre Lippen. Fest umschloss er mit der Hand ihre pralle Brust und Lia bäumte sich rhythmisch nach dem Druck seiner Hand auf. Die kleinen Falten um ihre Warze verfestigten sich immer weiter, gierig nach weiteren Liebkosungen, die er ihr nicht mehr verwehren wollte. Er beugte sich über sie, saugte daran und umspielte sie voller Lust. Zugleich drückte er sie in die Höhe, wobei seine Hand den herabhängenden Oberschenkel fixierte. Lias Hand wanderte unter den Saum seines T-Shirts, was bei ihm Gänsehaut am ganzen Oberkörper hervorrief. Als Lia ihm dann das Shirt einhändig über den Kopf zog, trennten sich seine Lippen kurzzeitig von ihrer

Brustwarze, er nahm sie jedoch schnell wieder zwischen die Lippen und biss sanft hinein. Ihr Atem beschleunigte sich merklich unter seinen Liebkosungen, ebenso wie sein eigener. Ihre offene Bluse hing seitlich an ihrem Körper hinab und kitzelte ihn an der nackten Haut.

Vorsichtig schob er eine Hand unter ihren Hals und hob sie sachte an. Mit der anderen Hand zog er ihr behutsam die Ärmel über die Schultern und legte sie sanft ab, aber Lia wollte mehr. Sie setzte sich auf, rutschte vom Board und griff nach seinem Hosenbund. Ihren Mund ließ sie über Zions nackte Brust gleiten und zog dabei ihre Zungenspitze über seine Brustwarze. Zion versank wie in einem Rausch. Seine Beine begannen zu zittern und für einen Moment musste er sich mit beiden Händen an seinem Surfbrett festhalten, um nicht zusammenzusacken. Ihre Oberkörper klebten aneinander, die Wärme pulsierte in ihren Adern.

Lia wanderte mit ihrem Mund zu seinem und endlich fand ihre Zunge seine. Dieser Kuss war von so viel Leidenschaft und Hingabe gezeichnet, dass er Zion die Sinne raubte. Viel zu spät bemerkte er, dass Lia seine Jeans geöffnet hatte und diese nun gemeinsam mit seinen Boxershorts von seinem Hüftkamm in die Tiefe schob, bis er gänzlich nackt vor ihr stand. Ihre Hände wanderten über seinen Rumpf zu seinem Hals und sie presste die Lippen erneut gegen seine. Zion spürte, wie hart und willig er war. Lia verführte ihn. Ihr Mund wanderte Zentimeter um Zentimeter abwärts, genauso wie ihre Hände an den Seiten seines Oberkörpers entlangwanderten. Die Vorstellung, noch heftiger zu atmen als in diesem Augenblick war unvorstellbar, aber als Lia ihre Lippen um seine Spitze schloss, entfuhr ihm ein so lautes Stöhnen, wie er es von sich selbst nicht kannte. Geschickt und liebevoll verwöhnte sie seine Leisten und benetzte jeden Zentimeter seiner Manneskraft mit ihrer feuchten Zunge, begleitet von der sanften Massage ihrer Hände auf seinem Gesäß.

Im nächsten Moment sah sie zu ihm hoch. Die Blicke ihrer blauen Augen flossen ineinander und Zion vergrub die Hände in ihren langen, blonden Haaren. Sein Instinkt übernahm nun die Kontrolle, er griff rechts und links nach einer satten Strähne und zog sie daran in die Höhe, was ihr ein Seufzen entlockte, während sein Glied an ihrem Körper entlangglitt und ihn tiefer in den Wahnsinn trieb. Dieses Mädchen entwaffnete ihn gänzlich. Ihre Nähe war wie eine Hypnose, ihre Berührungen eine Droge, die ihn tief in die Abhängigkeit und den Kontrollverlust trieb.

Energisch drehte er sie herum und schob sie bestimmt zum buntesten Surfbrett gegenüber. Er ließ ihr keine Zeit, nahm beide Arme und führte sie vor sie gegen das Brett. Sie rekelte sich daran und stöhnte freudig, während er die Leash von unten hochzog, die Schnur blind um ihre Handgelenke wickelte und die Schnalle zusätzlich schloss. Nach ihrer Fesslung widmete er sich ihrem Rücken, übersäte ihn mit Küssen. Lia keuchte und schob ihm ihr Gesäß entgegen. Er schob die Hände in den Raum zwischen ihr und dem Board, umfassten ihre kalten und hart erstarrten Brustwarzen. Lia bog den Oberkörper zurück und legte den Kopf auf seiner Schulter ab. Jetzt lagen ihre

Brüste frei, er konnte sie streicheln und kneten und nun wollte er nicht länger Spiele spielen. Er griff an Lias Gürtel, löste die Schnalle und schob sie hinab. Ihr Atem beschleunigte sich, als die Hose zu Boden ging. Hastig hob sie ein Bein nach dem anderen, um sich ihrer zu entledigen und keuchte dann zufrieden. Für einen Moment hielt Zion inne.

„Ist das in Ordnung für dich?“, erfragte er die Situation und Lia nickte zur Bestätigung. Zion wandte sich kurz von ihr ab, bückte sich und griff nach dem Kondom in seiner Jeans. Die kurze Zeitspanne, in der er es sich überzog, unterbrach seine Lust in keiner Weise. Im Gegenteil. Der Gedanke, gleich in sie gleiten zu dürfen, raubte ihm fast den Atem. Seine Hand wanderte zwischen ihre Schenkel. Keinesfalls wollte er ihr wehtun, indem er zu früh in sie drang, aber als er mit den Fingern ihre Mitte traf, schmunzelte er.

In seinem Kopf tummelten sich tausend Worte, aber sein Mund war nicht imstande auch nur eines auszusprechen. Jetzt sprach sein Körper mit ihrem. Mit sanftem Druck bog er Lia in ein Hohlkreuz, sodass sie ihm ihr Gesäß entgegenschob. Wie von selbst glitt er in sie und verharrte für einen Augenblick, weil ihn das tiefe Gefühl übermannte. Lia erzitterte und ihr entwich ein leichtes Wimmern. Um sie nicht zu verlieren, zog er sich nur wenig zurück und stieß dann erneut zu. Lia antwortete mit Gegenbewegungen und wie von selbst fanden sie einen sanften Rhythmus. Bei anderen Mädchen war es ihm immer nur darum gegangen, sich zu befriedigen, aber mit Lia verschwand dieses Bedürfnis. Tief in ihr zu sein und auf ihre Lust zu antworten, war so viel mehr.

Er löste die Leash von ihren Handgelenken und küsste sie sanft auf ihr Schulterblatt. Jetzt war sie frei und sofort übernahm sie wieder die Regie. Keiner von ihnen behielt lange die Oberhand und auf Zion wirkte es auch nicht so, als wollte einer von ihnen dies ausnutzen. Es waren gemeinsame Entscheidungen, die beide mit ihrem körperlichen Verlangen trafen. Sie ließ ihn mit einer Bewegung entweichen, drehte sich um und blickte ihm tief in die Augen. Dann griff sie nach seinem Kopf und hielt ihn in beiden Händen.

„Es ist so schön mit dir!", hauchte sie ihm entgegen. Ihre Stimme versagte fast, aber ihr Blick sagte genau, was sie mochte. Und im nächsten Moment zog sie sich an seinem Hals in die Höhe und schlang ihre Beine rechts und links um ihn herum. Ihre Arm- und Bauchmuskulatur spannte sich fest und hielt die Situation so lange aufrecht, bis Zion wieder mit seiner Spitze in sie drang. Lia entspannte sich leicht und gewährte ihm weiteren Einlass. Zion genoss die Wärme ihrer Höhle, die Berührungen ihrer Hände an seiner Brust und die Küsse ihrer Lippen. Und plötzlich spürte er nicht nur seine Lust, sondern ein tiefes Gefühl in seinem Herzen. Er liebte Lia. Und so, wie ihr Körper mit seinem sprach, glaubte er, dass sie dasselbe für ihn empfand.

***

„Ich liebe Fleisch. Der Burger ist fantastisch!" Genussvoll biss Lia in den aufgewärmten Burger und kaute so intensiv, dass man ihr den Hunger ansah.

„Das habe ich gemerkt, dass du Fleisch magst. Ich hoffe nur, es beschränkt sich auf tierisches und meins“, neckte Zion sie. Ein Augenzwinkern kam als Antwort. „Gut, dann bin ich zufrieden“, sagte er trocken und erntete einen Tritt gegen das Schienbein.

Die beiden hatten es sich am Esstisch bequem gemacht und Zion hatte das Fleisch und die Brötchen aufgewärmt. Die anderen Zutaten waren noch genießbar, sodass er sie einfach nur frisch auflegen konnte. Es schmeckte wirklich gut.

„Heute wird ein guter Tag zum Surfen. Das spüre ich. Ich möchte dich gerne mitnehmen. Ist das in Ordnung?“ Schon seit heute Morgen überlegte er, wie er Lia beibringen sollte, dass er sich noch in die Wellen stürzen wollte. Zum einen war dies sein Lebenselixier und zum anderen sollte er Werbung für das zugeschickte Surfbrett machen. Rickie filmte ihn regelmäßig. Schließlich wusste er genau, wann der *Takeoff* kam oder Zion einen *Bottomturn* durchführte.
Andererseits traute er auch Lia zu, eine gute Beobachterin zu sein. „Du könntest die Kamera halten. Ich habe ein neues Brett zu reiten.“

„Das in deinem Anbau?“, fragte sie kauend.

„Nicht das, welches ich gewachst habe. Ein anderes.“

„Warum *hast* du es zu *reiten* ?“, bohrte sie weiter nach.

„Bloß Werbung. Es muss so gefilmt werden, dass die Werbung auf der Unterseite erscheint, und das stelle ich dann auf meinen Account bei Instagram.“

„Du machst mit deinem Surfsport Werbung bei Instagram?“, fragte sie ungläubig. Zion lächelte sie an und hob die Wasserflasche vom Tisch, um ihr neu einzuschenken.

„Ja. Schon seit ich sechzehn bin."

Lia nickte anerkennend. „Und du traust mir zu, dich zu filmen."

Er hob die Schultern. „Du bist feinfühlig und ehrgeizig. Ich bin mir sicher, du kannst das."

„Na, das ist ja mal eine Kombination", prustete sie. „Aber ich bin einverstanden. Probieren wir's. Solange ich nicht gleich deine ganze Clique kennenlernen muss ..."

„Wenn das Meer heute ist, wie ich vermute, wirst du keine andere Wahl haben. Sie werden alle da sein, genau wie eine Menge Zuschauer. Heute ist Samstag. Und nach solchem Spaß lassen wir uns auch immer etwas einfallen, entweder am Strand oder bei einem von uns zu Hause. Ich möchte dich wirklich gerne an meiner Seite wissen, Lia. Bitte bleib heute noch bei mir." Seine Stimme wurde dünner und sehnsüchtiger. In diesem Moment wurde ihm bewusst, dass sie irgendwann wieder nach Lundy musste. Ihr Blick traf ihn und hielt stand. Ja, für dieses Mädchen empfand er mehr, als er es sich jemals gewünscht hätte.

„In Ordnung", antwortete sie und erlöste ihn von dem Unbehagen, das er seit seiner Bitte empfunden hatte.

„Sehr schön. Möchtest du einen Espresso?", fragte er erleichtert und stand auf, um den Tisch abzuräumen.

„Espresso? Ja! Sehr gerne", antwortete sie und lächelte ihn mit dem bezauberndsten Lächeln an, das er je gesehen hatte.

Nach dem Espresso beluden sie die Ladefläche mit drei Boards. Dem für Ellie, Zions Lieblingsboard, in dessen Finnbox er wieder die reparierte Finne eingesetzt hatte, und dem Werbeboard. Ellie und Wave saßen wie Wachhunde daneben. Zion trug seinen Ganzkörperanzug und hatte in einer Tasche Wechselkleidung mit, dazu noch für die Hunde Trinkflaschen to go und für Lia Decken und einen klappbaren Campingstuhl mit olivfarbenem Bezug. Handtücher und diverse andere Utensilien inbegriffen.

„Du siehst aus wie Batman“, meinte sie kichernd, als sie neben ihm saß.

„Und du wie ein Bondgirl“, gab er zurück.

„Dann sollten wir uns die BBs nennen.“ Sie prustete los. Anscheinend war ihr nicht nur der Sex gut bekommen, sondern auch das Essen. Ihre Heiterkeit war ansteckend natürlich und Zion lachte mit.

Der Weg durch Croyde war nicht weit, aber die drei Bretter hätte er unmöglich tragen können. Deshalb waren sie bereits wenige Minuten später am Ziel. Zion sah auf den Beachbreak und erkannte, dass er recht behielt: Der ganze Strand war voll und alle seine Jungs tummelten sich bereits im *Line-Up*. Die Zuschauer filmten und natürlich waren zahlreiche Mädchen gekommen. Wahrscheinlich auch Luisa, wenn Zion Pech hatte.

„Gib mir auch ein Surfbrett“, bot Lia an.

„In Ordnung.“ Zion hob sein Lieblingsbrett von der Ladefläche und übergab es ihr. Die anderen Bretter nahm er unter den Arm und schulterte den Rucksack mit dem Rest. Ellie und Wave waren bereits vorgelaufen und rauften sich im Sand.

Zion und Rickie erwischten jede einzelne Welle dieses Sets und schmissen sich lachend über die Kanten. Die Drops waren für beide keine Herausforderung, wobei sich Zion öfter zwischen seinen Kumpels hindurchschlängelte oder sie mit ein paar scharfen Turns vertrieb. Es waren *A-Frames*, Wellen, die gleichmäßig zu beiden Seiten brachen, sodass er ständige Richtungswechsel unternahm. Das neue Brett lag gut auf dem Wasser, drehte sich leicht und flog nur so über die Wellen. Es schien nur für diese Bedingungen gebaut worden zu sein. Lia hatte er genaue Instruktionen gegeben und ihr den Campingstuhl am Strand aufgestellt. Wenn er kurz im *Line-Up* auf seine Welle wartete, konnte er sie dort sitzen sehen, die Kamera in der Hand. Die Gischt ohrfeigte ihn bei jedem Turn, er schüttelte seine Haare und ließ sich aus Spaß ins Weißwasser fallen. Die Wellen waren *inside*, nah am Strand, und keiner von ihnen benötigte besonderen *Juice* für die Turns, noch war die Hackordnung an einem solchen Tag von Bedeutung.

Zion hoffte, dass Lia gute Aufnahmen gemacht hatte, als er das letzte Mal vom Board ins Weißwasser sprang und dann lachend auf sie zulief. Kurz bevor er sie erreichte, schüttelte er seine nassen Haare, dass die Tropfen nur so flogen.

„Hey, du Rowdy. Lass das!“ Trotz ihrer scharfen Stimme trat ein Lächeln auf ihr Gesicht. „Hier, reib dich erst mal trocken.“ Sie warf ihm ein Handtuch vor die Brust.

„Zeig her, wie sind die Videos?“, fragte er, nachdem er etwas trockener war, kniete sich neben sie und warf das Handtuch über ihre Köpfe, damit sie mehr Dunkelheit für das Ansehen der Videos hatten.

Lia spielte eines nach dem anderen ab. Sie waren fantastisch! Lia hatte genau die Details anvisiert, auf die es ankam, als sei sie selbst eine Surferin.

„Die sind unglaublich, Lia. So gute Videos hatte ich noch nie!“, lobte er sie. Wenn er ihr so nah war wie jetzt, durchströmte ihn wieder ein Kribbeln, dem er jetzt jedoch nicht nachgehen konnte. „Du weißt ja, was das für dich bedeutet?“

„Du planst eine lebenslange Inanspruchnahme meiner Dienste?“

„Genau. Und ich hoffe, es sind nicht die einzigen, für die ich mich täglich aufs Neue bei dir bedanken kann. Mit Gin auf meiner Haut oder was auch immer.“ Er stahl sich einen unter dem Handtuch verborgenen Kuss.

„Oh, ich denke, da fällt mir noch so einiges ein“, hauchte sie ihm entgegen, sichtlich dankbar für den Kuss.

„Wunderbar. Aber jetzt ist Ellie dran. Ich weiß, sie liebt diese Stimmung und wartet nur darauf, ins Wasser zu kommen.“ Er hob das Handtuch an, legte es über die Stuhllehne und schnallte Ellie die Schwimmweste an.

„Wollen wir?“, fragte er in Ellies Richtung, die wie verrückt um das Board herumrannte und wild bellte. Dann nahm er das breitere Board unter den Arm und lief mit seinem Hund den Wellen entgegen.

7

Lia

Lia hatte kaum noch über ihre unguten Gefühle Surfern gegenüber nachgedacht. Vielmehr noch entdeckte sie Freude beim Anblick von Zions Ritt auf den Wellen, womit sie niemals gerechnet hätte. Die Art und Weise, wie er mit den Wellen in Einklang war, faszinierte sie und zog sie magisch an. Sie musste es sich einfach eingestehen: Er sah verdammt sexy aus! Er ritt die Wellen, als hätte er niemals etwas anderes getan und auch jetzt, als er mit Ellie an seiner Seite Richtung Wasser lief, versprühte er eine Leichtigkeit und Harmonie, die Lia ein warmes Gefühl bescherte. Die beiden waren ein eingefleischtes Team. Zion schien sich nicht sonderlich mit Ellie verständigen zu müssen. Er stapfte einige Meter ins Wasser, legte sich auf das Surfbrett und Ellie sprang ganz von selbst über ihn. Paddelnd schwammen sie durch die aufschäumenden Wellen und obwohl der Hund von der Gischt überschäumt wurde, blieb er ruhig auf dem Board stehen. Zion paddelte bis zu dem *Line-Up*, in dem sich alle Surfer tummelten und auf die nächste Welle warteten. Er drehte das Brett und paddelte von hinten in die Welle. Ellie schien den genauen Ablauf zu kennen.

Zion sprang im selben Moment auf das Brett, in dem Ellie auf den hinteren Bereich zurücklief. Die Bewegungen sahen derart geschmeidig und synchron aus, es war eine Wonne den beiden zuzusehen. Zion surfte keine Kurven, sondern ließ das Brett geradewegs von den Wellen auf den Strand zutreiben. Jetzt bückte er sich und Ellie sprang voller Elan über ihn auf den vorderen Bereich.

Der Wellenritt war schneller vorbei, als es Lia und anscheinend auch Ellie lieb war, denn die Hündin hüpfte euphorisch zurück in die Fluten. Zion wiederholte den Start durch die Wellen und dieses Mal sprang Ellie nicht über ihn, als sie durch die Wellen ritten, sondern auf seine Schultern. Lia konnte sich ein lautes Lachen nicht verkneifen, aber auch aufrichtige Bewunderung keimte in ihr auf. Das, was so leicht aussah, musste ihn viele Stunden Training abverlangt haben und er konnte froh sein, dass Ellie eine Wasserratte war. Ganz anders als Wave, der seit ihrem Wassertreiben wie eine Säule neben ihrem Campingstuhl saß und mit angelegten Ohren Richtung Meer blickte.

Das Schauspiel wiederholte sich mehrere Male, bis Zion das Brett am Strand unter den Arm nahm und ihr und Wave entgegenlief, während Ellie immer wieder an ihm hochsprang.

„Nein, Ellie. Jetzt ist genug. Hallo, mein Guter. Hast du brav auf uns gewartet?“, sagte er zu Wave und streichelte ihn. Lia empfand seinen Willkommensgruß dem Hund gegenüber als sehr rührend. Es war das erste Mal, dass sie eine Spur von Mitleid mit Wave empfand, als er auf die beiden hatte warten müssen.

Zion griff nach dem Handtuch und rubbelte sich die blonden Haare. Lia konnte sich nicht entscheiden, wann er erotischer aussah – wenn er splitternackt vor ihr im Bett lag und sein Sixpack unfreiwillig demonstrierte, oder jetzt in seinem hautengen Neoprenanzug, unter dem sich jeder Teil seines perfekten Körpers abzeichnete. Lia schluckte bei dem Gedanken an die letzten Stunden und die Nacht davor.

„Hey, Batman. Schon fertig?", fragte sie von unten aus dem Campingstuhl hinauf zu ihm. Dabei bemühte sie sich, gleichgültig zu klingen.

„Batman?", fragte eine fremde Stimme. Ein anderer Surfer tauchte hinter Zion auf, offensichtlich einer seiner Surffreunde. Lia fuhr es eiskalt den Rücken hinunter. Oh ja, das war ein typischer Surfer. Sie erkannte seinen Blick, sein unauffälliges Mustern. Ein eingebildeter Kerl auf Frauenjagd. Sofort setzte Lia ihre eiskalte Maske auf. Sie war nicht bereit, ihre Freundlichkeit mehr als *einem* Surfer entgegenzubringen.

„Ich finde, Lia hat recht. Wir sehen wirklich aus wie Batman", bestätigte Zion und trat neben seinen Surfkollegen. Auch eine Frau war dabei und Lia musste sich eingestehen, dass sie in ihrem Surferoutfit sehr aufregend aussah. Die langen braunen Haare hatte sie zu zwei Zöpfen geflochten, die ihr über die Schultern hingen. Wenn sie nur halb so gut surfte, wie sie aussah, waren sicher viele Jungen hinter ihr her. Ihr Blick streifte Lias. Er fühlte sich bohrend an.

„Lia, das ist Rickie. Rickie, das ist Lia", stellte Zion vor und Lia wandte sich ihm zu. Rickies Blick war anzüglich, was Lia ebenso wenig gefiel wie jener der Surferin.

„Hallo“, sagte sie deshalb knapp.

Rickie nickte ihr kurz zu und sah dann wieder zu seinem Freund. „Du willst doch nicht schon aufhören, Zion? Der Spaß hat gerade erst begonnen.“

„Ich weiß. Aber ich bin mit Lia hier und ...“

„Batman gibt sich dem Spaß auch bis zum Schluss hin. Das wird Lia doch wissen“, unterbrach ihn Rickie und setzte ihn mit seiner Aussage Schachmatt.

Lias Unruhe nahm zu. So wie es aussah, lag die Entscheidung wohl bei ihr, auch wenn sie innerlich nicht bereit war, diese zu übernehmen. Zion musste selbst wissen, was er tat und ob er sich mit diesem Frauenhelden in die Wellen stürzen wollte. Sein fragender Blick wanderte zu ihr und sofort erfüllte wieder dieses warme Gefühl ihr Herz. Sie wollte ihn nicht von seinen Freunden fernhalten. Er sollte Freude haben. Das war das einzig Wichtige. Seine Augen leuchteten auf dem Surfbrett, er war für das Surfen geboren. Vielleicht auch für sie, aber sie würde ihm niemals diese Passion nehmen wollen. Und als sie ihn ohne ein Wort ansah, schickte sie über ihren Blick das unbändige Gefühl von tiefer Liebe und Zuneigung, mit dem Wunsch, er würde ihre Antwort spüren.

„Komm schon, Alter. Die Wellen warten“, rief Rickie da, packte ihn am Arm und riss ihn mit sich. Aber Lia war sicher, der winzige Augenblick, als sich ihre Blicke trafen, hatte genügt. Er wusste, sie gönnte es ihm von ganzem Herzen.

Zion hatte sich losgerissen und sein Lieblingsbrett geschnappt. Er hatte ihr erklärt, dass es für jeden Surfer ein bestimmtes Brett gab, mit dem er eins wurde. Mit dem er eine Einheit mit der Welle bildete, die Brücke schlug zwischen ihm und dem Element. Lachend stürzte er sich in die Fluten und Lia genoss den Anblick seines Glücks. Die beiden paddelten um die Wette bis ins *Line-Up* und Rickie war der Erste, der sich eine Welle schnappte und sie nach Lias Bemessen sehr aggressiv und stürmisch abritt. Seine Drehungen waren schnell und sein Gesichtsausdruck im Gegensatz zu dem von Zion verbissen. Dennoch war er gut, das stand außer Frage. Zion jagte ihm nach, aber bei ihm sah alles leichter und eleganter, einfach harmonischer aus. Kaum waren sie im Schaum der Wellen angelangt, starteten sie erneut. Auch jetzt war Rickie der Erste, seine Sprünge waren höher als zuvor und Zions ebenso. Beim dritten Durchgang zögerte Zion längere Zeit, bis er auf eine Welle sprang. Es schien, als warte er auf etwas Besonderes. Plötzlich paddelte er wie wild auf den oberen Rand der Welle und sprang dann auf sein Brett. Für einen Moment flog er, bis er in der Welle landete, die zur anderen Seite brach und einen Tunnel in ihre Richtung bildete. Zion ging in die Hocke und streifte mit den Fingern die Innenwand der Welle. Lia war aufgestanden und sah sich den Surfer an. Ihren Surfer. Das Wasser brach über ihm zusammen, aber er beschleunigte und es wirkte, als würde er dem Zusammenbruch entkommen. Als er aus der Flut auftauchte, schüttelte er seine Haare und strahlte über das ganze Gesicht. Lia versank in diesem Anblick und in der Erinnerung an ihre Zärtlichkeiten, nach denen er ebenso gestrahlt hatte.

Plötzlich stand Zion vor ihr. Außer Atem, klitschnass und bester Laune. „Nur noch ein Set, dann bin ich fertig. Ich meine, nur noch eine Gruppe von Wellen. Heute ist bestes Surfwetter“, jauchzte er und gab ihr unvermittelt einen feuchten Kuss. Als wäre es das Normalste der Welt, sie hier am Strand zu küssen. Gerne hätte Lia ihn an sich gedrückt und noch leidenschaftlicher umarmt, aber dafür waren ihr hier dann doch zu viele Zuschauer. Gerade Zion wurde von vielen der Mädchen hier am Strand beobachtete, besonders die brünette Surferin bohrte ihren Blick in Lias Richtung. Nach diesem Kuss war er beinahe mörderisch. Wer war sie bloß? Eine ehemalige Freundin? Eine heimliche Verehrerin? Lia hoffte, ihr nicht öfter über den Weg zu laufen.

Ihr Blick wanderte zu der Surfergruppe. Die Wellen kamen dicht hintereinander und jeder Surfer kostete sie aus. Rickie und Zion ulkten miteinander auf derselben Welle. Lia fiel Rickies Stand auf. Anders als Zion, der mit dem rechten Bein vorne auf dem Brett stand, stand dieser mit dem linken Bein vorne. Die beiden sahen sich also an, weil Rickie links von Zion surfte. Er lenkte sein Brett mit kleinen Bewegungen hin und her, die ihn anscheinend beschleunigten, denn im nächsten Moment war er fast neben Zion. Plötzlich sprang Rickie auf Zions Brett. Für wenige Sekunden hielten sich beide mit den Armen in Balance, dann kippte das Brett und sie fielen in den Wellenschaum. Lia beobachtete, wie Zion lachend aufstand und Rickie einen freundschaftlichen Schubser gab, der sich umdrehte und der brünetten Surferin ein High Five gab. Zion schien den beiden etwas zu sagen, wandte sich aber dann ab, warf sich auf sein Brett und paddelte erneut hinaus.

Die Welle, die er jetzt nahm, überbot alle anderen. Sie bildete eine Röhre, die ihn wie ein Gefäß umhüllte. Aber dieses Mal tauchte er nicht wie zuvor aus der Röhre auf – sondern ging im Schaum unter! Lia stockte der Atem und vor Schreck rannte sie zum Wasser, aus dem ihr ein wütender Zion entgegenlief.

„Dieser Mistkerl!", rief er. „Dieser scheiß Board-Transfer hat mich eine Finne gekostet." Wütend zeigte er auf den Teil, den er noch vor wenigen Stunden repariert hatte. Dort befand sich nun ein tiefer Krater. „Immer wieder muss er diesen Mist probieren. Dabei habe ich ihm schon hundertmal gesagt, dass hier vorne Steine liegen." Aufgebracht deutete er auf die kleinen Steine, die aus dem Sand herausragten.

„Hey, Alter. Tut mir leid. Ehrlich!" Rickie war hinter ihm aufgetaucht und klopfte ihm entschuldigend auf die Schulter. Zu allem Übel war er nicht allein. Die smarte Surferin folgte ihm.

„Hey, Zion. Es war meine Schuld. Ich habe behauptet, dass Rickie nicht länger als drei Sekunden auf deinem Board bleiben kann", erklärte sie. Ihre langen, braunen Haare fielen ihr über den in Neopren verpackten Körper. Sie hatte strahlend blaue Augen und sah viel zu gut aus, als dass Lia sie ignorieren konnte.

„Luisa! Du weißt genau, wie lange ich an dem Board gesessen habe. Wenn ihr noch mal so einen Scheiß wettet, macht das mit anderen. Oder wartet verdammt noch mal, bis ich ein anderes Board unter den Füßen habe!", wetterte er den beiden entgegen.

Das Mädchen, Luisa, kam näher. Für Lias Geschmack zu nah. Und als sie ihre Hand auf Zions Brust legte und ihn dabei zärtlich ansah, begann Lias Blut zu brodeln.

„Ich mach's wieder gut. Ihr könnt heute alle zu mir kommen. Die Halfpipe ist fertig, wir können sie einweihen."

Wenn sie nicht augenblicklich ihre Hand wegnimmt, sorge ich dafür, dass sie keine mehr hat!, schoss es Lia durch den Kopf. Mit wachem Blick spähte sie zu Zion, der ... beeindruckt wirkte.

„Was? Deine Halfpipe ist fertig? Warum hast du das nicht früher gesagt?", rief Rickie, gab ihr einen Stoß, wandte sich ab und lief hastig auf die Surfergruppe zu.

„Na super. Jetzt brennt heute Abend deine Hütte, Luisa. Das ist dir doch wohl klar?", meinte Zion und ging einen Schritt zurück, bis sich ihre Hand von seiner Brust löste.

„Ja. Das ist okay. Er hat ja recht, ich hätte euch viel früher Bescheid sagen sollen. Was ist jetzt? Kommst du?", hakte sie nochmals nach.

„Nur, wenn Lia mitkommt. Wir sind zu zweit." Sein Blick traf Lias, während er sich ihr näherte und neben ihr stehen blieb. Lia war dankbar für diesen Augenblick und die Geste. Zion zeigte deutlich, wer zu ihm gehörte. Seine Augen leuchteten wieder. Das Angebot schien verlockend zu sein, wie hätte sie ihm den Wunsch abschlagen sollen?

„Für mich ist das in Ordnung", antwortete Lia viel zu schnell.

„Für mich auch", entgegnete Luisa und Lia wusste sofort, dass sie log.

Was auch immer der Abend bringen würde, Luisa würde ihr im Nacken sitzen. Lia hatte das Gefühl, als würde sie geradewegs in das Netz der Spinne laufen.

Lia und Zion packten ihre Sachen und die Surfer verabschiedeten sich mit dem typischen Surfergruß, dem *Shaka*, wie Lia von Zion erfuhr. Dabei werden Zeige-, Mittel- und Ringfinger eingeklappt und der Daumen und kleine Finger abgespreizt. Dann shaken sie die Hand hin und her. Lia mochte den Gruß.

Der Strand war plötzlich wie leergefegt. Nur noch wenige Surfer paddelten im Wasser und die Mädchenschar war verschwunden. Lia hatte wieder ein Surfbrett unter den Arm geklemmt sowie den Rucksack geschultert. Der kurze Weg zum Jeep verlief schweigend. Zion hatte einen kurzen Blick auf die Finne seines Boards geworfen, nachdem Luisa mit den anderen verschwunden war, und deutlich die Nase gerümpft.

Das schöne Board, dachte Lia. *Mir würde das auch stinken.*

Die wenigen Minuten zu Zions Haus schwieg er ebenso. Der Schaden musste ihm wirklich zusetzen.

„Bitte, mach es dir bequem", sagte er, als sie das Wohnzimmer erreichten. „Ich möchte mir das genauer ansehen." Er deutete auf sein Surfbrett und Lia nickte. Sie wollte ohnehin kurz allein sein, um sich bei ihrer Mitfahrgelegenheit nach Lundy zu melden. Sie war nun schon den zweiten Tag nicht zu Hause und nach dem tragischen Unfall ihrer Mutter sorgte sich beinahe jeder auf der Insel um sie.

Also holte sie ihr Handy aus der Tasche und setzte sich auf die einladende Couch. Die Hunde leerten ihre Näpfe und legten sich dann auf ihre Plätze.

„Lia, Gott sei Dank! Heute Abend hätte ich einen Suchtrupp losgeschickt. Wo zum Teufel bist du?", herrschte Benji sie an, kaum dass er abgenommen hatte.

Der Naturschützer hatte natürlich recht wütend zu sein.

„Benji, bitte verzeih mir. Ich habe die Zeit vergessen und ..." Welche Ausrede auch immer ihr jetzt in den Sinn kommen würde, sie war nicht genug der Entschuldigung.

„Verdammt, Lia. Nach dem, was deiner Mutter passiert ist, solltest du es wirklich besser wissen!", herrschte der Naturschützer sie an. Was hätte sie ihm da noch entgegenbringen können?

„Du hast völlig recht. Bitte sei nicht enttäuscht von mir. Ich melde mich ab sofort jedes Mal, wenn ich in Croyde bleibe. Versprochen", sagte sie kleinlaut. Die wenigen Bewohner von Lundy ließen sich zwar gegenseitig weitgehend in Ruhe, dennoch war es, als seien sie eine kleine Familie, die ohne dass es jemand aussprach aufeinander aufpasste.

Benji grunzte am anderen Ende der Leitung. „Schon gut. Also melde dich bei mir, wenn du nicht mitfährst, okay?"

„Okay!"

„Ach, und Lia. Ich hoffe, er ist es wert", schob er noch hinterher.

Woher zum Teufel wusste er von Zion? Oder war das mal wieder die Aussage eines weisen Mannes, der sein

Leben der Natur widmete? Wenn Lia zwei Stunden mit ihm auf See verbrachte, kam es immer wieder zu intensiven Gesprächen und Lia schätzte seine Lebensweisheit, aber auch die Stille, die er halten konnte.

„Ich werde ihn fragen, was er dazu sagt. Wir sehen uns morgen." Lia lachte ins Telefon.

„Bis morgen. Sei pünktlich", mahnte er sie.

„Werde ich sein. Mach's gut."

***

„Was ist das für ein Gefühl, wenn man durch die Röhre durchrauscht?", fragte Lia.

„Manchmal denkt man, man fällt zu spät in die Welle ein", antwortete Zion und strich ihr eine Strähne aus der Stirn. „Besonders, wenn sie von Riffen abgesaugt wird. Aber wenn ich dann von der Unterseite hinunterkomme, sich die Lippe über mich wirft und ich mich ducke, hüllt mich ein perfektes Fass ein."

Seine Worte waren fremd für Lia, aber sie hörten sich fantastisch an und Zions sehnsüchtiger Blick zeigte, wie sehr er diese Momente wirklich liebte.

Lia lag mit dem Kopf auf seiner salzigen Brust und sah ihm in die Augen. Ihre Beine umschlangen seines und sie hätte sich in diesem Augenblick nicht mehr Nähe wünschen können. Wann immer er vom Surfen sprach oder wirklich auf dem Brett stand, funkelte pures Glück in seinen Augen. Sie genoss es, ihn jetzt wieder so zu sehen. Als er vorhin aus dem Anbau gekommen war, hatte er ziemlich sauer gewirkt. Der

Neoprenanzug hatte zur Hälfte an ihm heruntergehangen und seinen Oberkörper offenbart.

Also war sie kurzerhand an ihn herangetreten, hatte ihn in sein Schlafzimmer gezogen, ihn mit den Händen verwöhnt und war dann mit ihm verschmolzen. Zion hatte sich nicht lange bitten lassen. Kaum hatte sie ihm ihre Absichten verdeutlicht, streichelte er sie zärtlich und gab sich ihr vollends hin. Er schmiegte sich weich und gleichzeitig kraftvoll an sie. Jede Sekunde war neu. Nichts gewöhnlich, ein atemloses Miteinander.

„Das hört sich fantastisch an", sagte sie bewundernd und strich über die schmale Stelle zwischen seinem Brustkorb entlang bis zum Bauchnabel.

Zion blickte ihr tief in die Augen und sein Blick veränderte sich. Die Weichheit kehrte zurück und hypnotisierte sie. Sanft strich er an ihrer Taille entlang.

„Es ist fantastisch, dass du hier bist. Bei mir", hauchte er und drückte seine Lippen zärtlich auf ihre. Ihre Küsse hatten das Salz noch nicht gänzlich von seiner Haut entfernt, noch immer schmeckte sie es und leckte ihm über seinen Mund.

„Du bist unersättlich, Lia. Bist du nicht müde zu kriegen?", neckte er sie grinsend.

„Ich kann auch aufhören, wenn du willst", konterte sie und zog ihre Zungenspitze zurück.

„Wag es nicht!", mahnte er und zog sie dichter an sich, was ihr ein Stöhnen entlockte. „Aber wenn wir noch zu Luisa gehen wollen, sollten wir uns langsam herrichten. Oder willst du, dass ich *so* dort hingehe?"
Lia hatte ihm so schnell einen Schlag auf die Brust

versetzt, sie konnte es selbst nicht glauben. „Hey! Sie ist nicht nur unersättlich, sondern auch gewalttätig."

„Nur, wenn man mich auf den Arm nimmt", meinte sie kichernd.

„So, so. Du willst also auf den Arm genommen werden. Na warte!" Zion sprang auf und lief um das Bett. Einer der Hunde fing an zu bellen, der Satz aus dem Bett hatte ihn wohl erschreckt. Genau wie Lia. Dennoch konnte sie nicht anders, als fürchterlich zu lachen. Schnell versuchte sie, sich ihm auf dem Bett zu entziehen, indem sie auf die andere Seite krabbelte. Aber Zion war schneller. Er packte sie am Bein, zog sie mit Leichtigkeit zu sich heran und hob sie auf seinen Arm. Zappelnd und strampelnd versuchte sie sich zu wehren und lachte und schrie dabei.

„Nein, Zion! Was hast du mit mir vor?", gluckste sie, aber er ging nur zielstrebig auf das Badezimmer zu.

Die Tür öffnete er mit dem Fuß und schob sie auf. Die ebenerdige Dusche befand sich gleich rechts um die Ecke und Zion stellte sich genau unter den Duschkopf.

„Ich denke, eine Abkühlung wird dir nicht schaden", kündigte er an und zog am Wasserknauf. Eiskaltes Wasser strömte auf sie herab. Lia schrie, zappelte und schimpfte, Zion hingegen lachte nur. Dann lief plötzlich wärmeres Wasser auf sie herab und verwandelte den Moment. Vorsichtig ließ er sie von seinen Armen hinabgleiten, ohne von ihr abzulassen. Er strich über ihre Arme, über ihre Brust, seine Lippen benetzten ihre Schulter, wanderten zu ihren Brustwarzen, saugten, liebkosten und leckten. Lia stöhnte heftig und drückte sich mit dem Rücken an die Duschwand. Mit den Beinen umschlang sie seine Hüften. Zion küsste ihren ganzen Oberkörper und das warme Wasser lief seinen Rücken hinab. Lia spürte seine Spitze an ihrem Gesäß, aber Zion hielt inne. Heftig keuchend und vor Lust vibrierend.

„Ich denke, für heute ist es genug." Seine Stimme versagte fast. Lia spürte, dass er sie nicht loslassen wollte und alle Mühe hatte, der Bedeutung seiner Worte Glauben zu schenken.

Widerwillig löste sie sich von ihm und stellte die Füße auf den Boden. Ihr Blick wanderte zu seinem Glied, an dem das Wasser vorbeirann. Sein ganzer Körper bebte, sein Atem kroch schwer aus seiner Kehle und seine Manneskraft wollte alles, nur nicht aufhören. Dennoch beherrschte er sich und blickte ihr fast flehend entgegen. *Bitte lass uns aufhören!*, schien er zu sagen. *Sonst kannst du mich heute einpacken.*

„Wer braucht jetzt eine Abkühlung, he?", witzelte sie und drehte den Hahn ohne Vorwarnung auf Kalt.

Zion schüttelte sich unter der wortwörtlichen kalten Dusche, schloss dann aber erleichtert die Augen. „Brrr. Danke, die habe ich gerade wirklich gebraucht. Was ist das nur mit dir? Du brauchst mich nur zu berühren, und schon bin ich nicht mehr Herr meiner Sinne."

Lia lachte und gab ihm einen liebevollen Kuss an seinen Oberarm. Dann verließ sie die Dusche und griff nach einem Handtuch.

***

Eine Stunde später saßen die beiden in Zions Jeep und fuhren zu Luisa. Lia war nicht sehr wohl zumute, aber sie wollte Zion keinesfalls mit eifersüchtigen Fragen nerven. Natürlich war sie neugierig. Irgendetwas war zwischen den beiden, aber ihn jetzt zu fragen, fühlte sich falsch an.

Auf Lias Bitte hin hielt Zion noch kurz bei Mac James, damit sie sich umziehen konnte. Auch wenn Zion ihr schwor, ihre Kleidung wäre absolut in Ordnung, fühlte es sich für sie anders an. Auf dem Weg in ihr Zimmer informierte sie außerdem den Pensionsbesitzer über ihre Absicht, noch eine weitere Nacht zu bleiben.

Eilig zog Lia ihre enge dunkelblaue Jeans an, schnappte sich ihre cognacfarbenen Stiefel, streifte eine dunkelblaue Bluse über, die sie in die Jeans stopfte, zog den Gürtel aus der weißen Jeans und fädelte ihn ein. Dann griff sie nach ihrer olivfarbenen Lieblingsjacke und beäugte sich im altmodischen Spiegel. Mit der halblangen Jacke sah sie wie eine englische Reiterin aus. Nacheinander schloss sie von ihrer rechten Hüfte angefangen die großen metallenen Knöpfe, die auf einem dicken grauen Filzstreifen quer über die gesamte Jacke nach oben verliefen. Als sie den letzten links oben an ihrer Schulter geschlossen hatte und noch einmal in den Spiegel blickte, war sie zufrieden. Ihre Haare behielt sie offen. So konnte sie dieser Luisa entgegentreten.

Als sie wieder in den Wagen stieg, musterte Zion sie von unten bis oben und schluckte. „Ich mag englische Kleidung“, sagte er und fuhr los. Anscheinend reizte ihn alles, was sie tat, und das gab ihr ein wohliges Gefühl. Besonders an diesem Abend.

Die Fahrt war nicht sehr lang, aber kurvig. Zion hatte sich eine bequeme schwarze Hose übergezogen sowie ein schwarzes Longsleeve, und als hätten sie sich abgesprochen, ebenso eine olivfarbene Jacke im Militärstil. Seine Haare hatte er zu einem kleinen Knoten am Hinterkopf zusammengebunden, was ihm noch mehr Coolness verlieh. Auf der Laderampe lagen ein Waveboard und ein Skateboard, also würde er den Abend über wohl mit seinen Jungs boarden.

Lia spielte nervös an ihren Knöpfen, als Zion ihre Hand umfasste. „Du kannst ganz unbesorgt sein. Ich kenne Luisa schon ewig. Sie ist wie ich hier aufgewachsen und hat zwar ihre Macken, ist aber in Ordnung. Es sei denn, der Alkohol naht." Der Satz war zwar zu Ende, aber Lia spürte, er hätte noch mehr dazu sagen können.

Im oberen Teil von Croyde fuhr Zion langsamer. Hier waren die Grundstücke größer und als er vor einem prunkvollen, hell erleuchteten Bau hielt, auf dessen Eingangsportal durchaus das Wort *Geld* hätte stehen können, veränderte sich das flaue Gefühl in Panik. Seit dem Tod ihrer Mutter war Lia auch sehr vermögend, aber sie zeigte es nicht durch ein Anwesen wie dieses. Verdammt. Lia war plötzlich klar: Luisa war eine Konkurrentin.

Sie stiegen aus, Zion schnappte sich die Boards von der Laderampe und klemmte sie unter den Arm. Je weiter sie die Treppen zum Eingang hinaufstiegen, desto mulmiger wurde ihr.

Plötzlich griff Zion nach ihrer Hand und stoppte sie vor der Tür. „Alles in Ordnung?", fragte er und sie nickte. Hoffentlich fühlte er nicht den Schweiß in ihrer Hand. Er drückte kurz zu, dann nickte er und führte sie zu ihrer Überraschung links um das Haus herum. Lautes Lachen drang zu ihnen und donnernde Musik hallte durch die Dunkelheit, die von großen Lichtkegeln durchbrochen wurde. Das laue Gefühl in Lias Magen nahm zu und als sie um die Ecke des Hauses bogen und sich vor ihnen eine riesenhafte Halfpipe eröffnete, auf der die gefühlt größte Party der Welt ablief, wäre sie am liebsten davongelaufen.

„Na endlich! Wo warst du nur?", rief Rickie Zion zu. Lia ignorierte er.

„*Wir* haben uns noch fertig gemacht *und* ich musste noch den Schaden am Board begutachten. Das gibt eine Menge Arbeit und das Board ist nicht mehr dasselbe", gab Zion erzürnt zurück.

Rickie griff nach seiner Schulter und zog an ihm. Dabei trennte sich seine Hand von Lias. Rickie hatte wohl vor, Zion einfach mitzuschleifen und Lia stehen zu lassen, aber Zion griff nach ihrer Hand und zog sie mit sich. Zum Glück.

Den Arm um ihn herumgelegt, begutachtete Rickie Zions Skateboards, die er unter den Arm geklemmt hatte. „Ich vesteh's einfach nicht. Du hast die ältesten Boards von allen. Die fallen bald auseinander und trotzdem bist du der beste Fahrer. Also los, Alter. Begeistere uns mit deinen Stunts." Er klopfte Zion auf die Schulter, dann drehte er sich zu Lia. „Jetzt kannst du mal was sehen, Süße."

Zu gern hätte Lia den Kopf geschüttelt. Rickies ganzes Benehmen war unverschämt, frauenverachtend und ignorant. Eben diese Machos waren für den Ruf der Surfer verantwortlich.

Zu Lias Erleichterung riss sich Zion von Rickie los und trat dicht an sie heran. „Komm, mein Glücksbringer. Ohne dich werde ich fallen. Gibst du zwei Küsse auf meine Boards?“ Sachte hob er beide Boards in die Höhe, direkt vor Lias Mund.

„Meinst du das ernst? Ich soll deine Skateboards küssen?“, fragte sie verwundert.

„Ja, sicher“, gluckste er strahlend. Also lachte sie leise, zog das eine Brett an ihre Lippen und küsste es. Anschließend das Waveboard. Bei beiden wanderten ihre Blicke über das Board hinweg und trafen Zions wasserblauen Augen, die selbst im Scheinwerferlicht am Abend noch den Ozean spiegelten.

„Danke“, hauchte er ihr grinsend entgegen.

„Eigentlich hätte *ich* sie küssen müssen. Immerhin wirst du auf meiner Halfpipe fahren.“

Lia erkannte die Stimme sofort, und schon stand Luisa neben ihnen. Sie hatte eine bunte, hautenge Trainingshose an sowie ein dazugehöriges enges T-Shirt, das ihre großen, prallen Brüste noch besser zur Schau stellte als der Neoprenanzug von heute Nachmittag. Ihre geflochtenen Zöpfe hingen rechts und links über die Schultern und reichten bis über die Brust, in der Hand hielt sie ein gefülltes Glas. Zion antwortete nicht auf ihre provokante Bemerkung und sicher wusste er auch warum.

„Na, dann wollen wir mal. Luisa, sorgst du für deinen Gast? Lia möchte sicher einen Gin Tonic“, sagte Rickie und zog Zion mit sich.

Luisa entfuhr ein Schnauben, dann wandte sie sich tatsächlich Lia zu und zeigte auf eine Bar auf der anderen Seite. „Dort bekommst du alles, was du möchtest. Gin Tonic ist das Leichteste." Damit ließ sie Lia einfach stehen. Und auch wenn Lia ihr Verhalten genau wie das von Rickie unmöglich fand, war sie froh, sie nicht mehr an ihrer Seite zu wissen.

Die Halfpipe war riesengroß. Sie hatte die Form einer großen Blume, an deren Blütenblättern die Skater auf- und abfuhren. Die Musik hämmerte wilde Beats und die Stimmung war aufgeheizt. Die Zuschauer jubelten und klatschten begeistert, sobald ein Skater seine Steinwellen abrollte und Drehungen vollzog, als befände er sich auf dem Wasser. Dabei kamen die Skater den Zuschauern und auch Lia während ihrer Sprünge gefährlich nah. Die Hocker an der Bar boten die besten Plätze und Lia war froh, kurz darauf einen guten Hendricks Gin in den Händen zu halten.

Nun war Zion an der Startposition und jagte unter tosendem Applaus durch die Blütenblätter. Schnell war klar, wer die gewagtesten Stunts draufhatte. Mit unglaublicher Leichtigkeit drehte Zion sein Brett an der Kante oder blieb kurz darauf stehen, nahm wieder Schwung, drehte sich sogar von einem Blatt auf das nächste, um schließlich auf Lias Seite kurz zu landen und ihr ein strahlendes Lächeln zu schenken. Eine nächste Drehung und er rauschte wieder davon.

Plötzlich gesellte sich eine zweite Person auf die Halfpipe. Es war Luisa. Lia wunderte sich, dass sie in ihrem eindeutig betrunkenen Zustand noch fahren konnte, aber sie konnte mehr als das. Sie war richtig gut und behinderte Zion kein einziges Mal, sondern füllte die zeitlichen Lücken exakt aus. Wenn er rechts oben war, war sie unten und fuhr orthogonal zu ihm wieder hoch und umgekehrt. Was die beiden darboten, war ein Genuss für die Augen, ein harmonisches Zusammenspiel. Und es trieb Eifersucht bis in die letzten Winkel von Lias Körper. Ein einziges Mal trafen sich die beiden im Zentrum der Halfpipe und berührten sich mit einem High Five. Lia sackte das Herz in die Hose. Die Menge tobte, als beide exakt gegenüber auf den Kanten der Spielwiese zum Stehen kamen. Zion neben Lia, Luisa zu ihrer Beruhigung gegenüber.

Grinsend trat Zion an sie heran. Lachend und bestens gelaunt. „Darf ich?", fragte er und deutete auf das Gin Tonic-Glas. Lia nickte. „Ich hätte ihn zwar lieber auf deinem Körper, aber so ist es auch okay", raunte er, als er es ihr aus der Hand nahm. Sein Blick war verführerisch, aber ihre Gefühle konfus. Eigentlich hatte er nichts Verwerfliches getan. Dennoch brodelte sie innerlich. Zum ersten Mal war Lia neidisch. Auf den Sport, auf die Gesellschaft, auf die Gemeinschaft.

„Hey, alles in Ordnung?" Zion hatte einen kräftigen Schluck getrunken und hielt ihr das Glas entgegen.

„Ja, alles gut", log sie, nahm ihr Glas wieder und trank den Rest aus.

„Okay ... Gin scheint dein Lieblingsgetränk zu sein." Mit einem Wink zu einem der drei Barkeeper orderte er dasselbe. Augenblicklich wurde ihm sein Wunsch gewährt.

„Das hast du klar erkannt." Sie hob die Augenbrauen. „Du fährst wirklich gut", lobte sie, um ihre Stimmung aufzulockern.

„Eigentlich mag ich es nicht, wenn die Jungs mich so hypen, aber sie können nicht anders und lassen mir keine Ruhe, bis ich meine Runden gedreht habe."

„Das heißt, es macht dir keinen Spaß? Das sah aber anders aus. Besonders zum Schluss“, meinte Lia und biss sich sofort auf die Zunge.

Zion trat dicht an sie heran. Trotz ihrer noch immer anhaltenden Eifersucht brach sofort wieder die Hitze in ihr aus und jede Zelle ihres Körpers verlangte nach ihm. Langsam schob er seine linke Hand an ihren Hals und dann weiter bis in ihre Haare. Die Gänsehaut übersäte ihren gesamten Oberkörper und Lia zuckte leicht. Seine Lippen wanderten ihren entgegen, während er sie mit seinem Blick hypnotisierte. Wenige Millimeter lagen noch zwischen ihren Mündern, dennoch hörte sie die elektrische Ladung zwischen ihnen knistern. Seine Hand kroch tiefer in den Nacken, dann schloss er die Augen und ließ seine Lippen sanft und genussvoll auf ihre sinken. Für einen Moment verschwand alles um Lia herum. Kein Wummern der Musik, keine Rollen auf Beton. Keine grölenden Freaks. Nur der Gesang ihrer Gefühle. „Du bist eifersüchtig. Süß“, raunte er so leise und so liebreizend direkt an ihrem Ohr, dass die Worte an Bedeutung verloren.

„Hier tut auch jeder etwas dafür, damit ich mich unwillkommen fühle“, konterte sie und nahm ein wenig Abstand.

„Die Jungs werden sich dran gewöhnen. Und Luisa ... nun, Luisa ist eben Luisa“, antwortete er gelassen und machte dabei eine hilflose Geste, als könnte er daran einfach nichts ändern.

Nach dem dritten Glas gesellte sich Rickie zu Zion und Lia. Erst blieb sie distanziert, doch je länger sie sich mit ihm unterhielt, desto deutlicher kam neben seiner Machoseite auch eine intelligente zum Vorschein. Er fragte nach ihrem Wohnort und als sie Lundy antwortete, zeigte er ungeheuer gutes Wissen über den dortigen Naturschutz. Lia war überrascht und freute sich, ihn im Laufe des Gesprächs in Gedanken nicht mehr mit *Macho*, sondern mit *Naturbeschützender Macho* zu betiteln. Luisa hingegen gab sich vollkommen dem Alkohol hin und wäre einmal fast in die Halfpipe gefallen, wenn sie nicht eine Menge Jungs im Schlepptau gehabt und einer von ihnen sie noch festgehalten hätte.

„Warum trinkt sie so viel?“, wollte Lia wissen, als Rickie *mal die Mädels abchecken* ging und die beiden allein ließ.

„Das hat angefangen, als ihre Mutter starb. Letztes Jahr“, antwortete Zion. „Es ging ganz schnell. Bauchspeicheldrüsenkrebs. Früher konnte man mit ihr wirklich Spaß haben. Sie war lustig und ein guter Kumpel. Jetzt ist sie zynisch, fordernd und viel zu risikofreudig. Hoffentlich findet sie irgendwann jemanden, der ihr Trost gibt.“

Nachdenklich sah Lia zu Luisa. Wie es sich anfühlt, seine Mutter zu verlieren, wusste sie so gut wie niemand sonst. Luisa musste schrecklich leiden, genau wie sie vor zwei Jahren. Eine Welle von Mitgefühl überkam Lia. Plötzlich sah sie sie mit anderen Augen. Zion hatte recht, wenn sie jemanden hätte ... Ein Schauer überkam sie. Vor ihrem Geist sah sie Zion, wie er Luisa tröstete und sie sich wieder dem Leben hingab. Mit ihm an ihrer Seite.

„Aber du nicht!" Der Satz kam so schnell und energisch über ihre Lippen, dass sie ihn nicht mehr stoppen konnte.

„Nein! Gott bewahre. Ich gehöre dir. Das mit Luisa und mir wird nichts."

Seine Worte sollten sie beruhigen. Doch sie bestätigten auch, dass die beiden eine gemeinsame Vergangenheit hatten ...

„Verdammt! Was macht sie jetzt?" Zion war aufgesprungen und sah auf die andere Seite der Pipe. Dort stand Luisa, mit einem Skateboard in der Hand.

„Zion!" Völlig außer Atem kam einer der Gäste vor ihm zum Stehen. „Du musst sie aufhalten! In dem Zustand kann sie kein Skateboard mehr fahren, aber auf uns hört sie nicht", flehte er förmlich. Aber er hätte es nicht tun müssen. Zion war schon auf dem Weg zur anderen Seite.

Lia beobachtete, wie er zu der Gastgeberin hinüberlief, die immer noch am Startrand stand. Alle gingen ihm aus dem Weg, die Musik verstummte und plötzlich drang Luisas lautes Lallen bis zu Lia herüber.

„Geht mir aus dem Weg! Ich werde euch schon zeigen, was ich kann."

„Wir wissen, was du kannst. Du musst hier nichts beweisen, Luisa", redete einer laut auf sie ein und versuchte, sie am Arm festzuhalten. Luisa schüttelte den Kopf und riss sich los – als Zion sie endlich erreichte.

Lia verstand nicht, was er sagte. Er war nah an sie herangetreten und sprach in ihr Ohr. Nervös rutschte Lia auf dem Barhocker hin und her und beobachtete die Szene. Die Hand an ihrem Arm gelang es Zion, Luisa von der Halfpipe wegzuziehen. Die Musik setzte wieder ein und kurz darauf sprangen auch wieder ein paar Jungs auf die Halfpipe, aber Zion tauchte nicht auf.

Unsicher spähte Lia umher. Was sollte sie nun tun? Hier warten? Gott, warum war sie nur mit auf diese blöde Party gegangen? Lia kannte niemanden und die Surfer waren ihr alle unsympathisch. Mit Ausnahme von Zion. Wie sollte sie jemals in diese Clique hineinpassen?

Mittlerweile waren mehr als zehn Minuten vergangen. Ihre Unruhe nahm zu und plötzlich wünschte sie sich nur noch nach Hause. Lia stellte ihren Gin Tonic ab und stand auf. Die Party war nach wie vor in vollem Gange. Wäre sie Teil der Clique gewesen, hätte sie wahrscheinlich sogar behauptet, es wäre die Party des Jahres, die gerade ihren Höhepunkt erreichte. Für Lia bedeuteten die Musik, die Menschen, das Gelächter und die Stimmung nichts. Nur Zion war ihr wichtig. Wo war er nur? Sie musste ihn finden, wenn sie hier wegwollte.

Entschlossen bahnte sie sich einen Weg durch die vielen Partygäste um die Halfpipe herum. An der Stelle angekommen, wo Zion Luisa weggezogen hatte, blickte sie nach allen Seiten. Ein breiter Weg führte von der Skaterbahn weg, an den bodentiefen Fenstern des Hauses vorbei. Alles war hell erleuchtet. Die Einrichtung wirkte kühl und stählern mit Leder- und Metallelementen, die einen krassen Kontrast zum klassischen englischen Stil zeigten. Hier hätte sich Lia auch nicht wohlgefühlt. Besonders nicht, wenn man gerade seine Mutter verloren hatte. Das Heim bot keine Wärme, kein Vertrauen.

Gedankenverloren folgte Lia dem Weg und stand plötzlich an einem großen, ebenso beleuchteten Pool, als sie Zions Stimme hörte. Da stand er, auf der anderen Seite am Rand des Pools. Mit ihr.

Lia erstarrte. Ihr Puls fuhr Achterbahn, der Atem stockte. Angelehnt an die Hauswand fühlte sie sich wie ein Eindringling, obwohl es Luisa war, die eindrang. In die Beziehung zwischen Lia und Zion.

„Luisa, du wirst deine Mutter nicht wiederholen, wenn du Dummheiten machst", redete er auf sie ein, trat auf sie zu und hielt ihre Arme fest. Luisa schluchzte. Immer noch mit dem Skateboard unter dem Arm. Sie spiegelten sich in der Wasseroberfläche des Pools.

„Aber wenn ich Glück habe, dann bin ich dann bei ihr. Vielleicht breche ich mir den Hals und sehe Mum wieder", antwortete sie laut. Es war schrecklich, diese Worte von ihr zu hören, aber noch schlimmer empfand Lia die tröstenden Worte von Zion. Weil sie liebevoll und voller Sorge klangen.

„Ich weiß, dass sich das alles jetzt so anfühlt. Und vielleicht wirst du noch einige Monate Schmerzen haben. Aber Luisa, wir sind alle bei dir. Wir helfen dir. Du wirst sehen, der Schmerz vergeht", sagte er sanft.

„Nein, Zion. Ihr seid eben nicht da. Keiner ist für mich da. Du auch nicht, du am allerwenigsten", rief Luisa und versuchte, sich seiner Umarmung zu entziehen.

Lia überlegte, was sie tun konnte, ob sie selbst etwas tun konnte – aber plötzlich weiteten sich ihre Augen und im selben Moment rutschte ihr Herz in den Pool vor ihr und sank bis tief auf den Grund.

Luisa hatte Zion an sich gezogen und das Skateboard fallen gelassen. Es glitt ins Wasser, zu Lias Herz tief am Boden. Sein Kopf ruhte in ihren Händen. Der Kopf, dessen Lippen noch vor wenigen Stunden ihren Körper mit Küssen übersät hatte. Und plötzlich ruhten Luisas Lippen auf seinen.

Sie umarmte Zion, innig, verliebt und leidenschaftlich. Der Anblick war der blanke Horror. War vielleicht doch alles, was sie mit ihm in den letzten zwei Tagen erlebt hatte, eine Illusion? Oder ein Trick? Tränen aus Wut und tiefster Enttäuschung liefen ihr über die Wangen, während es ihr nicht gelang, ihren Blick von dem Geschehen abzuwenden. Auch wenn es noch so wehtat.

„Oh, hat sie doch bekommen, was sie wollte."

Lia fuhr zusammen. Rickie stand neben ihr und hatte die Arme vor der Brust verschränkt. Schnell wischte sich Lia die Tränen aus dem Gesicht. „Was soll das heißen?", fragte sie, noch bevor sie über die Frage nachdenken konnte.

Rickie zuckte die Achseln. „Na ja, jeder weiß, was Luisa für Zion empfindet. Sie ist seit Jahren hinter ihm her. Vielleicht hat er das mit dir erst mal gebraucht, um zu wissen, was er wirklich will."

Lia war außer sich vor Wut. Und diesem Schweinehund hatte sie kurz zuvor noch das *Naturbeschützender* vor seinen *Macho* verhängt? Wütend fuhr sie herum. Was auf der anderen Seite des Pools geschah, wollte sie gar nicht mehr sehen, aber Rickie bot ein gutes Ziel für all ihre Wut.

„Du bist so ein mieses Arschloch!", herrschte sie ihn an, hob die Hand und verpasste ihm eine schallende Ohrfeige, vor der sie selbst zurückschreckte.

„Lia!", rief eine ihr allzu bekannte Stimme, die ihr in den letzten Stunden nur liebevolle Sätze voller Intimität und Leidenschaft entgegengehaucht hatte. Nun stand Zion auf ihrer Seite des Pools, seine Zärtlichkeiten waren wohl durch ihr Gespräch unterbrochen worden. „Was ist denn in dich gefahren?", herrschte er sie an.

„Wie bitte? Was in *mich* gefahren ist? Ich frage mich, was in *dich* gefahren ist! Oder ist das bei euch Surfern normal?" Lia kochte vor Wut. Sie stemmte die Arme in die Hüften und hatte alle Mühe, die Tränen und das Zittern zu unterdrücken. In den Augenwinkeln erkannte sie Rickie, wie er zu Luisa lief, die immer noch dort stand, wo Zion sie geküsst hatte.

„Lia, es ist anders als du denkst", murmelte Zion und fuhr sich durch die Haare. „Luisa und ich ... wir sind kein Paar. Aber wir kennen uns schon so lange und ..."

„Spar dir deine Erklärungen!", unterbrach sie ihn. „Ich habe genug gesehen. Und vor allem gehört!" Ihre Stimme zitterte. Ruckartig wandte sie sich ab, zog ihr Herz aus dem Pool und hielt es bei sich. Aber es hatte einen harten Schlag abbekommen. Den Schlag einer Rivalin. In Form eines Skateboards.

Ohne ein weiteres Wort ließ sie ihn stehen und jagte um das Haus herum. *Nur weg hier*, dachte sie, und als sie die Straße erreichte, rannen all die Tränen aus ihren Augen, die sie seit Minuten zurückgehalten hatte. Warum zum Teufel war sie nur auf diese Party gegangen? Warum hatte sie nicht auf ihr Gefühl gehört? Und wie zum Donnerwetter sollte sie Zion je vergeben?

„Lia!“

Wieder die allzubekannte Stimme. Die Stimme, die zu zwei Frauen sprechen konnte. Er war hinter ihr hergerannt und stoppte sie nun, indem er sie am Arm festhielt.

„Lia, verdammt, warte! Lass uns reden!“

„Warum sollte ich mit dir reden?“, fauchte sie und riss sich los. „Du hast doch alles gesagt.“

Er fixierte sie. Aber in seinem Blick lag keine Falschheit oder Zwiespältigkeit, im Gegenteil.

„Nein“, sagte er plötzlich so ruhig, dass sie selbst ebenso still wurde. „Ich habe dir noch nicht alles gesagt“, ergänzte er und sah sie weiterhin mit diesem liebevollen Lächeln an. Lias Verstand schrie ihr zu wegzulaufen, aber ihr verliebtes Herz befahl ihr zu bleiben.

„Luisa ist einsam und verzweifelt. Das geht jetzt schon so, seitdem sie ihre Mutter verloren hat ... Sie betrinkt sich und begibt sich manchmal in gefährliche Situationen. Ja, sie ist verliebt in mich. Aber – *sie* hat *mich* geküsst und nicht umgekehrt. Ich habe den Kuss nicht erwidert, nur zugelassen.“

Sein prüfender Blick zeigte Lia, er wollte ihre Reaktion sehen, aber sie blieb in abwartender Haltung.

„Er hatte nichts zu bedeuten. Nicht für mich. Ich wollte ihr beistehen. Wie die anderen Jungs auch, nur *sie* hat das falsch interpretiert. Bitte, Lia. Mehr ist es nicht gewesen und es wird auch niemals anders.“ Jetzt klang seine Stimme dünner. Reumütiger. Zion trat einen Schritt näher an sie heran. Dicht genug, um seinen Geruch wahrzunehmen. Ihre Gedanken reisten zurück in die letzte Nacht, als ihr ganzer Körper von ihm benetzt war. Niemals würde sie darauf verzichten wollen. Das Skateboard, das ihrem Herzen einen Schlag versetzt hatte, rollte davon. Stattdessen füllte es sich wieder mit all der Wärme und Leidenschaft. Zion legte die Hände um ihren Hals und als er noch näher an sie herantrat, hätte kein Blatt mehr zwischen sie gepasst. Ein leises Stöhnen entwich seinen Lippen, während sich der Blick seiner ozeanblauen Augen immer noch in ihren bohrte.

„Warte!“, hauchte er ihr entgegen, nahm plötzlich Abstand und ging zu seinem Wagen. Er schloss die Tür auf und holte eine Wasserflasche heraus. Fragend sah ihn Lia an.

„Ich werde dich nicht küssen, bevor ich mir den Mund gewaschen habe“, sagte er lachend, nahm mehrere Schlucke und wusch sich anschließend noch das Gesicht.

„Du hast vollkommen den Verstand verloren, Zion“, kommentierte Lia und stemmte kopfschüttelnd die Hände in die Hüften.

„So. Wo waren wir stehen geblieben?“, fragte er und nahm die gleiche enge Position wieder ein. Statt eine Antwort abzuwarten, berührte er vorsichtig ihre Lippen mit den seinen und räumte mit diesem einzigartigen Kuss alle Zweifel beiseite.

8

Zion

Auch Tage später schämte sich Zion noch, Lia so zugesetzt zu haben. Sicher hatte es ihr sehr wehgetan, ihn so zu sehen, und dass sie ihm geglaubt hatte, grenzte an ein Wunder. Sie hatte in der Nacht in seinen Armen gelegen und sie hatten sich noch bis spät in den nächsten Morgen unterhalten. Weiter nichts. Er genoss ihre Stimme. Lauschte ihren Erzählungen. Ihre Erlebnisse waren spannend. Vom Tod ihrer Mutter erzählte sie allerdings nichts und Zion vermied es auch, sie darauf anzusprechen. Irgendwann würde sie sich schon öffnen.

Nach einem gemeinsamen Frühstück waren sie zu Mac James gefahren, Lia hatte ihre Sachen gepackt und Zion hatte sie nach Ilfacrombe gebracht, damit sie dort ihre Mitfahrgelegenheit nach Lundy erwischte.

Als die neue Woche begann, blieb Zion wenig Raum für Privates. Mr. Gullinghams Praxis wartete und das Lernen ebenso. Lia und er schrieben sich täglich. Ihre Nachrichten waren lebendig und leidenschaftlich und er antwortete auf dieselbeWeise.

Inzwischen war es Donnerstagabend und Mr. Gullingham behandelte gerade mit Zion die letzte Patientin. Eine Cockerspanieldame hatte sich einen fiesen Schnupfen eingefangen und war nun noch einmal zur Kontrolle gekommen.

„Sie waren diese Woche sehr unruhig, Zion“, bemerkte der Tierarzt, als der Cocker hinter der Tür verschwand.

„Hm. War ich das?“ Die Frage war unangenehm, aber andererseits hatte er recht.

„Allerdings. Sie werden ein fantastischer Tierarzt, wenn Sie sich denn auf Ihren Beruf konzentrieren.“

„Danke, Mister Gullingham. Es ist nur ... ich ...“

„Rücken Sie schon raus. Wo drückt der Schuh?“ Sein Chef setzte sich auf den Drehstuhl vor seinen Computer und sah ihm lächelnd entgegen.

„Ich würde Lia gerne auf Lundy besuchen und sehen, wie sie lebt, aber sie weicht mir aus. Natürlich habe ich sie gerne bei mir, aber ...“, gab er deprimiert von sich. Gerade nach dem Debakel am letzten Wochenende wollte er ihr eine Freude machen und ihr zeigen, wie sehr er zu ihr stand.

„... sie will nicht“, beendete der Tierarzt Zions Satz und er nickte. „Sie haben gesagt, sie muss etwas Schlimmes erlebt haben. Geben Sie ihr Zeit. Vielleicht hat es damit etwas zu tun. Außerdem sind Frauen manchmal einfach schwer zu verstehen. Versuchen Sie es erst gar nicht.“ Jetzt lachte er schelmisch und verdrehte die Augen.

Zion stimmte ein. „Sie könnten recht haben“, antwortete er und nickte ihm zu. „Danke, Mister Gullingham.“

„Keine Ursache, Zion. Es ist bei mir zwar schon lange her, aber diese Gefühle und die Art von Problemen ändern sich nie. Egal wie viele Generationen dazwischen liegen.“

„Scheint so“, sagte Zion und beschloss, die Situation einfach anzunehmen. Er verabschiedete sich von Mr. Gullingham, stieg in seinen Jeep und griff nach seinem Handy.

Ich freue mich, dass du morgen nach Croyde kommst, tippte er ein. *Darf ich dich aus Ilfracombe abholen? Ich möchte dich gerne entführen ...*

Wohin?, antwortete sie sofort.

Wird nicht verraten. Zieh dir einen Schal an,verriet er lediglich.

Grrr!!! Na gut. Aber nur, weil du es bist.

Das will ich hoffen! Er wartete einen Moment auf eine Antwort, doch nichts passierte. *Wann darf ich dich abholen?*

14 Uhr.

Gut! Bis morgen ... oder bis später ...

Lächelnd dachte er an ihre gemeinsame Zeit zurück. Die Tage, Abende und Nächte mit ihr waren unbeschreiblich nah und leidenschaftlich. Beide hatten auf wunderbare Weise ihre Körper für sich sprechen lassen und auch wenn Zion dies lediglich als Lust hätte abtun können, spürte er doch, es war mehr als das. Eine solche Zusammenkunft konnte es nur in Zusammenhang mit tiefen Gefühlen geben. Dennoch war sie seit ihrem letzten Abschied distanziert. Vielleicht war Luisas Party und der damit verbundene Kuss der Grund dafür, aber Zion wurde das Gefühl nicht los, dass da noch etwas anderes war.

Gedankenverloren fuhr er nach Hause, parkte sein Fahrzeug in der Einfahrt und blieb für einen Moment neben dem Schaukelstuhl auf der Veranda stehen. Der Sonnenuntergang tauchte die Küste von Croyde mit seinen rauen Felsen am Rande in pure Romantik. Die Wellen brachen regelmäßig am Strand und wenige Surfer tummelten sich noch im *Line-Up*. Zum ersten Mal seit Wochen hatte er keine Lust, das Brett herauszuholen und sich in die Wellen zu stürzen, auch wenn dies Ablenkung von seinen inneren Fragen bedeutet hätte. Stattdessen entschloss er sich zu einem Abendspaziergang mit Ellie und Wave fernab des Strandes.

Wie immer begrüßten die beiden ihn aufgeregt und herzlich, wie Hunde es eben tun, wenn sie ihr Herrchen lieben. Ellie bellte, tänzelte um ihn herum und rannte unruhig zur Tür. Wave tat es ihr gleich, wobei er nie ihre Drehbewegungen vollzog.

„Hallo, ihr zwei. Wir gehen sofort, ich brauche nur andere Schuhe“, erklärte er und zog sich feste Wanderschuhe und seine grüne, gefütterte Wachsjacke an. Die beiden Leinen stopfte er in eine der vielen Taschen der Jacke.

Die Kühle des Sommerabends kroch in jede Ritze, als er die Tür öffnete. Er bog nach rechts ab und lief die schmale Straße auswärts entlang, bis er sie über einen Feldweg verlassen und seine Hunde auf die Wiesen oberhalb der Küste entlassen konnte. Ellie folgte aufs Wort. Sie wäre nie einem Hasen hinterhergelaufen, aber Waves Jagdtrieb brachte Zion manchmal auf die Palme. Dennoch ließ er ihm freien Lauf.

Langsam zog die Feuchtigkeit über die Hügel und sättigte die Gräser. Ellie rannte schwanzwedelnd über die Wiese, schnupperte hier und dort, Wave hingegen saugte förmlich die Spuren der Tieren in sich auf. Dabei bewegte er sich wie ein Staubsauger über den Boden, der ihm anscheinend genügend Anlass gab, seine Nase unten zu halten. Zion atmete tief ein und genoss den Augenblick.

Eine Vibration in seiner Hosentasche unterbrach den stillen Moment und er griff nach seinem Mobiltelefon. Lia hatte eine Nachricht gesendet.

War's das für heute?, stand dort.

Warum sollte es?, schrieb er grinsend.

KA.

Keine Ahnung? Was denkst du nur von mir?

Ich denke, ich bin ein wenig Surfer-geschädigt ..., las er und wollte gerade antworten, da bellte Wave laut. Zion eilte zu ihm. Er hatte einen Hasenbau gefunden und versuchte diesen aufzubuddeln.

„Nein, Wave, aus", ermahnte er ihn, holte die Leine aus der Jackentasche und band ihn daran fest. Gelegentlich musste er ihn noch vor Dummheiten bewahren. Zion überlegte, ob er Lia schon nach ihren Erlebnissen fragen konnte, zumal sie jetzt den ersten Schritt gemacht und diese angesprochen hatte. Andererseits war dies kein Thema für Textnachrichten.

Wenn du irgendwann drüber reden möchtest, höre ich dir gerne zu. Bis dahin hoffe ich, dir deine Abneigung weiter austreiben zu können, schrieb er und freute sich über sich selbst und die Spur von Leichtigkeit, die er seinem Text einhauchte.

Okay.

Okay?

Ja! Okay zu beidem. Ich hoffe, du treibst sie mir weiter aus, womit auch immer ... und ich bin froh, dass du mir zuhören willst. Aber ich denke, das Austreiben gefällt mir besser ...

Zion lachte laut und schüttelte den Kopf, als würde sie ihm gegenüberstehen. Da war sie wieder. Die freche, nimmersatte Sportskanone, die ihm dieses unnachahmliche Gefühl bescherte.

*Ich freue mich auf morgen. Dann werden wir ja sehen. Laufe jetzt zurück. Bin spazieren. Werde heute Abend noch lernen. Das Examen naht,*schrieb er, rief nach seinen Hunden und trat den Rückweg an.

Ist gut. Dann also bis morgen.

Ja. Bis morgen.

Ps. Ich freue mich auch, las er und augenblicklich wurde ihm warm ums Herz.

***

Viel zu früh und mit bester Laune erwachte Zion lange vor den ersten Sonnenstrahlen. Eilig zog er seinen Neoprenanzug an, schnappte eines seiner Surfbretter und kraxelte durch die Felsen zum Strand. Die Wellen waren schwarz wie die Nacht, aber der Mond und die Sterne spendeten einiges an Licht. Zion war es gewohnt, bei völliger Dunkelheit zu surfen. Noch war die Brandung einigermaßen hoch und eigentlich war es verrückt, denn man surfte praktisch blind. Dennoch paddelte er hinaus und versuchte anhand der Strömung und Schatten zu spüren, wohin er musste, wohin es ging und was er zu tun hatte. Außerdem kannte er den Break und wusste, auf welche Weise die Wellen hier brachen.

Zion genoss jede Bewegung. Jedes Geräusch. Den Moment, wenn er glaubte, den Bruch der Welle im fahlen Mondlicht zu erkennen und anhand der Strömung zu spüren, dann den Take-Off zu wagen und sich ganz dem Gefühl hinzugeben, dem Vertrauen in sein Können und seine Erfahrung. Ein Blinder auf einer Welle. Nicht mehr und nicht weniger.

Zurück zu Hause fühlte sich Zion erfrischt und belebt bis in jede Faser seines Körpers. Seine Sinne waren geschärft und ein tiefes Glücksgefühl begleitete ihn. Er fütterte seine Hunde, die wie immer ruhig auf seine Rückkehr gewartet hatten, und brach in die Tierarztpraxis auf. Pünktlich zur Mittagszeit konnte er Mr. Gullingham ein schönes Wochenende wünschen und machte noch einen schnellen Spaziergang mit Ellie und Wave, bevor er seine Tasche für eine Übernachtung und die üblichen Utensilien für die Hunde zusammenpackte. Natürlich fand auch ein Surfbrett seinen Platz im Jeep.

Der zwanzigminütige Weg führte über schmale Straßen von einem winzigen Ort zum nächsten. Im Sommer waren diese Landfahrten idyllisch. Sein Weg führte über Georgeham. Wie immer, wenn er hier entlangfuhr, war kaum jemand auf den Straßen. Der Ort strahlte mit seinen wenigen, aber sehr gepflegten kleinen Häusern eine unglaubliche Ruhe aus. Zion dachte an den kurzen Stopp, als sie den Gin und die Burger im *Kings Arms* geholt hatten. Die Nacht war ihm immer noch tief im Gedächtnis und allein der Gedanke an Lias Berührungen löste ein Kribbeln in seinen Fingerspitzen aus und das tiefe Bedürfnis, sie zu spüren. Das Wetter hatte ein wenig umgeschlagen. Ein mit Wolken verhangener Himmel grenzte an das satte Grün der Wiesen und Felder, durch die Zion seinen Wagen lenkte. *Hoffentlich kann ich meinen Plan in die Tat umsetzen*, dachte er unruhig, aber als er in Ilfracombe eintraf, hellte sich der Himmel auf und er hoffte auch in Stoke, dem Ziel des Ausflugs, auf Wetterglück.

Zion mochte Ilfracombe. Die Stadt war eine Mischung aus Gemütlichkeit und städtischem Flair. Besonders die Hafengegend mit ihren alten Felsen, Steinmauern und windschiefen Straßenlaternen hauchte dem Gebiet Persönlichkeit ein.

Die kleinen Schiffe lagen ruhig im Hafen. Manche waren bemannt, manche wankten schlafend auf der Wasseroberfläche. Zion parkte am äußersten Ende des Hafens auf dem großen Parkplatz direkt an der Einfuhr der Boote. Hier konnte er Ellie und Wave im Auto lassen. Sicherheitshalber band er sie jedoch an. „Ihr bleibt schön hier und wartet. Ich hole Lia und komme wieder", verkündete er und lief auf den äußersten Zipfel des Hafens zu. Von hier aus sah er die einfahrenden Schiffe kommen und würde Lia, wenn er Glück hatte, direkt von der See empfangen können. Aufgeregt blieb er am Felsrand stehen und blickte neugierig in die Ferne. Einige Boote kamen und fuhren, doch Lia entdeckte er nicht. Nervös blickte er auf die Uhr. Sie hatte vierzehn Uhr gesagt. Es waren noch ganze zehn Minuten. Jede Sekunde fühlte sich wie eine Ewigkeit an. Hoffentlich hatte er alles richtig verstanden.

Ein frischer Luftzug wehte ihm um die Ohren. Er zog die Kapuze seines Hoodys über den Kopf und rieb sich die Fäuste. Plötzlich spürte er zwei Hände, die sich langsam um seine Taille schoben. Ein Körper drückte sich sachte an ihn und eine zarte Stimme hauchte in sein Ohr.

„Hast du mich vermisst?", fragte sie.

Schon diese wenigen Worte wärmten ihn von innen. Für einen Moment stand Zion nur da und genoss ihre Berührung. Dann drehte er sich langsam um, umfasste ebenfalls ihre Taille mit einer Hand und schob die andere an ihrem Hals entlang in ihre Haare.

Ihre Augen leuchteten ihm entgegen, mild und sehnsüchtig zugleich. Ihre Lippen luden ihn ein, und so beugte er sich zu ihr hinab und küsste sie.

„Ja", hauchte er sanft, als sich ihre Lippen lösten. „Ich habe dich vermisst."

„Das ist gut. Ich dich auch", flüsterte sie zurück. Dabei strich sie seine Arme entlang, ihre offenen Haare wehten in der Seeluft umher.

„Bist du bereit?", wollte er wissen.

„Wenn ich wüsste, worauf, dann könnte ich besser Ja sagen."

„Du musst mir wohl vertrauen."

„Solange es nichts mit Surfen oder Hunden zu tun hat, bin ich bereit."

„Heute nicht. Aber auf Dauer wirst du dich wohl mit den Themen auseinandersetzen müssen. Sie gehören zu meinem Leben, Lia", antwortete er leise, aber auch entschlossen. Denn auch wenn Lia das Mädchen war, auf das er immer gewartet hatte, wusste er doch, er würde weder Ellie und Wave noch das Surfen aufgeben.

„Ich weiß“, sagte sie und senkte den Kopf.

„Lass uns fahren. Wir haben ein Stück vor uns.“ Zion löste sich von Lia und wies zum Wagen. Als sie diesen erreichten, erkannte er, wie sie die Nase rümpfte und kurz zögerte.

„Ich dachte nur, wir könnten mal ganz allein sein. Ohne Wave“, raunte sie. „Und ohne Ellie“, schob sie noch hinterher, aber Zion wusste, dass ihr Hundeproblem ausschließlich etwas mit Wave zu tun hatte. Er ging aber nicht auf ihren Kommentar ein, sondern hielt ihr stattdessen die Wagentür auf.

Auch im Auto war Lias Freude, ihn zu sehen, durch die Anwesenheit der Hunde – und vielleicht auch des Surfbretts – getrübt. Inständig hoffte Zion, ihr mit der heutigen Idee Freude zu bereiten. Vielleicht würde sie ihre Erlebnisse für einige Zeit verdrängen. Oder auch vergessen.

Die einstündige Fahrt über unterhielten sie sich über die letzte Woche. Zion erzählte von den Lerneinheiten und Mr. Gullinghams Praxis. Er machte sich Sorgen um seinen Chef, in letzter Zeit war er oft müde und wirkte angespannt und erschöpft. Lia hingegen berichtete von ihrem Schwimmtraining rund um Lundy. Auch wenn die Einwohner es nicht gern sahen, dass sie an der felsigen Küste trainierte, hielten sie sie nicht davon ab. Zion wusste genau, dass sie es auch auf sein Bitten hin nicht lassen würde. Die Strömungen bei Lundy waren heftiger, aber noch stärker war Lias Wille.

Allmählich wurde sie wieder gelassener. Schließlich waren beide Streitthemen nicht sichtbar, sondern auf der Ladefläche verstaut. Das könnte sich irgendwann noch zu einem ersten Problem entwickeln, dachte Zion für einen Augenblick, verwarf den Gedanken aber schnell wieder. Seine Überraschung wollte er sich jetzt nicht selbst verderben.

Langsam näherten sie sich dem Anwesen und Lia wurde aufmerksamer.

„Sind wir da?“, fragte sie und blickte ihn neugierig an.

„Ja.“

„Ist das dein Ernst? Hartland Abbey? Was machen wir hier? Das ist viel zu teuer!“ Entrüstet sah sie ihn an, als Zion vor dem Anwesen hielt.

„Nur die Ruhe“, meinte er lachend. „Der Besitzer ist ein Freund meiner Eltern und ich kümmere mich um seine Pfauen“, erklärte er.

„Du kümmerst dich wohl um alle Tiere hier in der Gegend“, neckte sie.

„Sagen wir es mal so, ich komme viel rum.“ Zwinkernd wandte er sich zur Tür und stieg aus. „Darf ich bitten?“, fragte er an ihrer geöffneten Tür und hielt ihr die Hand hin.

Grinsend legte sie ihre Hand in seine und stieg aus. Ihr Blick wanderte an der mit Efeu bewachsenen Fassade entlang. Die Zinnen des ehemaligen Klosters ragten einer alten Burg gleich in den graublauen Himmel und wirkten wie die Krone auf dem alten Steingemäuer, das zahlreiche Fenster aus unterschiedlichen Epochen einfasste. Während der Mitteltrack dem gotischen Stil entsprach, zeigten die beiden Seitenflügel weiße Jugendstilfenster. Die graue Fassade wirkte in Kombination mit dem gepflegten Grünbewuchs einladend und Lias erstaunter Gesichtsausdruck spiegelte den Wunsch wider, die Einladung augenblicklich anzunehmen.

„Unfassbar! Und wir können hier wirklich übernachten?", fragte sie mit einem ungläubigen, niedlichen Ton, der Zion zum Schmunzeln brachte.

„Wenn du die Schreie der Pfauen akzeptierst?", fragte er, gerade als er die ersten Tiere hörte.

Lia nickte heftig, als wäre sie für eine Nacht auf Hartland Abbey zu allem bereit.

Zion ließ Ellie und Wave von der Ladefläche und gab ihnen das Kommando Fuß zu gehen. Beide gehorchten aufs Wort und trabten brav neben ihm her. Dann griff er nach Lias Hand, während sie mädchenhaft an seiner Seite hüpfte. Derart erfreut hatte er sie noch nicht erlebt. Anscheinend war seine erste Überraschung gelungen. „Wollen wir reingehen?", schlug Zion vor und folgte dem Kiesweg um das Anwesen. Lia nickte und begleitete ihn schweigend.

Ein breiter Kiesplatz lag auf der Rückseite des Abbeys. Hier zeigte sich der Zahn der Zeit. Knorrige Äste hielten die Fassade in festem Griff, während die Zinnen mit ihrem wildbewachsenen Grün einen Saum zum Himmel zogen. Der wahllose Epochenmix an den Fenstern vermittelte mehr den Eindruck eines verwunschenen Schlosses, was Lia einen verzückten Schrei entlockte. Am Ende des Kiesplatzes lud eine offenstehende, englischrote Holztür zum Eintreten ein und schenkte dem Gemäuer einen Hauch von Lebendigkeit und Gegenwart.

Kurz bevor sie den Eingang erreichten, trat eine kleine, korpulente Dame mit Schürze aus der Tür, lächelte und lief Zion mit offenen Armen entgegen.

„Zion! Wie schön, dich zu sehen! Und was hast du für ein hübsches Mädchen mitgebracht." Die Hauswirtschafterin von Hartland Abbey umarmte Zion herzlich, nahm dann wieder Abstand, betrachtete Lia und verdrehte die Augen. „Schade, dass der Alte nicht da ist. Er hätte sie dir sicher ausgespannt."

„Jane!", herrschte Zion sie an. „Du sollst den Baron doch nicht *Alten* nennen. Und Lia könnte seinem Charme sicher widerstehen."

„Du hast recht, mein smarter Surfer. Wer könnte dir schon Konkurrenz machen?", neckte sie.

Zion ging nicht auf dieses Kompliment ein, stattdessen zog er Lia an sich. „Jane, darf ich dir Lia vorstellen? Sie lebt auf Lundy."

„Auf Lundy? Wie schön! Ich war vor vielen Jahren einmal dort. Hat dort nicht die berühmte Solistin gelebt, die auf tragische Weise ertrunken ist?"

Zion hätte sich ohrfeigen können! Warum hatte er eine solche Frage nicht einkalkuliert? Jane war von Haus aus eine geschwätzige Person. Sie kannte jeden und alles und natürlich auch Lundy.

Lia war schlagartig weiß wie die Wand. Wunderbar. Dieser Tag stellte sie wirklich vor alle schwierigen Themen: Erst die Hunde und das Surfbrett, jetzt Janes Frage.

„Könntest du uns vielleicht auf unser Zimmer führen? Wir würden uns gerne ein wenig frisch machen", wechselte er das Thema und ließ die Frage unbeantwortet. Zum Glück merkte Jane genau, wann sie nicht weiterbohren durfte.

Die drei betraten das Gebäude durch die offene Tür und verließen es nach wenigen Metern wieder auf der anderen Seite. Ein Innenhof tauchte vor ihnen auf, von dem aus eine große Steintreppe am Gebäude entlang in eines der Seitentürmchen führte. Jane stapfte voran und führte sie die breiten Stufen hinauf, gefolgt von Ellie und Wave. Das alte Steingeländer war mit zahlreichen Flechten, Pilzen und Moosen bedeckt. Zion beobachtete, wie Lia die Hand sinnlich über den kalten, rauen Stein gleiten ließ und hoffte, Janes Frage würde nicht nachhaltig den gemeinsamen Nachmittag bestimmen.

Die Treppe machte einen letzten Knick, in dem sich urige, mit Schnörkeln verzierte wuchtige Blumentöpfe als Willkommensgruß präsentierten, die mit üppigen blutroten und orangefarbenen Tulpen bepflanzt waren.

Sie stiegen die letzten Stufen hinauf und Jane schloss die schwere Eisentür mit einem ebenso schweren schwarzen Schlüssel auf. Auf dem Absatz blieb sie stehen und hielt Zion den Schlüssel entgegen. „Der Kamin brennt bereits. Ihr könnt jederzeit zum Essen in die Küche kommen. In Ordnung?“ Jane zog eine Grimasse und kniff Zion wie eine mütterliche Freundin in die Wange.

„Danke, Jane. Du bist ein Engel“, lobte er sie und gab ihr einen Kuss auf die Wange.

„Ich weiß! Bis später dann vielleicht“, sagte sie knapp und stieg die Treppe wieder hinab.

Hinter der schweren Eisentür befand sich eine weitere Tür. Sie war modern, aber auf altmodisch getrimmt und weiß. Zion drückte die Klinke hinunter und hielt sie auf. Wortlos trat Lia in den Erker ein. Zion und die Hunde folgten ihr.

Der Erker bestand aus einem einzigen Zimmer. Es war in Grüntönen eingerichtet und so englisch, wie man es sich nur wünschen konnte. Zwei Drittel der Wände waren mit Tapeten bestückt, auf denen sich üppige grüne Blumensträuße tummelten. Das untere Drittel der Wände wurde von einer weißen, auf Hochglanz lackierten Holzvertäfelung bedeckt. Ein kleiner Sekretär aus Uromas Zeiten stand für die tägliche Post vor dem großen Fenster bereit. Wahrscheinlich waren hier schon etliche Liebesbriefe geschrieben worden, vermutete Zion beim Betrachten. Begeistert blickte er auf ein modernes Boxspringbett, das mit einem lindgrünen Velourbezug linker Hand stand.

„Als ich das letzte Mal hier übernachtet habe, standen hier noch zwei alte Holzbetten. Ich hatte gehofft, dass sie sie ausgetauscht haben“, erklärte er, setzte sich entspannt auf die Bettkante und hüpfte wie zum Testen auf und ab.

„Wann warst du schon mal hier?“, fragte Lia und öffnete damit das erste Mal, seitdem Jane aufgetaucht war, wieder den Mund. Erleichtert blickte er sie an und lockte sie mit dem Finger zu sich.

„Komm her. Ich flüstere es dir in deine süßen Öhrchen“, raunte er, was Lia zum Schmunzeln brachte. Langsam bewegte sie sich auf ihn zu und blieb vor ihm stehen. Sie stand gegen das Licht, sodass Zion kaum ihr Gesicht erkannte. Ihre Haare fielen ihm auf die Oberschenkel, während sie sich immer weiter zwischen seine Beine schob, bis er unter ihrem Druck nach hinten wegsackte und sie sich langsam über ihn kniete.

Kaum berührte ihr Körper seinen, überflutete eine Welle von Wärme seine Glieder. Lia hob ihr Gesäß, richtete es so aus, dass es über seiner Mitte schwebte, dann schob sie es sachte über seine Männlichkeit. Ein heftiges Stöhnen entfuhr ihm. Natürlich wollte er Sex, aber eine Überraschung wartete im Garten und nach den beiden dummen Zwischenfällen hoffte er nun, sie damit doch begeistern zu können. Lia hatte aber anscheinend anderes mit ihm vor. Wieder hob sie ihr Gesäß und senkte es wie zuvor, schob ihre Hand an Zions Hals entlang und näherte sich seinem Gesicht. Mit rhythmischen Bewegungen massierte sie ihn. Zions Muskeln zitterten, seine Stimme erstarb, nur ein Keuchen entrann seiner trocknen Kehle, bis Lia sachte in seine Unterlippe biss und ihre Zungenspitze sie mit Feuchtigkeit benetzte.

„Du machst mich wahnsinnig, Lia! Bitte, hör auf."

Ihre Lippen wanderten mit sanften Küssen bis zu seinem Ohr. „Aufhören? Ich dachte, wir wären dafür hier?", flüsterte sie.

„Ja, ich meine nein, also, es wäre schön, wenn wir später, aber ..." Zion stammelte und keuchte und stöhnte unter ihr. Er konnte kaum einen klaren Gedanken fassen.

Im Hintergrund flackerte das Feuer im Kamin. Lia drückte sich mit den Händen an Zions Brust nach oben zum Sitzen. Ihre Brüste wirkten prall und anziehend, wie sie Zion durch den offenen Trenchcoat entgegenragten. Am liebsten hätte er jegliche Zeit vergessen und sich ganz diesem wunderbaren Körper zur Verfügung gestellt. Allein der Gedanke an ihre samtweiche Haut und ihren durchtrainierten, schlanken Körper erregte ihn grenzenlos.

„Was, aber?“ Ihre Frage klang vorwurfsvoll und wenn er über seine Reaktion nachdachte, hatte sie auch allen Grund dazu. Schließlich hatte er ihr gerade mehr oder weniger eine Abfuhr erteilt. Auch wenn es eher ein Aufschub sein sollte.

„Wir haben einen Termin“, keuchte er und sah sie flehend an. Ihre Augen funkelten verführerisch. Lia lächelte, stieg von ihm herunter und stellte sich in einer Erwartungshaltung vor ihn.

„Na dann? Ich bin bereit“, sagte sie provokant und stemmte die Hände in die Hüften.

„Ho, ho, ho. Ich muss erst mal tief durchatmen. Du bringst mich wirklich aus dem Konzept, Lia.“ Lachend stand er auf und schüttelte sich, um zur Besinnung zu kommen. „Ich gehe kurz mit Ellie und Wave in den Garten und komme gleich wieder, einverstanden?“

Lia nickte und Zion eilte mit den Hunden über die Treppe in den Garten. Das Wetter war immer noch durchwachsen und Zion hoffte, sein Vorhaben würde den erhofften Erfolg bringen. Schnell holte er noch die Nachtutensilien aus dem Pick-Up, hastete dann wieder die Steintreppe hinauf und trat in den Märchenturm. Lia schien im Bad zu sein. Die Toilettenspülung rauschte, dann wurde die Badtür geöffnet.

„Das ist gut, ich hätte dich auch noch mal auf Toilette geschickt. Du wirst nämlich in der kommenden Stunde keine Gelegenheit dazu haben.“ Grinsend ging er ebenfalls schnell ins Bad und füllte eine mitgebrachte Schale mit Wasser, die er für Ellie und Wave auf den Boden stellte. Ihre Schlafdecken breitete er unter dem Fenster aus und gab ihnen das Kommando sich abzulegen.

„Ihr seid schön brav. Wir kommen bald wieder. Versprochen“, sagte er und streichelte beiden liebevoll über ihre Köpfe. „Bereit?“, fragte er dann freudig erregt und Lia nickte. Auch sie schien jetzt wieder gute Laune zu haben, denn sie schenkte ihm ihr unnachahmliches Lächeln.

Sie traten hinaus vor die schwere Eisentür, die Zion hinter sich abschloss. „Den Schlüssel legen wir in den Blumentopf“, erklärte er und ließ ihn zwischen die Tulpen fallen. Ihre Hand fühlte sich sanft und weich an, als er sie ergriff und als sie gemeinsam die Stufen hinabstiegen, fühlte sich Zion wie der Prinz, der Rapunzel aus ihrem Turm erlöste. Ein kitschiger Gedanke, aber die Umgebung lud gerade zu Märchenhaftem ein.

Zion führte sie bis zum Treppenabsatz und dann durch den Garten bis an sein Ende. Die zahlreichen Blumen und den kleinen Pavillon am Rande kommentierte er nicht, sondern zog Lia schnurstracks durch einen Torbogen aus Buchsgewächsen, der den Ausblick auf eine weitere große Wiese öffnete.

Lia blieb stehen und riss die Augen weit auf. „Das ist nicht dein Ernst?“

„Oh doch. Mein voller Ernst!“, gluckste er. Genau auf diesen Augenblick hatte er jetzt schon eine Woche gewartet. Natürlich wollte er ihr auch Hartland Abbey zeigen und das wunderschöne Turmzimmer, aber diese Überraschung sollte das Highlight ihres Wochenendes darstellen.

„Willst du mir etwa erzählen, dass du fliegen kannst?“ Ihr entfuhr ein ungläubiges Lachen.

„Das sollte man schon können, wenn man da einsteigt.“ Entschlossen und auch ein wenig stolz, sie doch sehr überrascht zu haben, lief er auf das Motorflugzeug zu. Lia folgte ihm. Galant öffnete er ihr die Seitentür und half ihr in den Innenraum. Dann schloss er die Tür, lief um das Flugzeug herum und stieg selbst ein.

„Warte, ich helfe dir beim Anschnallen.“ Zion ging ihr professionell zur Hand, schnallte sie fest, half ihr beim Aufsetzen des Kopfhörers und gab ihr ein paar Informationen zum Flugzeug. Dann nahm er die Sicherheitscheckliste in die Hand und überprüfte alle Details. Alles war in Ordnung. Noch ein fragender Blick zu Lia, die ihn zwar anstrahlte, aber ihre Nervosität durch ihre verkrampften Finger auf den Beinen deutlich zeigte. Dann startete er den Motor, rollte über die ebene Wiese und hob wenige Sekunden später die kleine Maschine über die Baumwipfel von Hartland Abbey. Langsam verkleinerten sich die Straßen zu Strichen und das ehemalige Kloster lag wie ein grauer Fleck innerhalb rechteckiger Grünstreifen. Zion flog auf das offene Meer hinaus und ließ die Küste hinter sich. Die Sonne war gnädig und brach zwischen zwei Wolkenfeldern hervor. Ihre Strahlen verwandelten das Wasser in eine bunt schimmernde Masse, die sich lebendig unter ihnen kräuselte.

Lia schwieg, drehte aber den Kopf in alle Richtungen. Sie beugte sich nach vorne, zur Seite, drehte sich nach hinten und wieder zurück nach vorne. Sie waren schon einige Kilometer vom Land entfernt, als plötzlich unter ihnen eine Insel auftauchte und Lia die Hände vor den Mund hielt.

„Da ist Lundy!“, rief sie so laut, dass Zion ihre Stimme auch ohne ihr Mikrofon durch den Kopfhörer gehört hätte.

„Ja! Ich wollte dir einen Blick von oben schenken“, sagte er und griff nach ihrer Hand.

Lia drückte ebenfalls zu, konzentrierte sich aber sofort wieder auf die nahende Insel, die Zion jetzt überflog. Er kreiste um sie herum und senkte das Flugzeug.

„Möchtest du mir zeigen, wo du wohnst?“, fragte er und sah sie an. Erst jetzt erkannte er, dass Tränen über ihre Wange liefen. Schnell wischte sie diese beiseite, wich seinem Blick aus und schwieg.

Erst als er einen weiteren Kreis über die Insel flog, deutete sie auf ein kleines Cottage am Rand, brachte aber keinen Ton über die Lippen. Zion wusste trotzdem, dass dies ihres war. Er hatte tatsächlich sehen dürfen, wo sie zu Hause war. Zumindest von oben.

Während des Rückflugs gab er ihr Raum und Ruhe, um ihre Eindrücke zu verarbeiten. Lia sprach kein einziges Wort mehr, bis die Räder unter dem Motorflugzeug das Gras auf der Wiese von Hartland Abbey unter sich plattwalzten.

9

Lia

Lia stürzte aus dem Flugzeug direkt in Zions Arme und hielt ihn fester, als sie jemals jemanden gehalten hatte.

„Danke!“, rief, jubelte und krächzte sie gleichzeitig. Sie löste sich von ihm und blickte in seine ozeanblauen Augen. Was für ein unglaublicher junger Mann! In diesem Augenblick konnte sie fast vergessen, dass er ein surfender Hundebesitzer war. Zion war der lebendig gewordene Traum, den sie nie zu träumen gewagt hatte. Ihre Hände glitten an seinem Körper hinab und sie drückte gegen seine feste, gewölbte Brust, die sich durch seinen Atem hob und senkte. Sein männlicher Geruch strömte ihr entgegen. Verdammt, er roch so gut!

„Gern geschehen“, sagte er mit seiner rauen, leisen Stimme. Die Wärme seiner Hände auf ihrer Taille war ein Vorgeschmack auf den Rest, den sie am liebsten sofort gespürt hätte. „Hast du Hunger?“

Natürlich hatte sie Hunger! „Und wie“, antwortete sie und ließ ihre Hände nach unten bis zu seinem perfekten Sixpack gleiten.

„Nein", sagte er und lachte laut los. „Ich meinte richtiges Essen. Das darf nicht wahr sein, Madame Nimmersatt ist schon wieder am Start. Du könntest als Mann durchgehen, Lia. Und als Surfer würdest du dich auch gut machen. Zumindest würdest du sicher jede Woche eine andere glücklich machen."

„Lass uns jetzt nicht über das Surfen reden. Ich bin froh, dass es auch mal ohne geht", murmelte sie.

„Hm ... Eigentlich wollte ich später noch mit dir an den Strand. Die Wellen sind hier fantastisch", sagte er vorsichtig. In seinem Blick lagen Hoffnung und die Spur einer Bitte. Lia seufzte. Konnte sie ihm wirklich böse sein, wenn er mit seinem Sport glücklich war? War es richtig, ihm ihre Abneigung so deutlich zu zeigen? Das Surfen gehörte zu ihm und Lia wusste, es war falsch, ihn ändern zu wollen.

„Na gut. Aber erst bekomme ich etwas zu essen, einverstanden?" Sie kniff ihm in den Bauch.

„Au, du Biest. Na warte, komm her!" Zion packte schneller zu, als sie reagieren konnte. Mit einer Hand hatte er ihre beiden Handgelenke umfasst und hielt sie stramm im Kreuz zusammen. Ein leichter Zug ließ sie sich nach hinten beugen, während sich ihre Brust und ihr Dekolleté für ihn öffneten. „Ich frage mich, wer dich zähmen kann", raunte er und strich mit seiner linken Hand vom Hals abwärts, was ihr einen angenehmen Schauer über den Rücken schickte.

„Du", antwortete sie leise.

„Oh ja. Oder meine Sicherheitsleine. Oder ein Gin Tonic."

„Der Gin würde mich eher rasend machen als mich besänftigen", provozierte sie, was ihm ein Lachen entlockte. Der Moment war prickelnd. Lia stand immer noch gebogen und durch seine Hand gefangen vor ihm. Sie sah ihn an, abwartend, erwartend, erregt. Ihre Körper waren aneinandergepresst, die Gesichter nur wenige Zentimeter voneinander entfernt. Aber Zion gab ihr nicht den erlösenden Kuss. Stattdessen grinste er erneut, löste den Griff und nahm Abstand.

„Davon gehe ich auch aus. Jane wird uns da sicher weiterhelfen können. Solange du Hartland Abbey heute Nacht nicht zusammenbrüllst, bin ich mit *rasend* einverstanden."

Sein Abstand wirkte auf Lia noch anziehender, als wenn er seine Lippen auf ihre gepresst hätte. Diese kleinen Spiele der Anziehung und Zurückweisung wirkten magnetisch. Und als Zion nun vor ihr herlief, hüpfte sie vergnügt hinter ihm her.

***

Das Essen war mehr als ein Gaumenschmaus. Jane war eine hervorragende Hauswirtschafterin und eine noch begabtere Köchin. Zion und Lia aßen an einer großen Tafel in der Küche. Es war urig und familiär und tausendmal gemütlicher als in dem feinen Restaurantbereich des Anwesens. So konnten sie witzeln und private Dinge erzählen, tranken einen guten Wein mit Jane und tauschten Erlebnisse und Geschichten aus. Lia hatte sich schon lange nicht mehr so losgelöst gefühlt, und nach dem Essen drückte sie Jane herzlich und bedankte sich für diesen unbeschreiblichen Abend.

„Ich bin beschwipst“, gluckste sie, als sie die Steintreppe im Taschenlampenlicht von Zions Handy hinaufliefen.

„Du bist bezaubernd. Jane mag dich. Sie hat mir ein Zeichen gegeben.“

„Ein Zeichen?“ Lia blieb vor den beiden Blumenkübeln, in denen Zion den Schlüssel versteckt hatte, stehen. „Wie sah das aus?“

„Sie hat so gemacht.“ Zion schüttelte die offene Hand, führte dann Daumen und Zeigefinger zu einem O zusammen und spreizte die restlichen Finger ab. Dazu verzog er das Gesicht zu einem anerkennenden Grinsen. „Das bedeutet: Du bist ein heißer Feger!“

Lia lachte auf. „So, so. Ich mag sie auch, deine Jane. Wie lange kennt ihr euch schon?“

„Seit meiner Kindheit. Früher bin ich mit dem Baron geflogen. Er hat mir die Sehnsucht nach der Fliegerei eingepflanzt. Später habe ich dann den Flugschein gemacht und er hat mich immer mit seinem Flugzeug fliegen lassen. Meine Eltern und er sind schon ewig befreundet.“

„Irgendwie bist du anders“, murmelte sie. „Anders als die anderen Surfer. Ich dachte immer, ihr seid alle Surfnomaden und interessiert euch nur für die perfekte Welle und einen Flirt am Abend.“ Lia blieb in der Kurve stehen, während Zion schon vor dem eisernen Portal stand und den Schlüssel in das Loch steckte.

„Das denken die meisten. Aber es freut mich, dass du mich nicht so siehst. Abgesehen davon suche ich auch gerne die perfekte Welle. Nur die perfekte Frau brauche ich nicht mehr zu suchen. Die habe ich schon gefunden.“

Das Schloss klackerte und die Tür schwang auf. Zion blieb im Eingang stehen. Trotz der Dunkelheit meinte Lia, seinen einladenden Blick wahrzunehmen, und schritt ihm entgegen.

Die habe ich schon gefunden, wiederholte sie in Gedanken. Zion glaubte tatsächlich, sie sei perfekt! Schweigend stieg sie die Stufen hinauf. Ein solches Kompliment war fast zu kitschig, um es glauben zu können. Doch auch sie hatte dieses Gefühl. Von Anfang an hatte sie gespürt, in Zion etwas Besonderes gefunden zu haben. Vielleicht auch *den Besonderen*.

Als Zion die zweite Tür öffnete, wurde sie jäh aus dem sanften Thema gerissen. Die Hunde stürmten auf die beiden los, Wave voran. Er beschnupperte sie, wedelte wie wild mit dem Schwanz und buhlte um ihre Aufmerksamkeit. Für einen Moment hatte sie die beiden tatsächlich vergessen, aber der Alkohol betäubte ihre Sinne sowie ihre Abneigung und der Abend war zu schön, um sich von den beiden runterziehen zu lassen.

„Hast du einen Badeanzug dabei?“, fragte Zion aus der Tür heraus, die Lia nun endlich erreicht hatte.

„Ja, warum?“

„Ellie und Wave müssen noch raus und ich dachte, wir könnten noch an den Strand. Wir könnten baden. Oder wenn du nicht möchtest, gehe ich surfen.“

Lia bewunderte seinen Mut. Zion schien genau zu spüren, wie unwohl sie sich mit dem Surfbrett fühlte, und dennoch blieb er dabei, denn es war mehr als ein Hobby. Das Surfen gehörte zu seinem Leben, hatte er gesagt. Und Lia wusste auch, nichts würde das ändern.

„Warte, ich hole meine Sachen. Dann können wir gehen. Wir können baden oder du gehst surfen. Hauptsache, wir sind zusammen." Plötzlich wollte Lia nichts anderes mehr, als Zions Wünsche zu erfüllen. Sein Wohlbefinden lag ihr mehr als alles andere am Herzen. Zwei Minuten später war die Tasche gepackt und sie stand wieder vor der schwarzen Tür. Zusammen mit den beiden Hunden, die es kaum erwarten konnten und die Stufen auf- und absprangen.

Gemeinsam verließen sie das Anwesen und stiegen in den Jeep. Auch wenn Zion dabei schwieg, spürte Lia seine gute Laune.

Kurz darauf parkte Zion auf einer von einer Steinmauer umrandeten Parkplattform. Bereits beim Aussteigen hörte Lia das Rauschen der Wellen. Sie mussten direkt an der Küste sein, die Luft roch nach Salz und ein warmer Wind wehte ihr durch die langen blonden Haare. Dieses Klima liebte Lia. Es hatte eine romantische Note, voller Sehnsucht und Intensität. Für einen Augenblick blieb sie vor der offenen Wagentür stehen und hielt die Nase in den Wind, doch der Sprung der Hunde von der Laderampe verwischte den Moment.

„Komm schon, hier entlang." Zion ging voraus, an der Mauer entlang bis zu einem Geländer. An diesem führte ein schmaler Weg hinauf.

„Wo gehen wir hin? Hier geht es doch weg vom Strand." Die Felsen lagen schwarz und fast bedrohlich vor ihr, alles war durch ein Metallgeländer abgesperrt. Wo wollte Zion zum Strand gelangen?

„Komm nur. Ich kenne einen Durchgang weiter oben. Er ist ein bisschen schmal, aber wir kommen schon durch und dann zwischen den Felsen entlang zum Strand.“

Sekunden später wurde Lia vom Gesagten überzeugt. Zion leuchtete ihnen mit der Taschenlampe seines Handys den schmalen Weg, in der anderen hielt er das Surfbrett. Die beiden Hunde schienen den Weg zu kennen, denn sie waren bereits vor Zion den Pfad entlanggehechtet und bellten aus nächster Nähe.

Das Licht des Mondes schimmerte auf dem Wasser. Zum Abend hin war es aufgeklart. Der Blick auf die Dunkelheit rings um sie herum war atemberaubend. Wellen peitschten an das Ufer und die Gischt schäumte. Lia kannte sich nicht mit den Wetterbedingungen aus, aber das hier sah nach guten Surfbedingungen aus.

„Möchtest du schwimmen? Dann würde ich erst mit dir ins Wasser“, bot er an, aber sie wusste, er würde sich lieber den Wellen hingeben.

„Nein. Vielleicht später. Ich würde gerne sehen, oder vielmehr hören, wie du in dieser Dunkelheit surfen willst“, sagte sie und konnte ihre Ungläubigkeit nicht verbergen, auch wenn sie davon ausging, dass er genau wusste, was zu tun war.

„Okay“, sagte er sofort, als habe er nur auf ihre Erlaubnis gewartet – und dann zog er sich das Shirt über den Kopf. Lia hätte mit allem gerechnet, aber nicht damit, dass er sich vor ihren Augen vollständig entblößen würde. Seine Haut glänzte im Mondlicht. Die Umrisse seines perfekten Körpers zeichneten sich makellos vor dem Horizont des Meeres ab. Lia schluckte schwer, ihre Kehle wurde trocken. Aber auch jetzt war der Reiz, ihn nur ansehen zu dürfen, größer. Jede seiner Gesten verfolgte sie gierig mit dem Blick und komplettierte das, was sie nicht erkennen konnte, mit ihren Erinnerungen aus den gemeinsamen Stunden der letzten Woche. Als Zion schließlich in seinem Neoprenanzug vor ihr stand, wäre sie am liebsten zu ihm getreten und hätte das Ding in Fetzen gerissen. Striptease am Strand. Nur, dass sie vom Anziehen erregt worden war, nicht vom Ausziehen. Dennoch ließ sie ihn gehen und in das geliebte Nass eintauchen.

In der schwarzen Nacht, nur beleuchtet vom fahlen Mondlicht, ritt Zion die immense Kraft des Meeres wie ein glänzender Wassergeist, der in den Fluten sein Unwesen trieb. Lia sah wenig, stattdessen hörte sie die peitschenden Schläge des Surfbrettes auf den scharfen Kanten der Wellen und die Schaummassen des Wassers, wenn sie auf den Strand krachten.

Wenn Zion im Wasser war, spürte sie sein Glück. Er war ein Teil des Meeres. Sie wollte ihn glücklich sehen und es war ihr wichtig, ihm seine Leidenschaft zu gönnen.

Lia war so in Gedanken, dass sie den Schatten vor sich erst bemerkte, als Zion ihr die Hand entgegenstreckte.

„Komm mit“, sagte er. Lia sprang sofort auf, zog sich ihrerseits aus und den Badeanzug über.

Das Wasser war ungewohnt warm und umspülte ihre Beine. Zion umfasste ihre Taille und hob sie auf das Surfbrett, dann schob er es in das tiefere Wasser hinaus. Im ruhigen Bereich angekommen, sprang er ebenso auf das Brett und saß lächelnd vor ihr.

„Wann surfst du am liebsten?“, wollte sie wissen und spürte den ehrlichen Drang, mehr über ihn zu erfahren.

„Beim ersten Tageslicht. Wir Surfer nennen es *dawn patrol.* Dann ist es normalerweise nicht überfüllt und nicht windig, sondern friedlich. Man kann surfen, während man den Sonnenaufgang und den Tag beobachtet.“

„Warum nennt ihr es Sonnenaufgangspatroullie? Das ist eine komische Bezeichnung.“

„Wörtlich gesehen schon, aber unter uns hat es eine andere Bedeutung. Es hat etwas mit dem eigenen Beobachten zu tun. Das Meer und die Wellen nach der Nacht in Augenschein zu nehmen und in den ersten Sonnenstrahlen einzuschätzen. Ich denke, manches lässt sich nicht in die normale Sprache übersetzen.“

„Hm. Damit hast du wohl recht“, gab sie zu. „Surfst du oft bei Nacht?“

„Nur hier. Wenn ich auf Hotspots wie Teahupoo oder Nazaré bin, dann keinesfalls. Sonst werde ich das Abendessen der Haie. Aber hier geht das. Die weißen Haie passieren England nur und die anderen sind weiter draußen.“

„Das hört sich gruselig an.“ Lia schüttelte sich. „Und wann ist die beste Zeit, sich nach dem Surfen zu lieben?“ Lächelnd strich sie mit der Hand vom Surfbrett zu dem Gummianzug gegenüber und auf seine Brust. Die Wellen schaukelten sie sanft hin und her. Die Strömung hatte nachgelassen.

„Jetzt“, antwortete er trockener, als sie erwartet hatte, und ein Lachen entfuhr ihr. „Komm her“, raunte er, umfasste ihre Taille und zog sie zu sich. Seine Umarmung mit dem Neoprenanzug fühlte sich stählern, aber dennoch warm an. Zion glühte. Die wenigen Zentimeter zwischen ihnen, die minimalen Lichtreflexe des Mondes auf dem Wasser, die Wellen, die leicht um ihre Schenkel spülten und seine Augen, die sie anblitzten. Lia war hypnotisiert. Er ließ seine Zunge über ihren Hals wandern und griff mit der anderen Hand kraftvoll unter ihren Badeanzug an ihre Brust. Sein Finger schob sich über ihre feuchte, harte Knospe und Lia keuchte unter seiner Berührung – als sie plötzlich nach hinten rutschte.

Lia kreischte auf, als das Surfbrett kippte und sie unter sich begrub. Zion lachte und hielt sie an der Oberfläche, zog sie noch näher an sich und schwamm dann die wenigen Meter Richtung Ufer. Dort schob er sie aus dem Wasser und drückte sie gleich in den feinen Sand. Gierig küsste er sie und presste ihre Beine auseinander. Keuchend zog sich Zion den Anzug über die Arme, bis sein Oberkörper freilag. Das salzige Wasser umspülte ihre Körper und schäumte die Situation auf. Zion begann sie wild zu küssen und Lia erwiderte sie haltlos, bis beiden alles um sie herum egal war und sie sich völlig ihrer Begierde hingaben.

***

Zion hatte mehrere Decken aus dem Wagen geholt. Eine wunderschöne Idee, fand Lia, das Funkeln der Sterne und die rauschenden Wellen zu genießen. Wie friedlich das Meer vor ihr lag. Sie konnte es kaum fassen, welchen Frieden sie in diesem Moment verspürte. Ihre täglichen Trainingseinheiten hatten den

Charakter einer Kampfansage an das Meer und an ihr Schicksal, aber hier und jetzt empfand sie nichts weiter als Frieden und möglicherweise würde sie auch irgendwann vergeben können. Zions Nähe wärmte sie und schenkte ihr Vertrauen. Voller Liebe sah sie auf ihr Fußkettchen mit dem goldenen Muffin. Konnte sie ihm den Grund anvertrauen, warum sie mit Surfern ein Problem hatte? Eng umschlungen saßen sie hier, er streichelte ihren Rücken und hielt sie fest.

„In diesem Augenblick habe ich das Gefühl, als könnte ich dir alles anvertrauen“, flüsterte sie in die dunkle Nacht hinein.

Zion drehte den Kopf und drückte seine Lippen auf ihre feuchten Haare. „Das kannst du. Jetzt und immer“, erwiderte er und erhöhte damit ihr Vertrauen.

„Und du wirst nichts Schlechtes von mir denken?“ Sie wagte nicht, ihn dabei anzusehen, aber er drehte sie mit den Händen zu sich und blickte ihr tief in die Augen.

„Lia, das Leben ist turbulent. Darauf kommt es nicht an. Wichtig ist, wie wir damit umgehen.“

Seine Worte glichen einer Mutbrücke. Er hatte sie gebaut, überqueren musste sie sie selbst. Und sie tat es nun voller Überzeugung.

„Mein Hund ... ist gerne schwimmen gegangen. Meine Mutter mochte Downend, weil wir dort mehr für uns waren. Eines Tages ist sie mit Leon, so hieß er, viel zu weit rausgeschwommen. Er war noch jung und zu unerfahren und ich habe nicht verstanden, warum sie so weit hinausschwamm. Ich konnte nur noch ihre Köpfe erkennen.“

Lia stockte. In die Vergangenheit zu reisen war schmerzhaft, aber die Mutbrücke hielt und Zions Umarmung trug ihren Teil dazu bei. Sie holte tief Luft und sprach weiter.

„Ich rief nach ihnen und schwamm hinterher, aber als ich an der Stelle angekommen war, war weder meine Mutter da noch Leon. Nur eine Gruppe von Surfern stürzte sich kreischend in eine sich auftürmende Welle. Ich habe nach ihnen gerufen und sie haben mich gesehen, aber kurz darauf verschwanden sie in der Wassermasse. Die Welle war ihnen wichtiger." Endlich war es raus. Lia stieß die angehaltene Luft aus und spürte eine tonnenschwere Last von sich fallen. „Leon war ein Weimeraner ... genau wie Wave. Ich weiß, er kann nichts dafür, aber er erinnert mich an ihn", gestand sie noch.

Da war sie: Die Vergebung. Erneut trat Frieden in jede Zelle, der von einem wundervollen Gefühl der Gelassenheit begleitet wurde. Unterstützt durch Zions Vertrauen, das er ihr in den letzten Tagen auf unterschiedlichste Art und Weise gezeigt hatte.

Es war, als ob Lia mit den Worten all die Vorwürfe und Anklagen an das Leben und ihr Schicksal freigelassen hätte. Wie ein wildes Tier, das über Jahre gefangen gehalten worden war und nun aus seinem Käfig in die Freiheit entlassen wurde. Sie war so dankbar. Neue Energie strömte durch sie hindurch. Erleichtert wandte sie sich zu Zion, der still neben ihr saß.

„Es tut mir so leid. Ich hätte es dir schon vorher sagen sollen und ..."

Schrille, unnatürliche Laute unterbrachen den Augenblick und nahmen ihr die Chance, herauszufinden, wie Zions Reaktion auf ihr Geständnis sein könnte.

„Verdammt, entschuldige", murmelte er und zog sein Handy aus der Tasche. „Das sind bestimmt Rickie und die anderen. Ich könnte mich ohrfeigen, dass ich das Handy überhaupt mitgenommen habe und ... Oh. Das sind nicht die Jungs. Das ist Mister Gullingham", sagte er überrascht und ging dran. „Mister Gullingham, guten Abend", begrüßte er seinen Chef und hörte dem Anrufer zu, der eine ganze Weile am anderen Ende der Leitung sprach. Lia versuchte, den Ausdruck in Zions Gesicht zu deuten, aber es gelang ihr nicht.

„Ist gut, Mister Gullingham. Ich melde mich morgen bei Ihnen. Beruhigen Sie sich jetzt erst mal und machen Sie das, was die Ärzte sagen. Gute Nacht."

Besorgt wartete Lia, bis er das Handy weggelegt hatte. „Was ist passiert?"

„Mister Gullingham hatte einen Unfall", antwortete Zion sichtlich aufgewühlt. „Er ist am Steuer bewusstlos geworden und hat einen Zusammenstoß verursacht. Jetzt ist er zu Untersuchungen im Krankenhaus. Er sagt, er möchte mich morgen sprechen."

„Das ist ja furchtbar! Meinst du, er ist ernsthaft krank?", fragte Lia besorgt. Mitfühlend sah sie zu Zion, der traurig den Kopf gesenkt hatte.

„Ich weiß es nicht. In letzter Zeit war er oft abwesend und nicht mehr so konzentriert bei der Arbeit. Vielleicht ist er auch nur alt und schwach geworden. Auf jeden Fall fahre ich ihn morgen besuchen. Es wäre schön, wenn du mich begleitest."

„Aber natürlich. Lass uns fahren."

Der knappe Satz genügte. Die Stimmung war schlagartig gekippt, Zion mochte Mr. Gullingham und an seiner Reaktion merkte sie, wie nah ihm der Unfall gegangen war. Deshalb packte sie eilig zusammen und folgte Zion auf dem Pfad wieder zum Jeep zurück.

Die kurze Fahrt verlief schweigend. Zion gab nur seinen Hunden ein paar Kommandos, und auch in dem schönen Turmzimmer wusste Lia nicht, was sie tun konnte, um Zion aufzuheitern.

„Was geht dir durch den Kopf? Rede mit mir. Bitte. Ist es wegen meines Geständnisses?“, bat sie ihn, als sie nacheinander aus der Dusche gekommen waren und sich nun auf dem Bett gegenübersaßen. Nach kurzem Zögern blickte Zion sie an.

„Ich mache mir Sorgen. Mister Gullingham ist ein guter Freund, außerdem beginnt in einer Woche mein Examen. Ich muss das Gelernte zwar nur noch wiederholen, aber ich brauche den Job bei ihm. Wenn er die Praxis schließt, werde ich hier nicht mehr bleiben können.“

„Das sind nur Spekulationen, Zion. Wir müssen abwarten“, versuchte sie ihn zu beruhigen, aber sein Blick zeigte weiterhin Unsicherheit.

„Ja, natürlich. Und außerdem haben wir dieses schöne Zimmer“, sagte er mit einem gezwungenen Lächeln.

„Und wir hatten einen wunderschönen Tag“, ergänzte sie und beugte sich zu ihm, um über sein Bein zu streichen. Er griff nach ihrer Hand, hob sie an seine Lippen und küsste jeden einzelnen Finger zärtlich, während er auf das Kopfkissen sank und Lia mit sich zog. Ihm gegenüber zu liegen, fühlte sich schön an. Es bewegte Lia, wie mitfühlend dieser Mann war. Langsam löste sie ihre Hand aus seiner und begann seine nassen Haare zu streicheln. Die hellen Strähnen hinterließen feuchte Spuren auf ihren Fingern und dem Kopfkissen. Zion schloss die Augen und stöhnte leise und genussvoll, aber Lia wusste genau, sie würden sich heute Nacht nicht viel näherkommen als in diesem Augenblick. Genauso war es, und Lia hatte trotz ihrer Sehnsucht jedes Verständnis.

***

Als die ersten Sonnenstrahlen durch das Turmfenster lugten, schlug Lia die schweren Augen auf. Normalerweise schlief sie in fremden Betten unruhig, aber heute Nacht hatte sie tief und fest geschlafen. Das Bett war gemütlicher als ihres. Wie auf Watte hatte sie gelegen. Seufzend dachte sie an Mr. Gullinghams Unfall und die möglichen Folgen. Auch für sie. Die wenigen Tage mit Zion waren wie ein nicht zu wagender Traum gewesen und sie wollte nicht aufwachen und alles aufgeben.

Einen Blick auf die Bettseite benötigte sie nicht, um zu wissen, dass Zion bereits mit den Hunden unterwegs war und seine täglichen Trainingseinheiten für sein Surfen durchführte. Irgendwoher mussten ja die Traumkörper entspringen. Die Disziplin begeisterte Lia. Sehnsüchtig strich sie über sein Kissen, zog es zu sich und roch daran. Eine Mischung aus Salz und wilden Kräutern lag tief in den Fasern und sie sog sie genüsslich in sich auf. Wieder flackerten ihre Sätze über ihre Mutter, den Weimeraner und die Surfer in ihren Gedanken auf. Was war, wenn Zion nun glaubte, Lia würde ihm das Schicksal ihrer Mutter ankreiden, nur weil er Surfer war? Zugegeben, diese Ungewissheit war das Schwerste, was sie auszuhalten hatte, seitdem ihre Mutter ertrunken war. Und auch jetzt war sie sich immer noch nicht im Klaren darüber, ob sie es tatsächlich schaffen würde, in Zion das zu sehen, was er war: Der Junge, den sie liebte, der zufälligerweise auch surfte und einen Weimeraner besaß. Er konnte nichts dafür. Es war ein Zufall und wenn sie ihn weiter ungerechtfertigterweise dafür verantwortlich machte, war es unfair.

Das Quietschen des Schlüssels in altem Eisen kündigte Zions Kommen an. Lia zuckte kurz zusammen, verdrängte schnell die Gedanken und drehte sich Richtung Tür. Wenige Sekunden später lugte er vorsichtig in den Raum.

„Du bist wach", sagte er lächelnd.

„Ja. Guten Morgen", begrüßte sie ihn und schenkte ihm ebenfalls ein Lächeln.

„Du hast tief und fest geschlafen, als wir raus sind. Ich wollte dich nicht wecken."

„Stimmt, das Bett ist ein Traum. Wie spät ist es?"

„Viertel vor neun."

„Was? Schon?" Seufzend strich sie sich die Haare aus dem Gesicht. „Wie gelingt dir nur deine Zeitplanung? Das Wochenende mit mir, die Surfstunden, dein ganzes Training, die Arbeit bei Mister Gullingham. Und musst du nicht auch sehr viel lernen? Dafür reichen die Tagesstunden doch nie."

Zion lachte, lief ins Bad und füllte Ellie und Wave frisches Wasser in den Wassernapf. Beide tranken genüsslich und liefen dann im Zimmer auf und ab.

„Weißt du, ich habe einen Zeitumkehrer. Ich kann die Zeit noch einmal zurückdrehen und dann den ganzen Tag lernen."

Er sagte das so überzeugend, dass Lia ihn irritiert ansah. Erst als er anfing zu grinsen, lachte sie laut und warf ein Kissen nach ihm. „Hey", schimpfte er und warf es zurück. „Jetzt aber im Ernst, ich warte noch auf eine Erklärung."

„Ach, das Lernen fällt mir einfach extrem leicht", erklärte er etwas ernster. „Ich lese schnell und lerne vor allem nicht auf den letzten Drücker. In diesem Punkt haben mich meine Eltern früh diszipliniert. Reicht das als Erklärung, Madame Nimmersatt, Bondgirl und jetzt auch noch Frau Staatsanwältin?"

„Vorsicht! Gleich gibt es noch ein Kissen", drohte sie und hob das Wurfkissen erneut in die Höhe.

„Oh, na dann gehe ich mal schnell aus deinem Zielbereich und gebe den beiden jetzt ihr Futter. Wann möchtest du frühstücken?", fragte er.

„Gerne bald. Ich könnte einen Bären verschlingen."

„Bären werden schwer zu beschaffen sein, aber Eier mit Speck und Baked Beans wird Jane sicher parat haben. Sonst noch Wünsche?"

„Oh ja, eine ordentliche Begrüßung, Mister Surf. Schließlich möchte ich auch von den Lorbeeren kosten, die dir dein Training einbringt", scherzte sie.

„So, so. Und wie soll deiner Meinung nach die Begrüßung aussehen? Für so viel reicht heute Morgen die Zeit nicht", ermahnte er und kam näher an das Bett heran.

Seine Haut war gerötet, seine Haare glänzten feucht und Lia konnte sich nichts Erregenderes vorstellen. Das T-Shirt klebte an seiner Haut und die enge Laufhose zeigte seine wohlgeformten Beine. Lia konnte sich kaum sattsehen, also zog sie ihn an seinem klatschnassen T-Shirt an die Bettkante und bettelte förmlich um eine Prise Zärtlichkeit.

„Ich liebe es, wenn du so gierig bist", knurrte er beinahe und sah dabei umwerfend aus. Die ozeanblauen Augen leuchteten ihr entgegen, die nassen Strähnen hingen ihm ins Gesicht. Langsam wanderte sie mit der Hand unter das T-Shirt und berührte seine Haut, die feucht und warm war. Zion griff nach ihrem Handgelenk und zog es wieder hervor. „Aber ich sagte schon, heute Morgen haben wir keine Zeit. Ich muss zu Mister Gullingham. Ehrlich gesagt platze ich vor Neugier. Und mir ist auch ein wenig unwohl zumute."

„Natürlich. Bitte entschuldige. Ich mache mich sofort fertig und dann können wir fahren", sagte sie schnell und warf die Decke zur Seite.

„Moment. Für einen Gutenmorgenkuss ist immer Zeit", korrigierte er und zog sie zu sich. Er hatte eine unnachahmliche Anziehungskraft auf sie. In seiner Nähe war sie willenlos. Die Berührungen seiner Lippen, der zarte Kontakt seiner Haut auf ihrer, sein anziehender Geruch, das alles hypnotisierte sie. Was auch immer sie heute von ihm bekommen würde, sie würde es nehmen, als sei es das Letzte, was ihr vergönnt war.

Tatsächlich blieb es bei dem einen, aber besonders leidenschaftlichen Kuss. Nach der Dusche räumten sie das Zimmer und aßen bei Jane ein fantastisches, typisch englisches Frühstück, wobei es Lia besser schmeckte als irgendwo anders. Jane bedankte sich für das Kompliment und drückte die beiden herzlich zum Abschied.

Die Fahrt nach Croyde schien unendlich. Wie immer, wenn man auf etwas wartete. Besonders, wenn es nichts Gutes war. Gedanken kreisten und die Landschaft zog sich wie zähes Kaugummi.

Endlich erreichten sie Croyde. Zion brachte kurz die Hunde nach Hause, dann fuhr er gleich weiter zum Krankenhaus. Dort angekommen, steigerte sich Zions Nervosität und Lia hielt ihn vor dem Eingang an.

„Warte!“, sagte sie und blickte ihm tief in die Augen, in der Hoffnung, er würde das Vertrauen spüren, was sie ihm zu vermitteln versuchte. „Was auch immer dort oben passiert, wir schaffen es zusammen.“ Dabei drückte sie seine Hand.

„Danke. Das bedeutet mir viel“, krächzte er und es schien, als ob seine Stimme gleich versagen würde.

Gemeinsam öffneten sie die Tür zum Krankenhaus und suchten Mr. Gullinghams Zimmer. Zion atmete noch einmal hörbar ein und drückte die Türklinke.

Mr. Gullingham wirkte erschöpft, aber nicht unglücklich. Freundlich lächelte er Lia und Zion entgegen und schüttelte ihnen die Hand.

„Wie geht es Ihnen, Mister Gullingham? Haben die Ärzte schon etwas gefunden?“ Zions Stimme klang unsicher, aber ehrlich interessiert.

„Ja, Zion. Es ist halb so wild. Ich habe Diabetes, Typ eins. Es hätte schlimmer sein können", erklärte er und wirkte dabei mehr als gelassen.

„Oh, das freut mich wirklich sehr. Dann können Sie also bald wieder arbeiten?", fragte Zion erwartungsvoll.

„Das ist es, worüber ich mit Ihnen reden möchte, Zion." Mr. Gullingham nahm den Schalter seines Bettes in die Hand und drückte auf den Knopf, der das Kopfteil hochfahren ließ. Dann sah er ihn ernst an. „Sie werden ein fantastischer Tierarzt, Zion. Wenn Sie nächste Woche ihr Examen machen, bin ich so stolz, wie es nur ein Vater sein könnte. Ich kann mich immer auf Sie verlassen und ich würde Ihnen jedes Tier sofort anvertrauen. Auch mein eigenes."

„Danke, Mister Gullingham. Das weiß ich zu schätzen", erwiderte Zion kleinlaut.

„Allerdings bin ich nicht mehr der Jüngste und langsam muss ich mir überlegen, wer mein Nachfolger sein wird." Eine kurze Pause entstand. „Und ich kann mir niemand Besseren vorstellen als Sie, Zion! Möchten Sie nach Ihrem Examen die Praxis übernehmen?"

Lia hätte alles vermutet, nur das nicht. Im Geiste hatte sie sich schon Zions Auszug vorgestellt. Endlose Telefonate und eine nicht aufzuhaltende Trennung, die ihr den Schmerz in jede Zelle trieb. Aber auch Zion war wie ausgewechselt. Mit einem Mal strahlten seine Augen vor Glück, er sprang auf und umarmte Mr. Gullingham, der durch seinen Gefühlsausbruch überwältigt war.

„Ist das Ihr Ernst? Sie übergeben mir Ihre Praxis? Ich kann es nicht fassen!", jubelte Zion.

„Ja, so hatte ich mir das vorgestellt.“ Ein Lächeln breitete sich auf dem Gesicht des Tierarztes aus. Anscheinend war sein Wunsch in Erfüllung gegangen. „Ich denke, alles Weitere werde ich mit Ihren Eltern besprechen. Sicher wird eine Finanzierung möglich sein, wenn Sie das wirklich wollen. Und außerdem haben Sie noch den Ring. Haben Sie ihn eigentlich mal schätzen lassen?“ Mr. Gullingham hatte seine Stimme erhoben und warf einen kurzen Blick zu Zion, der den Anschein hatte, als sei ihm etwas unangenehm.

„Natürlich! Das ist mein Traum! Eine eigene Praxis. Und dann noch Ihre! Ich bin überwältigt.“ Zion grinste über beide Ohren. Ein cooler Surfer, der sich als bodenständiger, sensibler Mann entpuppte.

„Wunderbar. Es gibt da nur noch eine klitzekleine Sache, die wir klären müssten.“ Mr. Gullingham sah Zion fordernd an.

„Und, was wäre das noch?“

„Ich heiße Robert. Und ich würde mich freuen, wenn wir *du* sagen.“

„Gerne“, antwortete Zion und Lia sah pure Freunde in seinen Augen.

Die beiden sprachen noch über allerhand Formelles, bei dem Lia nicht zuhörte. Sie beobachtete lediglich Zions glückliches Gesicht. Das Leben schien es also doch gut mit ihnen zu meinen, aber immer noch entdeckte sie einen Hauch von Sorge, der sich seit ihrer Erklärung am Strand in seinem Blick eingenistet hatte. Und sie wurde das unbestimmte Gefühl nicht los, dass irgendetwas mit seinen Emotionen geschehen war.

10

Zion

Zion wurde schlecht. Um alles in der Welt musste er das Thema von dem Ring fernhalten. Zahlen, Fakten und Visionen jagten durch seinen Kopf, verfolgt von der schrecklichen Realität dessen, was Lia ihm in der letzten Nacht anvertraut hatte. Die Bemerkung über den Tiffanyring hätte das Fass zum Überlaufen bringen können. Zum Glück waren Mr. Gullingham und Lia nicht weiter darauf eingegangen.

Zion wusste nicht mehr, woran er zuerst denken sollte. Was für ein Glück er doch mit Mr. Gullinghams Entscheidung hatte! Aber was für ein schreckliches Unglück ihn und Lia zusammengeführt hatte. Wie sollte er Lia beibringen, dass *er* in das Unglück involviert war, wenn gleich nicht dafür verantwortlich? Und dass ihr Hund Leon nicht ertrunken war, sondern lebendig in Gestalt von Wave mitten unter ihnen lebte? Wie konnte Lia weiterhin so tief für ihn empfinden, wenn sie davon erfuhr? Und wie sollte er ihr jemals von dem Brief erzählen, den er gemeinsam mit diesem Ring gefunden hatte?

Schreckensbilder stiegen in ihm auf, die er seit gestern Abend zu verdrängen versuchte. Vergeblich. Zion hatte sich in Hartland Abbey ernsthaft bemüht, seine Gefühle und Gedanken zu verbergen. Er hatte sie geküsst und berührt, aber zu mehr hatte er sich nicht mehr berechtigt gefühlt. Sie glaubte immer noch, ihre Mutter sei ertrunken, dabei hatte sie sich das Leben genommen und ... Zion ausgesucht. Konnte das vielleicht ihrer beider Chance sein? Wenn Lia von dieser Wahrheit wissen würde, konnte sie Zion vielleicht doch weiterhin lieben und ihre Zusammenkunft als Wink des Schicksals annehmen.

Entschlossen schob er diese Gedanken von sich, zumindest für den Moment, und konzentrierte sich auf Mr. Gullingham. Er hatte Glück im Unglück. Natürlich war Mr. Gullinghams Erkrankung alles andere als Glück, dennoch wusste Zion, seine Entscheidung hatte mehr mit seinem Alter als mit der Diagnose zu tun.

Gelöst trat er wenig später aus dem Krankenhaus und atmete tief ein. Lia stand neben ihm. Schweigend und beobachtend hatte sie die ganze Zeit über mit im Patientenzimmer gesessen, wofür er sehr dankbar war. Jetzt blickte er sie zum ersten Mal wieder ganz bewusst an und bemerkte die Unruhe in ihrem Blick. Ihre langen Haare lagen ruhig und glatt auf ihrem Rücken. Lia an seiner Seite gehabt zu haben, als es um einen wichtigen Schritt seiner Zukunft ging, hatte sich gut angefühlt. Vertraut und warm. Aber von ihr zu hören, dass es *ihre* Mutter war, die sich dort in den Fluten das Leben genommen und ihm zusätzlich noch Wave und den Ring hinterlassen hatte, war grotesker als alles, was er bislang erlebt hatte. Dennoch war er für alles auf unergründliche Weise dankbar.

„Ich kann nicht glauben, was gerade passiert ist", gestand er und griff endlich doch nach ihrer Hand. Um den Eingang herum fuhren Autos vor und ab. Verletzte stiegen ein und aus. Zion sah die Menschen, aber für ihn gab es in diesem Augenblick nur das, was ihm und ihr widerfahren war.

„Ich freue mich für dich, Zion. Wirklich! Mister Gullingham schien alles ehrlich zu meinen und es ist wunderbar, wie sehr er dir vertraut."

Ihre Worte taten gut. Sie sprach genau das aus, was Zion empfand. Auch ihn hatte der Vertrauensbeweis besonders bewegt und einen besseren Zeitpunkt hätte es kaum geben können. Das andere Thema musste warten.

„Was hättest du sonst nach dem Examen gemacht?", fragte sie.

„Mister Gullingham wollte mich einstellen und weniger arbeiten. Das war für mich schon eine große Ehre. Aber dass er mich als seinen Nachfolger sieht, habe ich nicht gewusst", antwortete Zion ehrlich.

„Ich sagte ja gleich, ich mag ihn", sagte Lia und lachte.

Zion zog sie mit einem Finger an ihrer Gürtelschlaufe zu sich heran. So dicht, dass sich ihre Brust gegen seine drückte. „Und jetzt kann ich mich wieder dir widmen. Es tut mir leid, dass der Abend auf Hartland Abbey so verlaufen ist."

„Das macht nichts. Sex in einem ehemaligen Kloster ist vielleicht auch nicht das Passendste. Und das, was die Mauern gesehen hätten, wäre Blasphemie", sagte Lia in einem derart trockenen Ton, dass Zion schmunzelte.

„Du bist wohl nicht gläubig?"

„Um Himmels willen, nein! Ich glaube an das Leben und die Liebe."

„Also bist du doch gläubig. Glaube ist etwas Wundervolles!" Zion ging es ähnlich wie Lia. Auch er hatte keine klassische Religionszugehörigkeit. Am ehesten glaubte er an die Natur, an die Liebe und an die Menschheit, aber der Glaube selbst war für ihn ein wichtiger Bestandteil des Lebens. Ohne dieses Gefühl hätte er kein Vertrauen in ein gutes Ende mit Lia und ihm haben können.

„Das hört sich gut an. Das Leben hat uns gerade ein wenig zusammengerückt. Und was die Liebe anbelangt, würde ich dir gerne mehr davon geben."

Gerührt von ihren Worten und dem, was in seinem Inneren geschah, nahm er ihren Kopf liebevoll in beide Hände und blickte ihr tief in die Seele. Ihre leicht geöffneten Lippen bebten vor ihm, luden ihn ein. Und als er sie küsste, erfüllte ein Gefühl der Sicherheit und des Sinns sein Herz. Er wollte dieses Mädchen. Mit Haut und Haaren, mit Leib und Seele, mit Herz und Verstand. Und wenn er ihrem Kuss Glauben schenken konnte, ging es ihr genauso.

„Wenn du nichts dagegen hast, würde ich gerne heute Abend mit den Jungs und dir feiern. Ich bin mir sicher, da läuft irgendwo eine Party. Und mit dem Lernstoff bin ich so weit fertig. Vorher kannst du mich gerne noch mal abfragen, aber dann brauche ich Ablenkung." Zion wusste, dass Lia von der letzten Party nicht begeistert war, und sie hatte auch allen Grund dazu. Seine Freunde gehörten allerdings zu seinem Leben und daran wollte er auch nichts ändern. Für ihn war es wichtig, sie zu integrieren. Als sie jetzt den Mund verzog, zog er sie näher an sich heran. „Lia! Die letzte Party war ein Desaster. Und glaube mir, ich schäme mich dafür, dass ich dir solchen Kummer bereitet habe. Luisa wird nicht da sein, sie ist zwei Wochen bei ihrem Onkel in London, um etwas Ruhe zu bekommen. Und die Jungs haben auch nach dir gefragt. Allen voran Rickie, weil er sich schäbig benommen hat. Bitte, Lia. Komm mit mir und lass uns auf das Ereignis anstoßen."

Lia seufzte. „Ist gut. Ich gebe mir Mühe."

„Danke. Ich bin sicher, auch du wirst deinen Spaß haben. Wenn du die Jungs erst mal kennst, sind sie gar nicht mehr so übel", sagte Zion dankbar und küsste sie liebevoll, um dies zu unterstreichen.

Während sie den Nachmittag bei Zion zu Hause verbrachten, fragte Lia ihn also ab. Er beantwortete die Fragen, sagte Texte auswendig auf, löste Aufgaben und beschriftete Zeichnungen. Die schriftliche Examensarbeit hatte er bereits vor Wochen abgegeben. Von Mittwoch bis Freitag standen nun die mündlichen Prüfungen an und wenn er Glück hatte, würde er direkt positive Ergebnisse erhalten. Er musste sich jetzt wirklich zusammenreißen und durfte sich nicht von den aktuellen Ereignissen ablenken lassen. Auch wenn ihm nichts anderes durch den Kopf ging als das Schicksal von Lias Mutter, der Brief und Waves wahre Identität.

Lia saß entspannt auf dem Sofa und hielt die Fragen für ihn in den Händen. Sie sah so friedlich aus. Wieder dachte er an ihr Geständnis. Für sie musste es die Hölle gewesen sein, ihm zuvor nicht sagen zu können, warum sie Surfer und Hunde so abgelehnt hatte. Ihr Blick war seit gestern Abend weicher geworden. Entspannter. Als hätte sie mit dem Thema mehr Frieden geschlossen.

„Worüber hast du in deiner Examensarbeit geschrieben?“, fragte Lia, als sie sich zu einer Espressopause an den Küchentisch setzten.

Zion freute sich über Lias Interesse. „Ein Thema zu finden, war gar nicht so einfach. Natürlich weiß ich, wie wichtig es ist, mich breit aufzustellen und möglichst alles über Tiere und ihre Erkrankungen zu lernen. Allerdings muss ich gestehen, besonders interessieren mich traumatische Erlebnisse und ihre Folgen. Bei Tieren sind diese lang nicht so gut erforscht wie bei Menschen. Während ich nach Fällen gesucht habe, bin ich auf die unglaublichsten körperlichen Reaktionen gestoßen. Man kann sich kaum vorstellen, was ein schlimmes Erlebnis bei Tieren auf der körperlichen Ebene auslösen kann. Ich habe versucht, Lösungsansätze zu finden, und diese analytisch aufgeschlüsselt.“

Lia nickte anerkennend. „Bemerkenswert. Du wirst sicher ein guter Tierarzt. Und du lernst wirklich schnell. Alle Achtung.“

„Danke. Das wird sich zeigen. Am Montag werde ich zu meinen Eltern fahren und das Finanzielle besprechen.“

„Apropos deine Eltern: Wo leben sie eigentlich?“

Tatsächlich hatte er in der letzten Zeit wenig über seine Eltern gesprochen. Sie hatten sich wenig gemeldet. Hauptsächlich, weil sie Zion nicht bei seinen Vorbereitungen stören wollten. Sein Vater hatte jede Woche angerufen, um immer wieder seine Hilfe anzubieten und tatsächlich hatte Zion sie auch das eine oder andere Mal dankend angenommen. Er konnte wirklich froh sein, solche Eltern zu haben. Sie unterstützten ihn, nervten aber nicht. Sie vertrauten ihm und konnten mit Fehlschlägen gut umgehen.

„Wir sind gestern fast an ihrem Haus vorbeigefahren. Sie leben in Stoke, ganz in der Nähe von Hartland Abbey."

„Wann willst du sie über deine Pläne in Kenntnis setzen? Meinst du, sie werden dir helfen? Und was war das überhaupt für ein Ring, von dem Mister Gullingham gesprochen hat?"

Schnell nahm er einen Schluck von seinem Espresso. „Ach, das ist so ein Erbstück. Ich werde ihn schätzen lassen und vielleicht kann ich die Praxis damit selbst bezahlen", versuchte er so beiläufig wie möglich zu erklären.

„Hast du den Ring hier?", ließ Lia nicht locker. „Ich kenne mich ein wenig damit aus. Meine Mutter hatte sehr viel Schmuck und wir waren oft bei Juwelieren. Am liebsten war sie bei *Tiffany & Co.*"

Das wurde ja immer besser. „Ich möchte mich jetzt erst mal auf die Prüfungen konzentrieren. Alles andere muss warten", murmelte er und griff nach ihrer Hand, weil er sich nicht mehr anders zu helfen wusste. Lia reagierte sofort auf seine Berührung und schenkte ihm einen verführerischen Blick.

Normalerweise hätte er keine Sekunde gefackelt und sie über den Tisch gelegt, vor das Sofa, an die Wand gestellt oder ganz einfach über die Schulter geworfen, aber die Lust war aus seinem Körper gesaugt worden. Von einer einzigen Information, die ihm ernsthaften Kummer bereitete und die er nicht mehr lang zurückhalten konnte.

Zion hatte keine andere Wahl.

***

Die Strandparty am Abend war der Wahnsinn. Lia war ausgelassen und entzückend gewesen. Alle hatten sich um sie bemüht, ihr Drinks serviert und sie zum Tanzen animiert. Hier zeigte sich in ihr eine wahre Strandliebhaberin. Sie tanzte barfuß Samba im Sand und Zion hätte schwören können, dass sie Rickie unter den Tisch trank.

Zurück in Zions Strandhaus war sie gierig über ihn hergefallen, hatte ihn mit ihrer Zunge und ihren Händen am ganzen Körper verwöhnt und sich selbst danach zu Zions Überraschung ebenso. Wie sich Lia hemmungslos und natürlich ihrer Lust hingab, faszinierte ihn, doch auch in dieser Nacht kam es ihm falsch vor, sie von innen zu spüren. Die Wahrheit über ihre Mutter hatte ihm einen Keuschheitsgürtel umgelegt, an dem sie zwar kräftig rüttelte, den er aber nicht abgelegt bekam. So sehr er es sich auch in diesen Stunden wünschte.

„Du bist heute aber zurückhaltend“, murmelte sie und presste sich dicht an ihn, als sie schließlich gemeinsam in seinem Bett lagen.

Ihre Haut war samtweich. Der süße Geruch ihres Körpers lag in jedem Winkel des Zimmers. In ihrem weichen Blick lag Unsicherheit, die er ihr nur zu gern ausgetrieben hätte. Sanft streichelte er ihr über die

Wange und glitt mit seinen Fingern an ihrem Schultergelenk entlang, über die Seite Richtung Hüfte. Sein Blick begleitete seine Berührung und seine Mitte zuckte ihr gegen den Schenkel, den sie über ihn gelegt hatte.

„Das muss das Examen und Mister Gullinghams Angebot sein", versuchte er den Umstand zu erklären.

„Normalerweise sind immer wir Frauen diejenigen, die wegen Stress keine Lust empfinden", gluckste sie und kniff ihm wie zum Vorwurf in den Bauch.

„Und normalerweise sind es wir Männer, die derartigen Hunger auf Sex haben, Madame Nimmersatt. Sie entsprechen auch nicht gerade der Norm", konterte er und kniff ihr als Antwort in die Seite.

„So, so. Du kennst dich also gut mit der Norm aus?" Jetzt stemmte sie sich mit dem Ellbogen nach oben, hob eine Augenbraue und rümpfte leicht die Nase. Trotzdem wirkte ihr Blick nicht anklagend, sondern gelöst.

„Anscheinend so gut, wie du den sexuellen Trieb von Männern in Stressphasen kennst." Ein kraftvoller Schlag auf seinen Oberschenkel und ein *„Hey!"* war die Antwort darauf.

Zion musste lachen und Lia stimmte mit ein. Mit ihr machte einfach alles ungehörigen Spaß. Ihre Spontanität und Schlagfertigkeit waren umwerfend. Abgesehen von den vielen übrigen liebenswerten Eigenschaften, die er sekündlich an ihr entdeckte und von denen er hoffte, dass sie ihn ein Leben lang begleiten würden.

„Mit dir wird es definitiv nicht langweilig."

„Ist das ein Kompliment?", fragte sie.

„Definitiv!“, antwortete er und richtete sich auf. Wie auf Befehl ließ sie sich nach hinten fallen. Ihre Haare hatten sich wieder in alle Richtungen verstreut und umrahmten ihren sinnlichen, herausfordernden Blick. Zion drückte seine Mitte gegen ihre Hüfte und Lia stöhnte heftig auf.

„Sieht so aus, als seist du noch nicht fertig“, hauchte er in ihr Ohr.

„Stimmt“, hauchte sie zurück und bäumte sich vor ihm auf. Ihre Brust schob sich in die Höhe. Das sanfte Licht der Stehlampe warf Schatten über ihre Wölbungen und verwandelte ihren Körper in ein wahres Lustobjekt.

„Dann wollen wir mal sehen, ob ich dir eine gute Antwort auf deine Taten geben kann“, scherzte er und begann seine Hand über den Rand ihrer Brust gleiten zu lassen.

„Die Messlatte liegt hoch“, drohte sie keck.

„Ich denke, die kriege ich noch angehoben, Madame“, raunte er und freute sich darauf, ihr mehr als das zurückzugeben, was sie ihm geschenkt hatte. Angefangen mit seinen Lippen auf ihrem Bauch und seinen Fingern, die vorsichtig an ihrem Bein entlangglitten.

11

Lia

Benji war deutlich anzusehen, wie glücklich er war, als Lia am Sonntagnachmittag in Ilfracombe auftauchte und mit ihm zusammen zurück nach Lundy fuhr.

„Hattest du ein schönes Wochenende?", fragte er ehrlich interessiert.

„Jawohl, Sir!" Heiter salutierte sie vor ihm.

„Sehr schön. Was treibt man so heutzutage? Wir haben uns früher heimlich auf Bänken getroffen und geknutscht." Benji stand kerzengerade am Steuer und richtete seine dunkelblaue Seemannskappe. Ein leichter Wind blies in sein gegerbtes Gesicht, das wahrscheinlich sein gesamtes Leben nichts anderes als Salz und Wind abbekommen hatte.

Lia lachte. „Parkbänke sind nicht mehr so in, Benji. Und knutschen tun wir zwar auch, aber es ist nicht mehr ganz so keusch wie damals", erklärte sie mit gehobenen Augenbrauen. Sie konnte ihm schlecht sagen, dass sie den aufregendsten Sex hatte, den sie sich vorstellen konnte.

„Oh. Ich verstehe", sagte er und räusperte sich.

„Zion ist sehr leidenschaftlich. Er kümmert sich rührend um die Menschen, die er kennt, und fliegen kann er auch. Wir sind in einem Motorflugzeug über Lundy geflogen. Das hat mir ehrlich gesagt Tränen in die Augen getrieben", erzählte sie.

„War das am Freitag?"

„Ja."

„Dann habe ich euch gesehen. Und ich dachte noch, wie schön muss es sein, die Strecke mal von oben zu sehen und nicht vom Wasser aus. Die Perspektive zu ändern, kann manchmal helfen."

„Wobei?", wollte Lia wissen. Der Satz ging ihr nahe.

„Na, so ziemlich bei allem. Wir Menschen sind doch sehr engstirnig. Wir sehen oft nur das, was wir ansteuern. Wenn wir die Dinge aus einer anderen Sicht betrachten, öffnen sich damit auch andere Türen."

Das stimmte. Seitdem sie Zion kannte, hatte sich ihre Einstellung zum Surfen verändert. Und auch zu vielem anderen.

„Hattest du nicht gesagt, er sei ein Surfer?"

Die Frage holte sie aus den Gedanken zurück aufs Meer. Sie sah in die Wellen, die sich vor dem Bug brachen.

„Ja", antwortete sie knapp.

„Ist er denn kein Surfnomade wie die anderen? Normalerweise dauern Affären bei denen höchstens zwei Wochen, dann flaut es ab. Pass bloß auf dich auf, Lia!"

Zwei Wochen. Fast genauso lange war sie nun mit ihm zugange. *Dann flaut es ab. Hm*, dachte sie. *Bei uns flaut es auch irgendwie gerade ab. Zion war so distanziert.*

Ist das wirklich der Stress um das Examen und die Praxis, oder bin ich einfach nur so verliebt, dass ich blind werde?

Plötzlich fühlte sich Lia seltsam. Ein ungutes Gefühl erfasste sie, dem sie nicht mehr entsagen konnte. Wenn sie doch einem flirtenden Surfer auf den Leim gegangen war, was dann?

An Bord wurde es still. Lia gab keinen Laut mehr von sich und Benji fragte nicht weiter nach. Er war es gewohnt, in Stille über das Meer zu fahren. Auf Lundy bedankte sie sich wie immer und als Benji noch die Leinen befestigte, war Lia schon vom Boot gesprungen und hechtete in ihr winziges Cottage, um dort Geborgenheit zu finden.

Bis zum Abend blieb der Nachrichtenaustausch zwischen ihr und Zion spärlich und dieser Umstand unterstrich das unangenehme Gefühl der Flaute. Ihre Brust wurde eng und die Gedanken fuhren ein Horrorkarussell. Die kommenden zwei Tage würden die Hölle werden, wenn sich Zion weiter zurückzog, noch bevor er dann die Prüfungen hatte. Zu Lernen hatte auch sie genug, dennoch konnte sie keinen Gedanken an Physiologie oder Diagnostik verwenden. Immer noch roch sie den Duft seiner Haut und erinnerte sich an den Geschmack seiner Zunge.

Ja, er hatte die Messlatte tatsächlich getoppt. Mit all seinen Berührungen und wilden Taten. Enthemmt hatte sie mehrfach um Pausen gebettelt, die er ihr nur wenige Sekunden einräumte, um sich dann wieder ganz ihrer Befriedigung hinzugeben. Zion war bei allem, was er tat, ideenreich und talentiert. Im Prinzip wollte sie nicht wissen, woher er so viel über den Körper einer Frau wusste. Am liebsten hätte sie es natürlich gehabt, wenn er sich an ihr ausprobiert und nicht Gekonntes anwandt hätte. Ein Traumgedanke.

Ihr Handy summte.

Es war schön, dich zu verwöhnen und mich an dir auszuprobieren. Das habe ich so noch nie gemacht, stand dort und Lia glaubte ihren Augen nicht zu trauen. Las er ihre Gedanken, selbst über die Entfernung?

Nicht? Bist du dir sicher, dass du das nicht schon vorher geübt hast?, tippte sie ein.

Hallo? An wem hätte ich das denn üben können? So etwas kannte ich vorher nicht. Und ehrlich gesagt, will ich es auch mit niemand anderem machen. Es sei denn, du lässt mich sitzen ...

Die Antwort war surreal. Konnte sie ihm seine Enthaltsamkeit diesbezüglich abnehmen?

Luisa? Noch bevor Lia darüber nachdenken konnte, ob die Nachricht abgeschickt werden sollte, hatte sie dummerweise schon auf *Senden* gedrückt. *Mist! Verdammter!*, dachte sie, als der Text bereits mit blauen Haken unterlegt war.

Ich weiß wirklich nicht, wie ich dir das noch erklären soll. Ich hatte nichts mit Luisa!!! Und wenn, dann wäre ich ihr nicht derart nahgekommen. Langsam frage ich mich, ob du auch nur ein Wort von dem glaubst, was ich dir sage?

Dass er jetzt wütend war, konnte sie gut verstehen.

Es tut mir leid, tippte sie voller Reue ein.

Das sollte es auch, Madame Nimmersatt. Pass auf, dass ich dich nicht umbenenne in „Boshafte, ungläubige Madame Nimmersatt".

Hm. Hört sich nicht besonders nett an.

Du warst eben auch nicht nett.

Stimmt ...

Gut! ... Übrigens kann ich dich immer noch an mir riechen ... und ich hoffe, das bleibt noch bis morgen. Ich vermisse dich.

Ich vermisse dich auch. Gute Nacht, schrieb sie und setzte viele Smileys dahinter.

Träum süß, schöne Lia, las sie wenige Sekunden später.

Jetzt konnte sie beruhigter einschlafen.

***

„Guten Morgen, schöne Lia." Old John schlenderte am Haus vorbei, während Lia wie üblich auf ihrer Veranda saß.

„Schöne Lia. Das hat Zion gestern Abend auch gesagt. Ist das ein Surfertrick?", fragte sie bissig und festigte ihren Griff um die Teetasse. Obwohl sie gestern selig eingeschlafen war, hatte sie ihr Unterbewusstsein stark gefordert und ihr einen immer wiederkehrenden Albtraum gesandt, der auch jetzt all ihr Denken einnahm. Sie hatte auf einem Surfbrett gelegen und war ihrer Mutter nachgepaddelt. Zion folgte ihr mit einem Boot und Wave an Board. Kurz bevor sie sie erreichte, sprangen Zion und Wave auf das Surfbrett und rissen sie in die Tiefe, während ihre Mutter plötzlich am Bootsrand lehnte. Weit über ihr, in Sicherheit. Sie wollte zu ihr, doch nichts half. Zion und Wave hielten sie an den Beinen fest und rissen sie in das dunkle Nass. Warum sie das Surfbrett nicht losließ, konnte sie nicht sagen, aber warum sollte sie den

Traum auch erklären können? Es war wie immer. Einfach nur schmerzhaft und skurril.

„Wir sind nicht alle gleich“, antwortete Old John ruhig und holte sie in die Gegenwart zurück. „Vertrau ihm ein bisschen, Lia. Sonst könntest du ihn verlieren.“

„Du hast recht“, murmelte Lia. Ihr war ihre Aussage unheimlich peinlich. „Es tut mir leid. Ich hatte heute Nacht einen Albtraum, der mich einfach wahnsinnig macht. Zion hat mich in die Tiefe gerissen. Und sein blöder Hund dazu.“ Sie konnte nicht anders, als ihren Missmut zum Ausdruck zu bringen. Die Wut in ihrem Bauch und die Ohnmacht dem Albtraum gegenüber nagten an ihren Nerven.

Old John stützte sich auf das Geländer ihrer Veranda und sah zum Meer. „Blick nach vorne, schöne Lia, und hör auf, andere für dein Schicksal verantwortlich zu machen. Ja, es ist furchtbar, was Irina geschehen ist. Und dir. Niemand sollte nicht so früh seine Mutter verlieren. Aber es wird nicht besser, wenn du mit dem Schicksal haderst. Vertraue wieder dem Leben, es hält das Glück auch für dich parat. Du musst nur bereit sein.“

Bei all den wunderbaren Worten hatte Old John sie kein einziges Mal angesehen, und auch jetzt tat er das nicht. Stattdessen ließ er sie einfach mit ihrem Ingwertee auf der Veranda sitzen und schlenderte fort, als hätte er einen simplen Gutenmorgengruß gesandt. Irritiert blickte Lia ihm hinterher, wie er mit seinem typisch englischen Outfit, der dunkelgrünen Wachsjacke und der karierten Schirmmütze, über den schmalen Weg stapfte und in der Ferne verschwand. Was war das denn gewesen? Sie hätte wirklich seinen Trost gebraucht. Stattdessen kassierte sie eine verdammte Lebensweisheit.

Naserümpfend trank sie einen Schluck aus der dampfenden Tasse und stand auf, um wie Old John über das Meer hinauszusehen. Der Morgen war friedlich und die See lag spiegelglatt vor ihr. Sicher tummelten sich unterhalb der Klippen vor ihrem Haus wieder ein paar Seehunde und genossen den herrlichen Tag. Gaben sich sorgenlos dem Moment hin.

Ein neues Gefühl keimte in ihr auf. Ein Gefühl von Zuversicht, oder wie Old John gesagt hatte: Vertrauen. So konnte es wirklich nicht mehr weitergehen! Mittlerweile blieb selbst er nicht mehr für eine Tasse Tee, weil sie immer wieder die gleiche Laier abspielte. Jammern, jammern, jammern! Er hatte recht! Sie machte wirklich das Leben für ihr Schicksal verantwortlich, und wenn sie nicht bald damit aufhörte, würde sie im Kampf gegen das Leben auch das Glück von sich stoßen.

Schluss damit. So will ich keinesfalls enden!

„Jetzt werde ich anfangen, dem Leben zu vertrauen und Mums Tod zu akzeptieren“, versprach sie dem blauen Wasserspiegel.

Sie warf sich in die Fluten, absolvierte erfolgreich ihre Schwimmeinheit und setzte sich dann ausgepowert auf die Veranda. Auch Lia war diszipliniert. In diesem Punkt ähnelte sie Zion.

Zion. Er war Dauergast in ihren Gedanken und im Herzen.

Sehnsüchtig griff sie nach dem Handy und tippte eine Nachricht ein.

Was machst du heute?

Du meinst, was ich noch *mache. Ich habe schon eine dawn patrol mit Ellie hinter mir und wiederhole die letzten Themen für meine Prüfungen. Und du?*, antwortete er in Sekundenschnelle.

*Ich war auch schon fleißig. Schwimmeinheit. Wieder eine Bestzeit. Und gleich ein gutes Frühstück. Leider ohne dich. Du fehlst,*schrieb sie so ehrlich sie konnte.

Das hört sich verdammt gut an! Ich fahre später zu meinen Eltern und kläre das mit der Praxis. Drück mir die Daumen!

Oh! Ja, natürlich. Das wird schon. Hast du schon den Ring schätzen lassen?

Bisher hatte Zion immer sofort geantwortet, jetzt brauchte er einen Moment.

Ich fahre erst mal zu meinen Eltern.

Offensichtlich wollte er auch jetzt nicht auf das Thema eingehen. Warum nur?

Gut. Ich lerne jetzt. Bis später, schrieb sie.

Ja.

Weiter kam nichts und Lia beließ es dabei.

Die Stunden zogen sich wie Kaugummi. Ein elendes Gefühl. Würden doch auch nur die Glücksstunden so lang andauern! Lia erfüllte ihr Lernpensum, wiederholte noch ein paar alte Themen und wollte sich gerade noch einen Tee machen, als endlich das Telefon klingelte.

„Lia! Es klappt, ich habe das Geld! Die Praxis gehört mir!“, jubelte Zion ihr ins Ohr.

„Was? So schnell?“, fragte sie ungläubig.

„Ja! Mister Gullingham hat mir direkt einen Kaufvertrag unter die Nase gehalten. Anscheinend hatte er das schon länger geplant. Wir müssen nur noch zum Notar und alles amtlich machen."

„Wow! Und deine Eltern haben sofort Ja gesagt?", fragte sie neugierig.

„Na ja, nicht so richtig. Aber ich habe das Geld, das ist die Hauptsache. Schade, dass du auf Lundy bist und nicht um die Ecke. Ich hätte dich jetzt gern gesehen."

„Ja. Schade ... aber heute komme ich nicht mehr aufs Festland. Benji müsste sogar bald schon wiederkommen", erklärte sie traurig.

„Vielleicht darf ich dich ja auch irgendwann besuchen und dein Haus auch von unten sehen", warf er ein. Gelassenheit lag in seiner Stimme.

„Das wäre schön", stimmte sie zu, noch bevor sie realisierte, dass sie ihn damit eingeladen hatte.

„Na dann. Rickie ist da, wir stürzen uns jetzt in die Wellen. Der Wind ist ablandig und die *Barrels*sehen gut aus", erzählte er heiter.

„Okay. Dann viel Spaß. Grüß Rickie von mir."

„Mach ich. Bis nachher, okay?"

„Ja!", antwortete sie euphorisch, von seinem Glück angesteckt.

Als sie aufgelegt hatte, warf sie noch einen nachdenklichen Blick auf das Handy. Was war das nur mit dem Geld? Wieder schwappte die Gewissheit hoch, dass der Ring ein Geheimnis barg. Aber warum sollte Zion kein Geheimnis haben dürfen? Schließlich hatte sie ihn auch mit der Wahrheit um ihre Mutter und den Weimeraner warten lassen.

Sie würde ihn nicht mehr darauf ansprechen. Zion sollte selbst den Zeitpunkt bestimmen, wenn es da etwas gab.

***

Der Abend verlief ruhig und angenehm. Lia war mit sich und ihrem Tageswerk zufrieden und trank ein Glas Rotwein bei Kerzenlicht und ruhigem Jazz auf der Veranda. Die Töne wanderten sanft über die Klippen aufs offene Meer hinaus, neuen Ufern entgegen. Zion hatte sich noch fröhlich zurückgemeldet und ihr eine gute Nacht gewünscht. Alles fühlte sich rundum gut an.

Auch am nächsten Tag, dem Dienstag, nahm alles einen unkomplizierten Lauf. Zion informierte sie über den Notartermin, mit dem Mr. Gullingham ihn überrascht hatte. Dieser Fuchs, wie ihn Zion nannte, hatte tatsächlich alles schon geplant gehabt und einen Vertrag inklusive Termin festgelegt. Als ob er genau gewusst hätte, dass alles gutgehen würde. Lia war ein wenig traurig, diese schönen Ereignisse nicht mit ihm feiern zu können, aber morgen begannen seine Prüfungen und sie wollte ihn keinesfalls ablenken.

Dennoch ploppte plötzlich eine Idee in ihr hoch. Zions Prüfungen fanden in der Nähe von Bristol statt. Was hinderte sie daran, ihn dort zu überraschen? Sofort suchte sie im Internet nach Anbindungen nach Bristol für Freitagnachmittag und zog Zion die Prüfungstermine scheinheilig aus der Nase.

Benji würde sie aufs Festland bringen und organisierte ihr sogar eine Mitfahrgelegenheit nach Bristol. Nur das letzte Stück nach Langford, das zur Universität Bristol gehörte und wo die Tiermedizin gelehrt wurde, musste sie mit dem Bus fahren.

„Bis jetzt habe ich überall sehr gute Ergebnisse, aber morgen ist es mir am Wichtigsten. Ich möchte in Diagnostik und Anatomie gut abschneiden“, hatte er ihr noch am Donnerstagabend mitgeteilt. Zion war wirklich ausgesprochen ehrgeizig und gründlich und sein Erfolg wunderte Lia nicht im Geringsten. Natürlich sprach sie ihm Mut zu und freute sich insgeheim, ihn am nächsten Tag überraschen zu können.

Die Sonne schien strahlend von einem blauen Himmel, als Lia am frühen Freitagnachmittag vierzehn Meilen südlich von Bristol in Langford eintraf. Beim Anblick der vielen Studenten auf den Wiesen rund um die Universität beschloss sie, noch einen Spaziergang über den Campus zu machen und sich die vielen veterinären Anlagen anzusehen. Sie ging entlang der Koppeln und Stallungen, die sauber im Tageslicht glänzten, und zwischen den monströsen Gebäuden hindurch. Ob innen auch alles steril wirkte, hätte sie gerne sehen wollen, allerdings war die Vorstellung von verletzten Schafen, toten Schweinen und zerschnittenen Vögeln alles andere als einladend.

Langford war insgesamt nicht sonderlich schön anzusehen, sondern eher zweckgebunden. Während Lia sich durch die Anlage schob, kam sie sich vor, als würde sie von Labor zu Labor laufen und forschend neuartigen Krankheiten auf den Zahn fühlen. Ihre Anerkennung für Zion wuchs ins Unermessliche.

Gerade stand sie unschlüssig an einer Art Kreuzung, als sie jemand ansprach.

„Kann ich dir helfen?“, fragte ein Junge mit Nickelbrille und kariertem Hemd, dem die Locken bis ins Gesicht hingen.

„Äh … Ja, warum nicht. Ich möchte zu den Examensprüfungen der Tierärzte. Sie finden doch hier statt, oder?"

Der Junge nickte. „Die letzten Prüfungen finden heute im *Weißen Haus* statt. So nennen wir es hier. Du bist aber spät dran, glaube ich. Soweit ich weiß, sind die Prüfungen vorgezogen worden", sagte er und blickte auf eine Uhr, wie sie Lia von Old John kannte.

„Oh, ich möchte mich nicht prüfen lassen. Ich überrasche meinen Freund", erklärte sie und stockte kurz. Sie hatte Zion gerade als ihren Freund bezeichnet …

„Das freut mich für ihn. Du kannst einfach geradeaus durchlaufen, dann stößt du direkt drauf. Falls du nicht weiterkommst, kannst du hier jeden anhalten. Wir Tierärzte sind bekannt für unsere Höflichkeit allen Lebewesen gegenüber." Der Junge rückte seine Brille zurecht, weil sie durch sein ständiges Nicken immer wieder nach vorne glitt. Lia konnte sich kaum vorstellen, hier einen studierten Tierarzt vor sich zu haben, aber es ging sie nichts an, ob er schummelte und wenn, dann fand sie es irgendwie süß.

Sie bedankte sich und ging in die gewiesene Richtung, als neben ihr eine Tür aufging. Heraus kam eine Frau mit einem großen, braunen Pferd. An den Beinen trug es hohe, rote Bandagen. Die Frau grüßte Lia freundlich, tätschelte dem Tier die Nüstern und bog in den nächsten Weg ein. Lia wurde schlecht, wenn sie an die Behandlungen dachte, die das Tier erwarten könnte. Schnell beschleunigte sie ihren Schritt.

Endlich ragte ein weißes Gebäude mit einem älteren Turm im Anbau vor ihr in den blauen Himmel. Jetzt wusste sie auch, warum die Studenten dies das *Weiße Haus* nannten.

Tief durchatmend öffnete sie die angelehnte Tür und trat in den großzügigen Vorraum, von dem aus eine Treppe in den oberen Stock führte. Auf einem großen Stehschild stand geschrieben: *Examina 1. Stock Zi. 8.* Die Stufen knarrten unter ihren Füßen. Gleich war sie da. Gleich würde sie ...

Lia stoppte mitten auf der Treppe, als sie mit einem Mal eine Welle der Unsicherheit erfasste. Was tat sie hier eigentlich? Zion hatte mit keiner Silbe erwähnt, sie sehen zu wollen. Vielleicht wollte er allein sein und den Erfolg in Ruhe genießen. Warum hatte sie ihren Besuch nicht mit ihm abgesprochen? Schließlich war es nicht ihr Examen, sondern seins!

Kopfschüttelnd wollte sie schon den Rückweg antreten, als sie plötzlich jemanden schreien hörte.

„Zion, du hast es geschafft! Glückwunsch!"

Lia erstarrte. Die Stimme kannte sie. Mit zitternden Beinen drehte sie sich um, setzte ihren Aufstieg fort und blieb reglos auf der vorletzten Stufe stehen. Verflucht. Wäre sie doch nur gegangen. Ihr Blick bohrte sich in ein Szenario, das ihr bekannt vorkam. Sie hatte es in ähnlicher Form schon einmal beobachtet. Am Pool. Bei Luisa.

Und auch jetzt wünschte sie sich zu schlafen, wieder einen verfluchten Albtraum zu haben und dem Schrecken entkommen zu können. Zions Kopf ruhte in Luisas Händen. Sie umarmte ihn, küsste ihn, drückte ihn und ließ dann ihre Lippen leidenschaftlich auf seinen ruhen.

Wahrscheinlich waren es nur Sekunden, doch für Lia dehnten sie sich zu einer Ewigkeit. Und Zion regte sich nicht.

Der Anblick bohrte sich schmerzlich bis tief in ihr Innerstes. Jetzt verstand sie, wie Menschen an einem Herzinfarkt auf der Treppe sterben konnten. Der Stich kam unerwartet und trieb sie lautlos abwärts. Und dabei hatte sie nur einen Gedanken: *Nichts wie weg hier.*

12

Zion

„Zion, ich gratuliere! Da haben Sie einen ganz fantastischen Abschluss hingelegt. Auch wenn die offiziellen Ergebnisse erst später kommen, diese mündliche Prüfung war eine der Besten, die ich je bewerten durfte. Was haben Sie nun vor?“, fragte einer der beiden Professoren, die seine letzte Prüfung betreut hatten, und schüttelte ihm kräftig die Hand.

„Danke Ihnen. Ich bin seit Dienstag stolzer Besitzer einer Tierarztpraxis“, erwiderte er mit einem verhaltenen Lächeln.

„Glückwunsch. Vergessen Sie trotzdem nicht zu forschen, Zion. Sie werden sicher ein hervorragender Diagnostiker sein, aber bleiben Sie immer auf dem neusten Stand. Sie sind ein Naturtalent.“

„Danke.“ Noch ein solches Kompliment, und Zion wollte auf der Stelle vor Scham im Boden versinken.

Er verabschiedete sich höflich und trat ins Vorzimmer zur Sekretärin, die ihn ebenso mit einem Lächeln beschenkte. Tief ausatmend zückte er sein Handy. Er hatte nichts anderes im Sinn, als Lia augenblicklich anzurufen und ihr das Ergebnis mitzuteilen. Zu gern hätte er die ereignisreiche Woche mit ihr gefeiert, aber sie nach Croyde zu bitten oder gar hierher, war ihm unangenehm gewesen.

Er suchte Lias Kontakt in seinem Handy und öffnete zugleich die Tür, die ihn vom Flur trennte. Aber noch bevor er auf die Wahltaste drücken konnte, hüpfte ihm eine seinen Namen schreiende Luisa entgegen.

„Zion, du hast es geschafft! Glückwunsch!"

Er stolperte einen Schritt zurück, als sie ihn ungehalten umarmte – und dann küsste. Ohne Wenn und Aber verbreitete sie ihren Duft auf seinem gesamten Oberkörper und seinem Gesicht. Zion wusste nicht, wie ihm geschah. Er war so überrascht, dass er sich zunächst nicht wehrte. Aber als er sich ihrer bewusst wurde, hatte er alle Mühe, sie zu stoppen und Abstand zu bekommen. Sein Geduldsfaden riss nun definitiv.

„Verdammt, Luisa! Lass das. Du sollst mich nicht mehr küssen. Ich dachte, das hättest du schon auf deiner Party verstanden."

Vorwurfsvoll sah er sie an, aber sie schien ihn nicht verstehen zu wollen. Immer noch schenkte sie ihm ein Lächeln.

„Ich bin nicht dein Freund. Ich bin mit Lia zusammen und ich liebe sie. Meine Geduld mit deinen Überraschungsauftritten hat jetzt ein Ende. Und was zum Donnerwetter machst du überhaupt hier?" Entschlossen schob er sie von sich. „Das ist *mein* Examen, du kannst doch nicht einfach ohne mein Einverständnis hier auftauchen!"

Dieses Mal musste Luisa seinen Standpunkt akzeptieren. Zur Freundschaft war er bereit, aber alles andere musste endgültig aufhören. Die Grenze hatte sie längst überschritten.

Luisa schien sich von seiner Wut nicht irritieren zu lassen. Mit einem Lächeln auf den Lippen sah sie zu ihm auf und strich über seinen Arm. „Tut mir leid, Zion. Ehrlich, ich wollte dich nicht so überfallen. Rickie hat von dem Examen erzählt und mein Onkel hat geschäftlich in der Gegend zu tun. Also bin ich mitgefahren und dann dachte ich, ich überrasche dich." Als er den Arm wegzog, wurde ihr Blick unsicher und ... traurig. Ihre langen, braunen Zöpfe hingen wie üblich rechts und links über ihre Schultern.

Diesen Ausdruck kannte er zu gut. Wenn sie ihn zu Kindszeiten ausgelacht hatte, weil er vom Surfbrett gefegt wurde, war er immer wütend davongestapft. Luisa war ihm dann gefolgt und hatte sich mit dem gleichen Blick entschuldigt. Schon damals konnte er ihr nicht lange böse sein.

„Ist schon gut. War ja lieb gemeint", murmelte Zion und seufzte. „Trotzdem wollte ich eigentlich den Moment allein genießen. Oder mit Lia."

Zion sah, wie Luisa bei Lias Namen zuckte. Sollte sie auch. Würde sie nun endlich kapieren, dass sie niemals mehr als nur gute Freunde würden? Und vor allem, dass er Lia liebte.

„Bitte ... verzeih mir. Da habe ich wohl mal wieder nicht nachgedacht. Soll ich dann mit dem Bus nach Croyde fahren?"

„Wieso nach Croyde? Musst du nicht zurück zu deinem Onkel?" Das konnte doch nicht wahr sein! Wenn er das hier richtig einschätzte, war Luisa gerade im Begriff, sich auf seinen Beifahrersitz einzuladen!

„Nein, mein Aufenthalt in London ist beendet. Es wird Zeit, wieder nach Hause zu kommen."

Wie hätte er jetzt noch Nein sagen können? Natürlich hätte er sie nicht einfach so in Langford stehen lassen.

***

Die Fahrt nach Croyde war anstrengender als alle Prüfungen zusammen. Zion kam kaum zu Wort, weil Luisa wie ein Wasserfall redete. Als er mit ihr am Jeep angekommen war, hatte er noch versucht, Lia zu erreichen, aber sie ging nicht ans Telefon. Also schrieb er ihr eine Nachricht, aber auch die las sie nicht. Umso unruhiger lenkte er das Fahrzeug über die Straßen, immer Luisas Dauergesäusel im Ohr, bis er sie endlich vor dem Haus ihres Vaters absetzte.

Zion schaltete den Motor ab, obwohl die Unruhe ihn plagte. Luisa tastete nach dem Türgriff und sah ihn an. Die Fahrt über hatte sie alle Themen angeschnitten, außer das eine. Zion war es wichtig, ihr seinen Standpunkt noch einmal klar zu formulieren.

„Luisa, ich ..."

„Nicht, Zion", unterbrach sie ihn aber sofort. „Sag nichts. Ich hab's verstanden. Du liebst sie." Tränen rannen über ihre Wangen. In ihren Augen lag ein tiefer Schmerz, begleitet von einem Fragezeichen.

„Ja, das tue ich", gab Zion leise zu.

„Und ich liebe dich. Das war schon immer so", schluchzte sie und sackte zusammen.

„Ich weiß ... aber du bist mir trotzdem wichtig, Luisa. Ich denke nur, es wird Zeit, dass du dein Leben auf die Reihe bringst und die Nähe eines anderen suchst."

Zion vermied es, sie tröstend zu berühren. Das hätte nur irritiert und in der Wunde gebohrt.

„Du hast recht“, flüsterte sie. „Ich habe mich zu sehr gehenlassen. Es wird Zeit, dass ich neue Wege gehe.“ Sie schniefte, dann wischte sie ihre Tränen weg und sah ihn an. „Danke, dass ich dir wichtig bin, Zion. Das habe ich seit Mums Tod von niemandem gehört.“

„Es ist ehrlich gemeint, Luisa. Außerdem brauche ich dein außerordentliches Gespür für die Wellen. An wem sonst könnte ich mich messen?“, flackste er und stieß sie an, um die Situation aufzulockern.

Luisa lächelte. „Messen? Davon träumst du, was?“, spottete sie und drehte sich zur Tür, um sie zu öffnen.

Erleichtert bejahte er und sah zu, wie sie ausstieg.

„Wir sehen uns am Strand, Luisa“, rief er ihr nach und schenkte ihr ein Lächeln, das sie mit einem Nicken erwiderte.

Die Tür schlug zu und Zion startete den Motor. Er wollte nur noch nach Hause.

Ein beruhigendes Gefühl machte sich breit. Aber die Gewissheit, die Verhältnisse zwischen ihm und Luisa geklärt zu haben, tat unfassbar gut.

Den Wagen vor der Tür parkend, atmete Zion noch einmal tief ein. Dann stieg er aus und das Salz der Luft kroch augenblicklich in seine Lungen. *Das ist der beste Ort auf der Welt*, dachte er, als ein Räuspern ihn zusammenzucken ließ.

Er fuhr herum und entdeckte sie auf dem Schaukelstuhl. Ihr Blick haftete auf seinem Gesicht, schweifte über seine Kleidung und landete auf seinen Prüfungsunterlagen, die er unter den Arm geklemmt hatte. Lias

Mundwinkel zuckten minimal, aber dann versteinerte ihr Gesichtsausdruck wieder.

„Lia! Was machst du denn hier? Ich habe versucht, dich anzurufen“, sagte er überrascht und ging auf sie zu. Ihr Blick beunruhigte ihn, er war voller undeutbarer Emotionen.

Zion kniete sich zwischen ihre Beine vor dem Schaukelstuhl und umfasste ihre Knie, die unter seiner Berührung bebten und zitterten. Sie war völlig aufgelöst.

„Lia, was hast du? Ist etwas geschehen? Du machst mir Angst“, gestand er voller Sorge und wollte sie in den Arm nehmen, doch da war eine Distanz in ihrem Blick, die ihn davon abhielt.

Stillschweigen füllte den Moment. Sie sah ihn einfach stumm an und regte sich nicht.

„Komm, lass uns erst mal reingehen. Du zitterst ja. Ich koche dir einen Tee und dann erzählst du mir alles.“ Er stand auf und zog seinen Schlüssel aus der Tasche, drehte ihn im Schloss ...

„Ich kann das nicht!“

Überrascht wandte er sich um. Sie klang mehr als verzweifelt. „Du kannst was nicht?“

Die Tür ging auf und Wave und Ellie sprangen ihm freudig entgegen. Zion sah noch immer zu Lia, die nun den Arm hob und auf Wave deutete.

„Ich kann nicht in seiner Nähe sein.“

Zion erstarrte. Er brauchte einige Sekunden, bis er sich wieder gesammelt hatte. Sein Herz raste, aber dieses Mal hatte es nichts mit den schönen Gefühlen zu tun, die sie in ihm auslöste, sondern mit blanker Verlustangst.

Lia erhob sich aus dem Schaukelstuhl und sah ihn an. Ihr Blick war beängstigend. Irgendetwas Schlimmes musste geschehen sein. Dann schweifte er über die Klippen von Croyde, die sich in der Abendsonne dunkel abzeichneten.

„Ich kann das hier alles nicht, Zion. Ich *will* das alles nicht!“ Wut, Verzweiflung und, was Zion am meisten beängstigte, Entschlossenheit lagen in ihren Worten.

„Lia ...“ Er machte einen Schritt auf sie zu. „Ich weiß nicht, was passiert ist, aber bitte, lass uns reden. Komm rein und sprich mit mir! Ich lasse dich nicht einfach so gehen.“ Er ging auf die Tür zu, hielt sie auf und wartete, bis Lia laut schnaubte und kopfschüttelnd durch sie hindurchlief. Dann folgte er ihr ins Innere seines Strandhauses, froh, dass sie doch Bereitschaft zeigte, mit ihm zu sprechen, aber mit wackligen Beinen und einem flauen Gefühl im Magen. Die Sekunden vergingen wie in Zeitlupe. Ellie und Wave hatten längst die Stimmung bemerkt und wagten keine weiteren Annäherungsversuche. Kaum hörbar ließ er Luft entweichen.

Stumm ging er zu der Küchenzeile, schob die darauf verstreuten Unterlagen zur Seite und zwang sich, ganz ruhig einen Tee zu kochen. In Anbetracht der Situation fühlte es sich wie eine komplizierte Operation an. Ein kurzer Blick über die Schulter zeigte ihm, dass Lia abwartend mitten im Raum stand. Sie hatte die Hände in der Jeans vergraben und sah starr aus dem Fenster.

Zion goss den Tee auf und stellte die Tassen auf den Esstisch. Dann sah er zu ihr, bis sie seinen Blick erwiderte. Die Stille war unerträglich.

„Nun? Darf ich jetzt bitte erfahren, was mit dir los ist?“ Seine Worte klangen besänftigend, aber in Anbetracht der dicken Luft würden sie wohl kaum diesen Effekt bringen.

Lia erwachte aus ihrer Starre und schluckte schwer. „Ich weiß gar nicht, was ich noch dazu sagen soll, Zion. Es war ein Fehler! Das alles hier war ein Fehler. Sich mit einem Surfer einzulassen und ... mit einem Hund. Ich kann das nicht.“ Ihre Hände steckten immer noch in den Hosentaschen, dennoch hob und senkte sie die Schultern als Zeichen für die Ohnmacht, die sie wohl verspürte.

Zion holte tief Luft und setzte sich, ohne den Tee anzurühren oder zu antworten. Stattdessen wartete er auf weitere Erklärungen.

„Du bist jetzt ein Tierarzt“, fuhr Lia kopfschüttelnd fort. „Du wirst jeden Tag mit Hunden zu tun haben. Und mir geben sie ein schlechtes Gefühl. Ich kann den Tag mit meiner Mutter nicht vergessen. Wave wird mich ewig an sie erinnern, auch wenn er damit im Grunde genommen nichts zu tun hat. Aber ...“ Sie zog die Hände aus den Taschen, ballte sie zu Fäusten und sah zu Boden. „Aber am allerwenigsten kann ich mit einem Surfer zusammen sein. Ich kann es einfach nicht.“

Völlig perplex sah Zion sie an. Er stürzte gerade aus dem Examenshöhenflug in den Beziehungsabgrund. Was war nur geschehen? Er ... nein, das würde er nicht zulassen!

Abrupt stand er auf. „Verdammt, Lia! Was ist nur in dich gefahren?“, rief er voller Wut und Unverständnis. „Was glaubst du denn, was ich dir tun werde? Dich an die Haie verfüttern? Dich in den Wellen ersäufen? Oder mit einer Horde Weimeraner aus der Praxis jagen?"

Lia verschränkte die Arme vor der Brust. „Das ist nicht alles, was du mir antun könntest. Da fallen mir noch ein paar fiesere Sachen ein!"

„So? Und zwar? Ich bin gespannt, für was für ein Monster du mich hältst! Mich, den Surfer, der reihenweise Frauenherzen bricht! So willst du mich sehen, anstatt es mit uns zu versuchen und mir zu vertrauen?"

„Das habe ich! Ich habe dir vertraut!", rief sie ebenso aufgebracht. „Und ich wurde bitter dafür bestraft! Oder meinst du, nur weil ich auf Lundy wohne, kriege ich nicht mit, was hier abläuft?"

Eigentlich sah sie bezaubernd und verführerisch in ihrer Wut aus, wie sie die Hände in die Hüften stemmte und die Haare um sie herumschwangen. Aber zugleich fachte sie mit ihren Worten Zions Verzweiflung so sehr an, dass er tief die Luft ausstieß und kopfschüttelnd auf sie zuging.

„Ich weiß einfach nicht, wovon du redest. Ich habe drei Tage Lernstoff wiederholt und meine Praxis gekauft. Rickie hat die Hunde versorgt. Sonst war in dieser Woche nichts, Lia! Also sag mir, was ich deiner Meinung nach falsch gemacht habe und was dich dazu bringt, jetzt einfach unsere Beziehung aufgeben zu wollen. Bitte!" Flehend stand er vor ihr, doch sie sah nur kalt zu ihm hinauf.

„Ich spreche von Luisa", antwortete sie beängstigend ruhig. „Ich habe euch gesehen! In Langford."

Wildes Chaos lieferte ihm sein Gehirn und es dauerte einen Moment, bis er sich vorstellen konnte, wie Lia ihn und Luisas Ansturm auf ihn beobachtet haben konnte. Schlagartig wurde ihm speiübel. Sein liebendes Herz machte einen Satz, beschleunigte den Blutstrom und innerhalb einer Millisekunde fühlte sich sein Brustkorb furchtbar eng an. Ein stechender Schmerz breitete sich aus.

„Du warst in Langford? Heute? Warum ... hast du nichts gesagt?", fragte er ungläubig und spürte, wie er kreidebleich wurde.

„Ja, verdammt! Ich war da, um dich zu überraschen!" Feuerblitze schossen aus ihren Augen und brachten die Luft weiter zum Glühen.

Zion holte tief Luft. „Lia, ich wusste nichts von Luisa. Sie ist wohl mit ihrem Onkel mitgefahren und dachte, mich überraschen zu müssen. Ich war vollkommen geschockt, als sie plötzlich vor mir stand."

Lia schnaubte. „Das sah aber anders aus."

„Lia, bitte! Das kann ich mir vorstellen, aber es ist genauso, wie ich gesagt habe. Sie hat mich überrascht! Ich wollte dich gerade anrufen, da stand sie vor der Tür und hat mich schreiend angesprungen. Ich habe sie zur Rede gestellt und ihr klar zum Ausdruck gebracht, dass sie mich nicht mehr küssen und aufhören soll, mir nachzulaufen. Mit ihrem Auftritt hatte ich nichts zu tun, ich wollte *dich* dabeihaben! Aber ... ich habe mich einfach nicht getraut, dich darum zu bitten. Hätte ich gewusst, dass du kommst ..."

Zion brach ab und sah sie flehend an. Drückende Stille breitete sich über sie.

„Es hat keinen Sinn, Zion“, murmelte Lia dann und machte einen Schritt zurück. „Ich würde dir gerne glauben, aber ... ich kann es nicht. Es ist zu viel. Es tut zu sehr weh.“

Diese Worte, diese schrecklichen Worte und ihr tieftrauriger Blick dazu stießen Zion hinab in einen Abgrund. Lias Gesichtszüge verzerrten sich, als er sich ihr näherte. Wie konnte er nur ihr Vertrauen zurückgewinnen? Wenn sie Luisas stürmische Begrüßung mitangesehen hatte, war ihre Wut verständlich. Aber sie musste ihm doch Glauben schenken und wissen, wie sehr er in sie verliebt war. Er hatte es ihr doch in den letzten Wochen auf jede erdenkliche Art und Weise gezeigt.

Plötzlich weiteten sich ihre Augen. Sie streckte die Hand aus und griff an den Teetassen vorbei nach einem Foto, das aus all den Unterlagen auf dem Küchentisch deutlich hervorragte. Das Bild zeigte den Tiffany-Ring ihrer Mutter.

„Und was ist *das* jetzt noch?“, fragte sie tonlos und hielt es ihm entgegen.

Zion erstarrte und konnte nicht antworten. Seine Kehle fühlte sich trocken und unfähig an, auch nur einen Ton hervorzubringen. Was sollte er ihr antworten? Dass er gerade den Ring verkauft hatte, um seine Praxis zu finanzieren? Dass ihre Mutter das gewollt hatte? Und was über ihre Mutter in dem Brief stand? Ohnmächtig sah er sie an. Äußerlich war er wie erstarrt, während sein Inneres, sein Herz, vor Schmerz und Reue zersprang.

Und noch bevor Zion sie aufhalten oder ihr widersprechen konnte, warf sie ihm einen letzten, tief enttäuschten Blick zu, drehte sie sich um und verschwand wie ein Geist durch die Tür.

Welches Gefühl zuerst in Zion losbrach, konnte er nicht sagen. Ein lauter Schrei durchbrach die zurückgebliebene Leere, gefolgt von einem Stampfen, einem kräftigen Schlag auf den Tisch, der dadurch einen Riss mitnahm, und dem Hinunterfegen all der Papiere. Alle möglichen Unterlagen und Fotos verteilten sich wild auf dem Boden. Zions Mund war trocken, das Herz schlug ihm bis zum Hals und er zitterte. Er musste hier raus!

Hastig eilte er in den Anbau und nahm sein beschädigtes Lieblingsbrett von den Ablagebänken, schnappte sich den Surfanzug und rannte in den Abend hinaus, zwischen den Klippen hindurch zum Strand.

Selten hatte er den Sand unter seinen Füßen derart festgetreten. Jeder Schritt hinterließ tiefe Abdrücke, bis er endlich am Wasser ankam und sich die Kleider vom Leib riss. Achtlos warf er alles in den Sand, schlüpfte in den Surfanzug, schnallte sich die Leash um den Knöchel und stapfte in die Brandung. Die Wellen schlugen hart in *A-Frames* auf, brachen in beide Richtungen und kamen schnell hintereinander. Nur noch wenige Surfer befanden sich am Strand. Diese Art von Wellen war schwer zu reiten, machte wenig Freude und am Ende fiel man zu häufig ins Wasser. All das sah Zion nicht. Er sah nur seine Medizin in dem dunkel werdenden Nass und als er die ersten Meter entlangpaddelte und das Salz auf den Lippen schmeckte, wurden seine Schmerzen und die Sehnsucht nach Lia mit einem Schlag betäubt.

Rickie wäre ausgerastet, wenn er ihn jetzt rippen gesehen hätte. Zion staubte jede Welle ab und paddelte weit in die Bucht hinein, wo sich die unruhigsten Wellen auftürmten. Die Wellen waren nicht perfekt. Sie brachen und zerliefen in langen Wänden, die kaum zu bewältigen waren, wild und unberechenbar. Über solche Wellenkanten hatte Zion sich während seiner Zeit auf Hawaii begeistert geschmissen und auch jetzt genoss er es, in diesen Sets all seine Energie zu lassen. Die Wellen schienen seine Wut zu verstehen sich mit ihm zu synchronisieren. Dass an seinem Surfbrett noch immer eine Finne gebrochen war, passte umso besser zu seiner Stimmung und bescherte ihm einige Fehltritte. Zion kümmerte es nicht. Er surfte dicht am Brechungsrand, radikal und mit vielen Turns. Immer und immer wieder paddelte er hinaus und rippte, bis er plötzlich sein Board zu nah an einen Felsen navigierte und es mit einem lauten Knacks unter seinen Füßen in zwei Teile brach. Unbarmherzig warf ihn der Wind in das Weißwasser, das ihn peitschte, wie er es zuvor mit ihm getan hatte. *Ausgleichende Gerechtigkeit.*

Ausgelaugt blieb er in der Gischt liegen. Das zerbrochene Boardteil trieb einige Meter weiter in der Brandung. Das andere hing an der Leash an seinem Knöchel und wäre wahrscheinlich auch am liebsten davongeschwommen, wenn es nicht festgebunden gewesen wäre. Die Sonne ging unter. Zion wusste nicht, wie viel Zeit er in den Fluten verbracht hatte. Gefühlte Stunden, die ihn betäubt hatten, doch nun kam der Schmerz zurück und drückte ihn nieder in den feuchten Sand.

Ein Hund bellte in der Ferne. Vielleicht war es Ellie, die sich oben im Strandhaus um ihn sorgte. Verflucht. Eigentlich hätte dies ein Tag voller Freude sein müssen. Lias Verlust radierte alles aus.

Irgendwann raffte er sich kraftlos auf, zog die beiden Surfbrettteile an den Strand und trug sie zum Haus. In seinem Rücken tauchte der Sonnenuntergang das kräuselnde Meer in ein wildes Farbenspiel, aber das registrierte Zion nicht.

Er dachte nur an Lia, an den Ring und seine Feigheit, ihr nicht bereits am Strand bei ihrem Geständnis auch die Wahrheit gesagt zu haben. Sie hatte sich ihm anvertraut. Hatte ihren Schmerz mit ihm geteilt. Und er war nicht in der Lage gewesen, ihr den Brief zu zeigen.

Hatte er sie nun verloren?

Achtlos schmiss er die zerbrochenen Teile des Surfboards neben den leeren Schaukelstuhl und ging ins Haus. Ellie und Wave lagen ruhig auf ihren Plätzen. Sein Blick wanderte zu dem Riss im Tisch und anschließend auf den Boden.

Da lagen sie. Die Bilder. Das Wasser aus seinen Haaren tropfte auf die Papiere und Fotos und verteilten salzige Spuren. Der Ring! Groß und breit zeigten die Farbbilder den Ring von Lias Mutter aus unterschiedlichen Perspektiven. Er hatte sie am Dienstag geschossen, um nach dem lukrativen Verkauf noch eine Erinnerung und vielleicht auch einen Beweis für Lia zu haben. Dass es nun so gekommen war, hatte er sich selbst zuzuschreiben.

Zion hob die Bilder auf und legte sie wieder auf den Esstisch. Seine Stimmung war auf dem Tiefpunkt seines Lebens. Matt und entmutigt zog er sich den

Gummianzug vom Leib, der ihm noch nie so lästig gewesen war wie in diesem Augenblick. Dann kroch er unter die Dusche und tat das Einzige, wozu er noch imstande war: Er mixte sich einen doppelten Gin-Tonic und trank ihn in einem Zug leer.

Eine Stunde später saß er in dem Schaukelstuhl vor dem Haus und starrte in die Nacht. Die Sehnsucht raubte ihm den Atem, während sein verletztes Herz wie ein Hammer gegen seine Rippen schlug. Wo war Lia jetzt? Bei Mac James, oder war es ihr noch irgendwie gelungen nach Lundy zu kommen? Er tippte auf Lundy. Wenn sie gesehen hatte, wie Luisa ihn geküsst hatte, war genügend Zeit gewesen, um Vorkehrungen zu treffen und spätestens mit dem Foto des Ringes suchte sie sicher Abstand zu Zion.

Wie sollte er ihr nun den Selbstmord ihrer Mutter erklären? Schließlich musste sie davon erfahren und er und Mr. Gullingham waren vielleicht die Einzigen, die um das Geheimnis wussten.

Schwänzelnd trabten Ellie und Wave auf die Veranda und stupsten Zion immer wieder mit den Schnauzen an, als wollten sie ihn aufheitern.

„Ja, ihr zwei. Ihr seid brav und treu, nicht wahr? Aber ich habe heute keine Kraft mehr für euch. Wir beenden jetzt den Tag."

Mit letzter Kraft drückte er sich hoch. Die Hunde liefen vor ihm ins Haus und Zion schloss die Tür hinter sich. Er legte sich ins Bett und starrte in die Dunkelheit. Am nächsten Tag musste er zu ihr fahren und das mit Luisa und dem Ring endgültig klären. Er musste ehrlich sein. Und er musste für sie kämpfen.

Sein Kopf war voller Alkohol, seine Gedanken voller Chaos und sein Körper hing schlaff auf der Matratze. Und bevor er seine Entscheidung nochmals überdenken konnte, trat Blei in seine Lider und schlug sie wie Garagentore zu.

13

Lia

Zion so verzweifelt zu sehen, war mehr, als Lia verkraften konnte. Jeder Schritt, den sie sich von seinem Strandhaus entfernte, brannte in ihrem Herzen. Dennoch entschied sie sich, nach Lundy zurückzukehren und alles für eine Nacht ruhen zu lassen, auch wenn sich tiefe Traurigkeit und Verzweiflung in ihrem Inneren breitgemacht hatten. Die Überfahrt würde teuer und gruselig werden, dennoch wollte sie keine Minute länger mehr auf dem Festland bleiben. Sie nahm hastig ihr Handy aus der Tasche, wählte Benjis Nummer und bat ihn knapp, eine Fahrt für sie organisieren.

Benji war ein Held. „Für dich immer, Lia. Sei in einer halben Stunde in Ilfracombe. Dann holt dich jemand ab. Dort, wo ich dich immer treffe, einverstanden?"

„Ich weiß nicht, was ich sagen soll", säuselte sie ins Telefon.

„Ein Danke genügt."

„Danke!"

Was hatte sie nur für treue Menschen um sich herum!

Wenige Minuten später saß sie im Taxi nach Ilfracombe und weitere zweieinhalb Stunden später stieg sie aus einem Schnellboot an Land von Lundy Island. Der Fahrer fuhr nicht zurück, Benji empfing beide und nahm ihn mit sich. Lia bedankte sich nochmals. Dieses Mal mit einem freundschaftlichen Kuss auf Benjis Wange und verabschiedete sich so schnell wie möglich.

Wieder bot ihr das Cottage die vertraute Wärme und Geborgenheit, aber zum ersten Mal nahm sie ein neues Gefühl wahr. Es war, als läge ein Geheimnis in den Mauern, von dem sie bald erfahren würde und das ihre Mutter ihr verheimlicht hatte. Und vielleicht auch Zion.

Zion. Lia war sich sicher, dass es sich hier um den Tiffany-Ring ihrer Mutter handelte. Was hatte er nur damit zu tun? War das der Ring, von dem er im Krankenhaus gesprochen hatte?

Vor wenigen Stunden hatte sie noch geglaubt, dass sie gegen Luisa verloren hatte. Doch nun sagte ihr Herz ihr, dass seine Erklärungen in ihrem schrecklichen Streit aufrichtig gewesen waren. Kurz danach hatte ihr dann das Foto des Ringes neue Fragen gestellt. Würde er Antworten haben und wenn ja, würden sie Lia gefallen?

***

Eine elende Sehnsucht erfüllte sie am nächsten Morgen. Das Bedürfnis, seine Stimme zu hören und seine Haut zu berühren, einfach seine Hand auf ihrer Haut zu fühlen und die Wärme ihrer beider Körper auszutauschen. Sie stand kurz davor zu weinen. Lange vor den ersten Sonnenstrahlen war sie wach geworden und fragte sich, wie sie überhaupt eine Sekunde hatte schlafen können. Die Seemöwen begrüßten den Tag mit ihren schrillen Schreien, die Lia am liebsten mit einem lauten Heulen begleitet hätte. Trotzdem blieb sie im Bett. Die Traurigkeit lähmte sie und die Gedanken an die Ereignisse mit Luisa, den heftigen Streit mit Zion und das Geheimnis um den Ring waren wieder präsent.

Ein kurzer Blick auf ihr Handy, das auf dem Nachttisch lag, brachte Enttäuschung. Kein Wort.

Es dauerte weitere Stunden, bis sie sich schließlich doch aus dem Bett schälte und sich in die Küche schleppte, um sich einen Tee zu kochen. Ihr war übel und ein riesiger Kloß hing ihr im Hals. Alle Glieder wehrten sich gegen Bewegungen und das Gehirn hatte ein großes Stoppschild ausgefahren.

Der Ingwertee war leer, also kochte sie sich eine Kanne englischen Breakfast Tea und goss sich wenige Minuten nach dem Ziehvorgang eine Tasse ein. Mit zitternder Hand, wie sie bemerkte. Lia brauchte dringend frische Luft, deshalb stapfte sie ins Bad und zog sich den weißen Bademantel mit Rosen über ihren roséfarbenen Schlafanzug. Beides hatte sie von ihrer Mutter geschenkt bekommen, was ihr normalerweise ein beschützendes Gefühl gab. Aber nicht heute. Ihre Mutter hatte eine geheimnisumwitternde Aura bekommen. Irgendetwas wusste Lia nicht. Es war bedeutend. Das spürte sie.

Sie schlüpfte in ihre Hausschuhe und trat in die aufgehende Wärme des Morgens auf die Terrasse hinaus. Die frische Luft füllte ihre Lungen, der heiße Dampf verflüchtigte sich nur langsam. Der Tee tat gut, aber beruhigte die wilde Karusellfahrt ihrer Gedanken keineswegs. Wie auch?

Lia trank aus, fühlte sich aber auch danach nicht klarer. Deshalb beschloss sie, sich anzuziehen und ihren Lieblingsplatz bei den Klippen unweit von ihrem Cottage aufzusuchen, um dort vielleicht nüchterner über alles nachdenken zu können.

Mehrere Minuten lief sie den schmalen Pfad entlang Richtung der Klippen, die nicht zu hoch waren, um in Gefahr zu kommen. Sie blieb für einen Augenblick stehen und blickte auf das Wasser, dann kletterte sie durch eine Öffnung auf niedriger gelegene Steine und setzte sich auf den, der am meisten nach vorne Richtung Wasser ragte.

Hier konnte sie denken. Hier konnte sie fühlen. Hier konnte sie weinen. In der Vergangenheit hatte sie viele Tränen an diesem Ort vergossen. Sie verschmolzen mit dem Wasser des Ozeans und Lia fühlte ihre Sorgen dann vereint mit den Kräften des Elementes. Tief in ihrem Inneren lagen zwar eine tiefe Traurigkeit und Sehnsucht nach Zion, aber da waren auch immer noch Wut und Verzweiflung. Und es gab jede Menge Fragen, auf die sie Antworten wollte.

„Dieser Mistkerl! Wenn ich ihn nur nicht so lieben würde!“, schimpfte sie auf das Meer hinaus. Irgendwo bellte ein Hund. Die erste Fähre war schon angekommen und mit ihr sicher zahlreiche Touristen, die Lundy erkunden wollten. Bislang hatte keiner diesen kleinen Platz entdeckt und so war Lia immer allein. Heute wartete sie auf das kleine Quäntchen Glück, das alle Puzzleteile zusammenfügte. Aber wo sollte dieses herkommen?

„Lia!“

Sie zuckte zusammen. Die Stimme erkannte sie sofort, und binnen einer Sekunde stürmten alle Gefühle gleichzeitig auf sie ein. Angst, Panik, Vertrauen, Wut. Liebe.

Sie drehte sich langsam um, stand auf und sah ihn an. Zion stand einen Meter von ihr entfernt und hatte ein Foto des Ringes in der Hand, Ellie und Wave saßen wie Statuen oben auf den Klippen. Sein Blick war warm, aber auch müde und voller Angst. Auch Lia hatte Angst und es war, als ob sich die Gefühle in ihren Augen für einen Moment spiegelten.

„Lass es mich bitte erklären“, raunte er. Seine Brust hob und senkte sich schnell. „Ich werde dir alles erzählen, und wenn du mich dann wirklich nicht mehr willst, werde ich gehen. Aber bitte, Lia. Hör mir zu.“

Lia holte tief Luft – und nickte. Dieser Moment würde alles entscheiden. Doch sie würde ihm eine Chance geben.

„Ich war an jenem Tag mit Ellie in Downend surfen. Auf dem Rückweg fahre ich immer ein wenig weiter raus. Ellie hat gebellt und dann ... haben wir ihn gefunden.“ Zion machte eine Handbewegung Richtung Wave. „Wave strampelte im Wasser. Er war stark unterkühlt und brauchte dringend ärztliche Hilfe. Ich habe ihn zu Mister Gullingham gebracht, bei dem ich in den ersten Jahren meines Studiums gejobbt habe. Er hat ihn untersucht, aber bis auf seine Erschöpfung hatte er nichts abbekommen. An seinem Halsband hing eine Dose mit diesem Ring.“

Er deutete auf das Foto, auf dem der blaue Saphir ihnen entgegenleuchtete.

„Außerdem lag in der Dose ein Brief, in dem stand, dass der Ring Waves Leben finanzieren solle, und dass er nun mir gehöre“, schloss Zion und stieß einen Schwall Luft aus. „Deine Mutter hat mich ausgesucht, Lia. Sie wollte, dass ich Wave finde.“

Lia schluckte schwer. Leon hatte sie damals sofort in ihr Herz geschlossen. Gemeinsam tollten sie am Ufer von Downend, durstig hatte er nach dem Salzwasser geschnappt und sich dann geschüttelt. Es war seltsam und zugleich schmerzhaft, vom Todeskampf ihres Hundes zu erfahren. Zu diesem Zeitpunkt war sie damals auf der Polizeiwache gewesen, betreut von Seelsorgern. Unsicher betrachtete sie Wave. Einen reifen erwachsenen Hund.

„Hast du mit dem Ring deine Praxis finanziert?“, fragte sie leise und ehrlich interessiert.

„Ja“, antwortete er knapp.

Die Informationen klangen seltsam, passten aber zu dem Verantwortungsbewusstsein ihrer Mutter. So hatte sie sie gekannt. Ihre Mutter hatte stets alles vorausgeplant. Anscheinend auch über ihren Tod hinaus.

„Warum hast du mir nicht gesagt, dass es unser Hund ist? Was war so schwer daran?“

Zion hob die Schultern. „Ich wusste es nicht. Bis du mir an dem Abend von Mister Gullinghams Unfall gesagt hast, was mit deiner Mutter geschehen ist, und dass dein Hund ein Weimeraner war. Woher hätte ich es wissen sollen? Und dann ... ging alles so schnell. Ich wollte den richtigen Moment abwarten. Hättest *du* ihn gefunden?“

Lia nahm einen tiefen Atemzug. Sie musste sich der Wahrheit stellen und die letzte Frage über die Lippen bringen.

„Hat sich meine Mutter umgebracht?"

Zion sah ihr lange in die Augen. Dann zog er den Rucksack von seinem Rücken, öffnete ihn und holte einen Brief heraus. Er trat näher an Lia heran und hielt ihr den Umschlag entgegen. Seine Hand zitterte. Auch Lia spürte eine erwartungsvolle Beklommenheit. Würde dieser Brief ihr Gefühlschaos klären?

„Möchtest du es selbst von ihr lesen?", fragte Zion einfühlsam und voller Liebe.

Zögerlich nahm sie das Papier und faltete es auseinander. Ihr Puls beschleunigte sich, als sie die Schrift ihrer Mutter erkannte und ein stechender Schmerz zog durch ihre Brust. War dies das kleine Quäntchen Glück, auf das sie gewartet hatte, oder war es die Tatsache, Zion in diesem Augenblick bei sich zu wissen? Um sie zu halten und ihr Mut zu geben ...

Tief einatmend richtete sie den Blick auf die Zeilen und begann zu lesen.

Epilog

An den wunderbaren Surfer, der so liebevoll mit seiner Hündin umgeht!
Bitte erschrecken Sie nicht. Wir kennen uns nicht, und trotzdem weiß ich, dass Sie der Richtige sind. Kümmern Sie sich bitte um diesen kleinen Weimeraner. Ich werde nicht mehr lange zu leben haben, bringe es aber nicht übers Herz, dies meiner Familie mitzuteilen. Sie würde mich in fürchterlicher Erinnerung behalten, während ich in einem Krankenhaus auf den Tod warte. Deshalb entscheide ich mich für einen anderen Abschied von der Welt, der meiner würdig ist und den ich selbst wähle.
Der Ring ist eine Entschädigung für die Kosten, die wegen des Hundes auf Sie zukommen. Und vielleicht auch für einen Traum, den Sie sich erfüllen können. Schenken Sie sich beiden ein schönes Leben!

In tiefer Dankbarkeit und Freude, dies erfüllt zu wissen!
I. C.

Lia spürte die feuchten Tränen auf ihren Wangen. All die Jahre hatte sie es gewusst. Irgendetwas passte nicht ins Allgemeinbild und der Brief war das fehlende Puzzleteil, auf das sie gewartet hatte. Nicht nur für ihren Frieden mit dem Tod ihrer Mutter, sondern auch im Hinblick darauf, Zion zu vertrauen. Wenn ihre Mutter es getan hatte, ohne ihn wirklich zu kennen, konnte sie es auch.

Ihre Arme und Hände zitterten, während sie den letzten Schritt auf ihn zu trat. Unruhe lag in seinem Blick, dem sie mit absoluter Klarheit ihrer Gefühle anwortete. Er musste schrecklich unter ihrer Ablehnung gelitten haben. Schwarze Ringe lagen unter traurigen ozeanblauen Augen, die diese Folter nicht verdient hatten. Ihre zitternde Hand wanderte an seinen Hals und ihr sehnsüchtiger Blick bohrte sich in seinen, der sich unter ihrer Berührung zu beruhigen schien.

„Zion", hauchte sie. „Es tut mir leid, dass ich dir solche Vorwürfe gemacht habe."

„Wer nie im Zorn erglühte, kennt auch die Liebe nicht", antwortete er mit einem Lächeln. Die Unruhe wich langsam aus seinem Gesicht, das nur noch wenige Zentimeter von ihrem entfernt war. Sie spürte seinen Atem, roch seinen viel zu anziehenden Duft.

„Ist das von dir?", neckte sie und spürte die Leichtigkeit emporsteigen.

„Nein, schöne Lia. Von einem Philosophen, aber es passt, findest du nicht?" Auch er hatte wieder diesen spielerischen Ton in seiner Stimme.

Zögerlich sah sie über Zions Schulter zu Wave. Er war einst ihr Hund gewesen und das Schicksal hatte sie wieder zusammengeführt. Sie musste mit ihm Frieden schließen.

„Wave ... hey, mein Guter, komm zu mir."

Der Weimeraner begann aufgeregt zu hecheln, kletterte geschickt über die Öffnung auf den Felsen und schwänzelte, als er bei Lia eintraf. Ellie war aufgestanden und lief auf Zions Ruf hin ebenso herbei. Lia kniete sich zu ihm nieder und nahm seinen Kopf zwischen die Hände. Sie knuddelte ihn herzlich, dann ließ sie ihre Hand über sein samtweiches Fell gleiten. Es fühlte sich wundervoll an. Ihr Herz wurde plötzlich weich und tiefe Dankbarkeit strömte in sie.

„Meine Mutter hatte recht. Er ist eine Kämpfernatur. Ich bin so froh, dass du ihn gerettet hast. Und der Name Wave passt viel besser zu ihm."

Zion lachte und blickte ihr dankbar in die Augen, als sie sich wieder erhob und vor ihm stand. Die beiden Hunde schwänzelten glücklich bellend um das Paar herum.

Nun trat Zion so nah an sie heran, dass sie fast seinen Herzschlag spüren konnte. Mit einem tiefen Seufzen nahm er ihren Kopf in seine warmen Hände und saugte mit seinen hypnotisierenden Augen jeden Widerstand aus den Fenstern ihrer Seele.

„Ich habe nur auf dich gewartet. Mach mit mir, was du willst, aber bleib bei mir. Ich liebe dich!", hauchte er ihr entgegen. Seine Worte waren wie ein Versprechen auf Heilung in ihrem Leben.

„*Was* ich will? Bist du dir sicher?", reizte sie ihn. Ihr Herz bebte vor Glück. Bei ihm konnte sie sich fallen lassen, und das würde sie ab sofort auch tun.

„In gewissen Bereichen auf jeden Fall", gab er zurück und schmunzelte mit hochgezogener Braue.

„Gut, dass ich so abseits wohne. Die Bewohner von Lundy sind sehr fürsorglich, musst du wissen."

„Das brauchen sie jetzt nicht mehr. Ab sofort bin ich für dich zuständig, hast du verstanden?"

Lia genoss die Sicherheit, die wieder in seine Stimme eingezogen war.

„Jawohl! Und ich für dich“, ergänzte sie und ließ ihre Hand an seiner Brust hinabgleiten, bis sie gegen seine Mitte drückte. Ohne es zu wollen, war ihre Zungenspitze an seine Lippe gewandert. Zion antwortete mit einem Stöhnen.

„Hier?“, keuchte er.

„Überall! Hauptsache du und ich“, keuchte sie zurück.

Er öffnete die Lippen und der warme Geschmack seiner Zunge drang in sie ein. Verschmolz zu einem versöhnenden Augenblick, aus dem gleich die Leidenschaft ausbrechen würde.

Am Abend flogen die glühenden Funken eines Lagerfeuers über Lundy Islands Klippen in den dunklen Himmel hinein.

„Ich bin froh, dass du den Ring verkauft hast, um damit die Praxis zu finanzieren. Das war eine gute Entscheidung. Ganz im Sinn meiner Mutter, das weiß ich genau. Ich hätte ihn auch nicht haben wollen, wenn er dir versprochen war.“ Lia schenkte Zion einen warmen, zustimmenden Blick.

„Danke, dass du das sagst. Nachdem ich wusste, dass es der Ring deiner Mutter war, fiel es mit wirklich schwer, ihn dafür einzusetzen. Aber irgendwie habe ich tief in meinem Herzen gespürt, dass sie es so gewollt hätte.“

„Das hätte sie“, bestätigte sie und fuhr mit ihrer Hand liebevoll durch seine Haare. „Was war er wert?“

„Eine viertel Millionen.“

Lia begann zu lachen. „Wow. Aber unsere Liebe ist mehr wert."

„Definitiv", antwortete er und schenkte ihr ein Lächeln.

„Meinst du, meine Mum ist mit dem Verbrennen des Briefes und der Bilder einverstanden?" Die Fetzen davonfliegen zu sehen, löste für einen Moment Beklemmungen in ihr aus.

„Ich glaube, deine Mutter war eine wunderbare Frau und eine fürsorgliche Mutter. Sie wusste, wir würden das Richtige tun", versicherte er.

„Und das tun wir. Nicht wahr, Zion?"

„Ja, Lia, solange wir uns lieben, tun wir das."

„Dann ist ja alles geritzt", rief sie kichernd und lehnte sich zurück.

Zion drängte sich an sie, hob ihre Arme und streckte sie über den Kopf auf das warme Gras unter ihnen. Sein Blick war fordernd und lustvoll. Jede ihrer Zellen schrie auf. Vor Wonne, Glück und Erwartung.

„Und jetzt, schöne Lia, bist du fällig!", raunte er und zog die Leash aus seinem Rucksack neben ihm.

Sehnsüchtig wartete Lia auf seine viel zu perfekten Berührungen auf ihrer Haut. Davon würde sie nie genug bekommen.

Danksagung

Als ich das Angebot erhielt, einen solchen Liebesroman zu schreiben, war ich zunächst skeptisch. Kann ich ein Land und eine Surfergruppe beschreiben, ohne jemals Kontakt damit gehabt zu haben? Mit Mut und Geduld informierte ich mich über englische Landschaften und nahm über Instagram Kontakt zu Surfern auf, las Bücher, studierte Videos.

Je tiefer ich in das Thema eintauchte, umso näher fühlte ich mich verbunden und der Roman wurde Zeile um Zeile lebendig.

Dieses Buch wäre nicht entstanden, wenn nicht viele Menschen mit viel Liebe und Engagement daran beteiligt gewesen wären. Dafür möchte ich mich bedanken!

Vielen lieben Dank meiner wunderbaren Lektorin Marie Weißdorn. Keine Ahnung, liebe Marie, wie du es schaffst, die logischen Lücken zu erkennen, aber es ist grandios. Außerdem hatte ich viel Spaß beim Überarbeiten, weil du deine Kommentare mit viel Humor und einer heiteren persönlichen Note bestückt und mir als Autorin die Korrekturstunden auf diese Weise versüßt hast. Darauf sollten wir unbedingt einen Gin-Tonic trinken, einverstanden?

Ich danke dem gesamten Verlagsteam von digitalpublishers, das mich von Anfang an als Teamplayer behandelt hat. Der freundschaftliche Umgang mit euch hat mich sehr berührt. Danke, Francesca Hintz, für deine fantastische Arbeit als Programmleiterin. Es war sehr achtsam von dir, mich in die Auswahl des Covers und den Titel miteinzubeziehen. Vielen Dank auch dir, Alexandra Fölker, für dein sehr strukturiertes Marketing. Du hast wunderbar gestreut. Es gibt viele wunderbare Werke und mit entsprechender Vermarktung werden sie auch gefunden. Und meine Thermoflasche mit meinem Namen und eurem Logo ist der absolute Hit!

Danke dir lieber Torsten Sohrmann von #buchgewand für das traumhafte Coverdesign. Man hört förmlich das Rauschen der Wellen ...

Ich danke meinen Instagram-Vorbildern und Surfidolen. Besonders: David Nelson, Instagramer: #nellysmagicmoment, Erin Brooks, Instagramer: #erinbrookssurf, Tyler Warren, Instagramer: #tyler_warren, Ross Williams, Instagramer: #rosswilliams und Jadson Andre, Instagramer: #jadsonandre.

Ich weiß, sie sind ständig auf der Suche nach der perfekten Welle, und ich wünsche ihnen, dass sie jede einzelne als solche ansehen. Die Gefühle und Informationen meiner Geschichte sind ihre und ich habe mich bemüht, sie authentisch einzuflechten.

Zahlreichen anderen professionellen Surfern danke ich für ihre fantastischen Videos, die mich inspiriert haben. Allen voran Nathan Joel Cook und Koa Rothman. Wow! Götter auf Brettern!

Besonderer Dank gebührt meiner Agentin Alisha Bionda. Sie hat die Gabe, mir jedes Genre schmackhaft zu machen und Mut zu trainieren. Danke, liebe Alisha! Du bist unglaublich!

Ein großes Dankeschön an meinen Ehemann, meine Kinder und meine Freunde, die mir immer Raum und Verständnis für meine Leidenschaft, das Schreiben, entgegenbringen. Ich liebe Euch!

Natürlich hat es einen Grund, warum ich diesen Roman meiner Mutter gewidmet habe. Nicht nur, weil ich sie über alles liebe, sondern weil sie mich am besten kennt. „Kind, schreib Krimis oder Liebesromane", sagt sie immer und hat mich somit bei jeder Zeile begleitet ... okay, nicht bei den Liebesszenen ...

Letzten Endes noch das große Dankeschön an meine Leserschaft! Eine Geschichte zu schreiben, ist eine Herausforderung, aber der ganze Schweiß wird erst durch die begeisterten Leser wirklich wertvoll und lebendig. Ich hoffe, ich konnte euch in die vielseitige und aufregende Surferwelt entführen und euch den Alltag für wenige Stunden versüßen.